Charlotte Benoit

Refuge 42

onidra.fr

Auto-édition (Tressange - France)

Illustration de couverture : **Sigrid Renaud**

ISBN : 978-2-9559523-0-6
Dépôt légal : février 2019

À mes parents, qui sont le début de tout.

Chapitre 1

Ordre de l'Archimage – Chapitre 5

Tout enfant unique devra immédiatement être signalé aux Responsables du Refuge. Si l'Archimage le veut, et à la demande de la famille, l'enfant pourra vivre avec ses parents dans son Refuge jusqu'à son seizième anniversaire. Mais l'enfant unique devra être tenu à la disposition des Mages au plus tard le 1er jour de sa seizième année. Aucune dérogation n'est possible.

Je broie la feuille et jette la boulette de papier qui dévale la colline, avant de disparaître dans des fourrés brunis par le soleil de fin d'été. C'est mon dernier jour à tes côtés. Impossible. Demain ne peut pas déjà être mon seizième anniversaire ! Je réfrène mes larmes, comme je me force à le faire depuis plusieurs mois, alors que, pourtant, l'échéance se rapprochait à grands pas.

Comment ces simples mots peuvent-ils sceller mon destin, sous prétexte qu'ils sont marqués du sceau infini de l'Archimage ? Les Mages n'en ont certainement rien à faire de notre minable Refuge, peut-être ne savent-ils même pas que j'existe ! Alors pourquoi me livrer à eux ?

De rage, je mets un coup de pied dans l'arbre, qui ne bouge pas. Personne n'a entendu ma revendication. Personne ne fera le moindre geste pour moi.

Ils s'en fichent tous. Ou plutôt, ils ont trop peur. Une crainte mêlée de fanatisme, forgée sur des contes racontés, encore et encore. L'histoire populaire regorge d'histoires terribles sur ces magiciens maîtrisant les cieux, répandant la mort sans aucun effort depuis leurs vaisseaux argentés, imposant la loi martiale. L'Archimage serait même immortel…

Je me rappelle avec frayeur leur dernière visite, à l'occasion du terrible incendie en 112. Quelques heures après l'accident, ils étaient arrivés dans leur machine de métal, Mages encapuchonnés dans d'étranges tenues grises voletantes, Miliciens dans leurs armures d'un blanc brillant et le terrible Archimage dans son impressionnante tenue noire. Tous également masqués. Une véritable petite armée d'intervention. En quelques heures, avec une froide efficacité, les corps avaient été enterrés, les effets personnels récupérés et le dortoir définitivement condamné. Puis ils étaient repartis en nous laissant pleurer nos disparus, sans un mot de compassion.

Je l'avais haï dès mon premier regard. S'il était aussi puissant, pourquoi n'avait-il pas pu sauver mes parents de l'incendie ? Il n'était jamais revenu depuis.

Ni les Mages d'ailleurs. Qu'est-ce qui pourrait bien les intéresser dans notre pitoyable Refuge ?

Pris de remords d'avoir gâché du papier si précieux, je pars rechercher la page déchirée. Quelques oiseaux s'envolent, effrayés par mon arrivée, alors que je dévale la pente en soulevant un nuage de poussière. La terre est si sèche qu'elle se transforme en sable.

Les récoltes seront certainement mauvaises cette année et la faim nous touchera avant la fin de l'hiver.

Et ils sont là, bien en vue, comme pour me narguer : les trois mots abhorrés émergent du papier froissé.

Tout enfant unique.

Qu'importe la récolte de cette année. Ces trois mots sont ce qui me définit depuis que je suis né.

Unique.

Ou plutôt l'enfant qui n'a pas sa place dans ce monde.

La première alarme retentit et me ramène au présent. Comme des moutons bien conditionnés, les laboureurs stoppent leurs activités et déposent leurs outils sur place. Suivant les pas d'une danse silencieuse longuement répétée, les couples descendent des champs en duo pour se rejoindre sur le chemin en contrebas et disparaître derrière les grandes portes de béton armé du Refuge, s'enfonçant dans les entrailles puantes de la terre. Les travailleurs des champs sont les premiers à rentrer, puis viennent les ramasseurs, les chasseurs, les pêcheurs...

Sentant déjà l'arrière-goût de métal rouillé me gagner, j'inspire à plein poumon l'air vif du soir, reportant mon attention sur l'horizon rougeoyant. Aussi loin que mon regard porte, je ne vois qu'une terre grise, brûlée par le soleil de cet été interminable et les quelques taches de verdure des champs qui luttent pour survivre malgré la sécheresse. J'imagine un peu partout des hommes et des femmes, tous habillés de la même salopette grise réglementaire, qui rentrent se terrer bien sagement sous terre.

Est-ce qu'il y a autre chose au-delà ? Combien ont survécu ? Personne ne sait. Quitter le Refuge pour explorer est interdit. A contrecœur, je ramasse le papier puis retourne prendre mes affaires. Un couteau. Les emballages de mon repas de midi. Un joli caillou. Un vieux livre d'économie, corné. Je lance tout ça au centre de ma chemise et m'improvise un petit balluchon. Des hauts parleurs accrochés de part et d'autre de l'entrée, une voix robotisée rappelle en boucle les précautions que tous connaissent en rentrant au bercail.

...membres de votre équipe sont avec vous. Si vous remarquez une absence ou un comportement étrange de l'un de vos collègues de travail, avertissez vos Responsables. Les portes se fermeront dans 5 minutes. Que l'Archimage vous protège !

Je hausse les épaules. Pas de voisin à surveiller, moins de souci à se faire ! Je me dirige sans un regard pour mes compères vers le grand portique d'entrée marqué du sceau de l'infini et du chiffre 42 en lettres rouillées.

Refuge 42... Au moins, il y a 41 autres Refuges qui survivent quelque part.

La machine scanne la puce de mon avant-bras. Une lumière verte accompagnée d'un bip m'indique que j'ai l'autorisation de rentrer.

Alors que je m'engage dans la semi-obscurité de ces tunnels d'une autre époque, une main me frôle et je te vois soudain, te détachant des autres, comme si tu attirais à toi le peu de lumière de l'endroit.

Nous n'échangeons pas de mots, à peine un sourire, et je frissonne à ton contact. Petite menotte fragile entre mes grandes mains d'homme. Tout était si différent lorsque nous n'étions que des enfants et que nous n'avions pas à nous inquiéter des convenances.

Dans ce fugace contact, tu me glisses une petite pierre avant de disparaître dans la foule aussi facilement que tu en es sortie. Je ne peux pas attendre et regarde discrètement dans ma paume. Y sont gravés maladroitement 3 caractères :
20 X

Bien sûr. Quel meilleur endroit pour notre dernier rendez-vous que le lieu de notre rencontre ?

Un peu par hasard, je débarque aux douches du bloc B. Ayant totalement oublié de regarder mon affectation du soir, je décide de tenter ma chance et entre. Une lumière verte. Je me détends un peu. J'avais une chance sur trois. De toute façon, si je m'étais trompé, ce ne serait pas la première fois… mais la dernière dans tous les cas. Comme s'ils pouvaient me punir de quoi que ce soit qui m'importe en ce dernier soir !

Difficile cette fois de ne pas faire attention aux regards qu'on me lance. On me tape parfois sur l'épaule, on me glisse de petits encouragements. Je hoche de la tête, ne sachant trop que dire. Tout ça va me manquer, c'est sûr.

J'ai atteint l'âge d'homme désormais et mon reflet dans le miroir ne peut que le confirmer. 1m75. Plutôt musclé. Bronzé. Les cheveux mi-longs, bouclés. Les yeux bruns. Une petite barbe naissante.

Cela paraissait pourtant si loin. Quinze ans de tranquillité. Enfin, plutôt dix, car mes parents ne m'ont pas tout expliqué immédiatement même si je me doutais bien que quelque chose n'était pas normal. On ne me traitait pas tout à fait comme les autres et puis j'avais bien remarqué que tous mes petits camarades allaient par paires. Aussi, un soir, alors que je demandais pour la cinquantième fois de la journée où était mon frère, mes mères m'ont tout avoué : en tant qu'Unique, ma destinée était ailleurs. J'ai beaucoup pleuré ce soir-là quand elles m'ont expliqué que je devrais partir au matin de mon seizième anniversaire. Les années passant, la peine s'était estompée, laissant place à l'acceptation. A l'adolescence, devenu orphelin suite à un incendie dans un dortoir dont je n'avais réchappé que par miracle, je m'étais retrouvé livré à moi-même et personne n'avait pris le relais, tandis que mes camarades rentraient les uns après les autres en apprentissage pour se former à un métier. Qui voudrait investir de son précieux temps pour quelqu'un qui, de toute façon, ne resterait pas ? J'aidais ponctuellement où on avait besoin de moi contre quelques rations et passais le reste du temps à m'occuper, seul, avec mes dés et mes livres. On me disait oisif et joueur. Et alors ? Eux avaient une vie entière devant eux. Moi quinze années seulement.

Car, demain, peut-être que quelqu'un viendrait pour me tuer. On ignorait ce que les Uniques devenaient. Personne ne le savait… ou personne ne voulait me le dire.

— Tu viens faire…

— … une partie ce soir ?

Les Jeff m'attendent dans les vestiaires, les cheveux en bataille, la veste réglementaire autour de la taille.

Je n'arrive pas à croire que je dis non, je m'entends répondre avant d'ajouter :

— J'ai des adieux à faire.

— Pas de souci, mec…, commence le Jeff de gauche.

— … on voulait pas rater une occasion de…, continue le Jeff de droite.

— … te plumer tes rations !, termine le Jeff de gauche.

— Tu sais bien que mon compte est à zéro.

Un silence gêné s'installe entre nous. Un groupe fraîchement sorti des douches nous oblige à évacuer et nous nous retrouvons à nous observer en chiens de faïence au fond du vestiaire, là où le vieil halogène a depuis longtemps cessé de luire.

— Quoi qu'il arrive…

— … ne nous oublie pas !

Cachant mal mon trouble, je serre un bref instant mes amis dans mes bras. Les deux seuls qui ont toujours vu en moi autre chose qu'un être incomplet.

— Jamais. Et c'est moi qui aurais gagné ! Comme toujours !

Avant que la situation ne devienne inutilement pesante, je m'échappe, prétextant vouloir repasser au dortoir avant le repas.

Dans l'une des salles communes se déroule une émission barbante, sponsorisée par l'Archimage. Je n'écoute pas, bien peu intéressé par les paroles inutiles qu'il peut déblatérer. De toute façon, le but est toujours le même : nous rappeler à tous qu'il contrôle nos existences, bien à l'abri derrière son sombre masque.

Je frappe le mur du pied.

J'espère vraiment que je vais être amené à le croiser. J'ai hâte de me confronter à lui.

Maintenant hors de vue des Jeff, je me glisse dans un tunnel secondaire pour me rendre immédiatement à notre lieu de rendez-vous, le bloc X. Je passe sans hésiter en dessous de la ficelle interdisant symboliquement l'accès de l'ancien dortoir abandonné bien avant ma naissance. Dans la semi-obscurité des lampes automatiques, je repère mon endroit et me glisse derrière le chambranle de la grande porte du bloc, ramenant mes genoux vers moi pour échapper aux courants d'air dans cet espace juste assez grand pour moi.

Et j'attends, immobile. Dans ce lieu un peu effrayant, où les hommes ont été remplacés par la poussière et les rats, seuls mes doigts bougent, faisant rouler mes dés fétiches. Va et vient.

Après ce qui me semble être une éternité, des pas menus m'alertent de son arrivée. Je ne bouge pas. Si c'est bien toi, tu sauras me trouver.

Et ta lampe-torche m'éblouit, tu éclates de rire en me voyant me cacher les yeux. Engourdi par le froid, je m'extrais de ma cachette et tu m'embrasses avec fougue. Puis ton visage s'assombrit :

— Par l'Archimage ! Je voudrais pouvoir arrêter le temps.

Que répondre ? N'importe qui dans ma situation voudrait ce pouvoir ! Les mots me manquent. Alors je glisse mon visage dans tes cheveux blonds qui sentent l'herbe séchée et je laisse échapper mes larmes trop longtemps retenues. Doucement, chuchotant à mon oreille, tu me chantonnes des mots calmes, une comptine que l'on utilise pour endormir les nouveau-nés et me prends par la main, m'emmenant vers cet endroit que nous avons patiemment réaménagé, bien à l'abri dans l'obscurité du grand dortoir vide. Rien que pour nous.

Enlacés, accrochés l'un à l'autre, nous nous étreignons avec la passion de la dernière fois.

— Je t'aime.

Tu me dévisages, surprise d'entendre ces mots que jamais mes lèvres n'avaient prononcés. Doucement, tu me réponds :

— Moi aussi. Mon Unique.

Chapitre 2

Les murs résonnent, alors que l'alarme hurle. Toi et moi, encore endormis l'instant d'avant, sautons sur nos pieds et nous dépêchons de remettre nos vêtements dans la panique la plus totale. Nous avons moins de cinq minutes maintenant pour nous rendre au point de rassemblement et nous savons déjà que nous serons en retard. Avec les conséquences qui s'ensuivent.

Débraillés, les chaussures vite enfilées et les chaussettes dans la poche, nous nous précipitons dans les couloirs que nous connaissons heureusement très bien.

Sans surprise, nous émergeons les derniers dans la grande salle commune où l'appel est déjà en cours et vient le moment tant redouté de nous lâcher. Une dernière brève étreinte du bout des doigts et nos mains se séparent alors que nous courons chacun vers nos places respectives. Echevelés. Ecarlates.

Je me glisse in-extremis au moment où le responsable note la présence de mon voisin. Il me regarde avec un air de reproche mêlé de compassion puis coche mon nom sur sa tablette numérique, un gros bout de plastique gris qui a connu des jours meilleurs, et continue. Peu après, l'alarme s'éteint et laisse place à un silence pesant.

Les gens sont calmes, endormis et inquiets. Personne ne semble connaître la raison de ce réveil brutal d'après les quelques murmures qui me parviennent.

A la grande horloge, il n'est encore que minuit et demi. Que se passe-t-il ? Je tourne et retourne dans ma poche mes vieux dés pour tenter de me calmer. Je n'aime vraiment pas ça…

Nous patientons de longues minutes, debout, avant que n'entrent dans la salle mal éclairée deux hommes qui ne peuvent être que des Mages ! Je reconnais leurs tenues étranges des émissions officielles, un complexe entrelacs de tissus tressés gris qui volent autour d'eux, leur visage disparaissant sous une large capuche à long bord, barrée d'un voile opaque. Au-dessus de leur sein gauche pulse le sceau de l'Archimage en lettrage blanc, ce même symbole qui orne tous nos documents officiels et que nous vénérons.

Un vif émoi agite l'assemblée et je sens comme un vide se créer autour de moi alors qu'imperceptiblement chacun s'éloigne.

Ils sont là pour moi.

Tout le monde le sait.

Je suis comme glacé, tétanisé. L'un d'eux s'approche.

Est-ce la fin de ma trop courte existence ?

A un pas, il s'arrête et relève la tête. Au lieu de son visage, se trouve face à moi une ombre, un tissu noir, tendu, sans aucune expression.

Il me regarde. Immobile. Ma bouche est sèche et je peine à déglutir. Dans ma poche, je serre mes dés à m'en faire mal. Comme s'ils pouvaient me protéger.

Dans le silence pesant, je sursaute au bruit sifflant pourtant familier d'une des turbines du système de ventilation.

Puis il fait un nouveau pas, nous sommes extrêmement proches. Je sens son souffle contre ma joue. Son voile devient un bref instant translucide, me permettant de découvrir les traits aimables d'un homme âgé d'une cinquantaine d'année à la peau noire. Il porte une énorme barbe frisée poivre et sel et me regarde comme le ferait un père fier de son fils. Immédiatement, sans que je n'en connaisse vraiment la raison, j'ai confiance en cet homme et me détends. Alors que le voile redevient opaque, il me tend sa main gantée et s'adresse à moi d'une voix grave :

— Enchanté de te connaître. Je m'appelle Ben.

Je me rends alors compte que je n'ai aucune idée de la manière appropriée de m'adresser à lui. Embarrassé, je repousse une mèche qui me revient dans les yeux et balbutie difficilement :

— Moi également, euh… Mage ?

Nous nous serrons la main. Le tissu de son habit est tiède et doux au toucher.

— Ben. Avec toi, nul besoin de titre, me répond-il. As-tu eu le temps de dire au revoir ?

— Pas autant que je le voudrais...

Je cherche brièvement dans la foule celle qui me réchauffait encore de son corps il y a quelques minutes seulement mais n'arrive pas à la trouver. Il continue :

— Il faudra s'en contenter. Je te conseille de cacher ce regret, ne leur laisse pas ce souvenir.

D'une voix plus forte, il ajoute, à l'intention de l'assemblée cette fois :

— Habitants du 42, aujourd'hui l'un de vos fils va nous rejoindre. L'Archimage vous remercie d'avoir subvenu à ses besoins jusqu'à présent. En guise de remerciement, nous vous avons apporté des graines d'arbres fruitiers.

Il lève alors le bras vers son collègue resté en arrière, qui présente à tous deux petits sacs de jute scellés d'un ruban rouge.

— Faites-en bon usage !

Un tonnerre d'applaudissements clôt son bref discours. Il m'invite à le suivre de la main. Hésitant, je me dirige lentement vers la seule sortie de la pièce, espérant ainsi retarder l'inévitable. C'est alors que je croise ton regard une ultime fois. Tu es montée sur un banc et me regardes, les yeux rouges, alors que j'avance vers un futur incertain. Jusqu'à l'ultime moment, je ne te lâche pas du regard, gravant pour l'éternité ce dernier instant.

Chapitre 3

Les deux Mages marchent rapidement et je n'ai d'autre choix que de trottiner pour suivre le rythme, même si j'ai l'impression qu'une part de moi se brise à chaque pas qui m'éloigne un peu plus de toi. Je ne peux m'empêcher de me retourner à plusieurs reprises. Comme si j'espérais que quelqu'un me rattrape.

Rien.

L'un d'eux s'arrête et m'attend. Arrivé à son niveau, il me réconforte de quelques mots simples :

— Il n'y a plus rien pour toi ici. Ton futur t'attend.

Je reconnais sa voix. Même si je ne peux voir son visage, je l'imagine à cet instant me sourire de nouveau. Et il reprend sa marche sans plus se retourner.

J'abandonne pourtant tellement…

Nous remontons l'artère principale qui mène à la surface et faisons une halte à la loge des gardiens où se trouvent les premiers Responsables, deux vieux bougres grisonnants qui paraissent toujours dépassés par les événements, même les plus anodins. Alors la venue de Mages, forcément, c'est totalement au-delà ce qu'ils peuvent gérer. Lorsque j'arrive, ils sont tous deux inclinés et l'un d'eux leur parle d'un ton mielleux.

— … je suis honoré d'avoir eu l'occasion de vous rencontrer.

Visiblement peu touchés par ces attentions, les Mages sont occupés à sortir des objets de leurs sacs, dont une tunique et un sac : exactes copies des leurs. Mon étonnement est grand car leurs habits sont faits d'une seule pièce, intégrant les chaussures, les gants et la capuche.

— Voilà pour toi, me dit Ben, en me tendant mes nouvelles affaires. Nous allons sortir quelques instants pour te laisser le temps de te changer.

Désormais seul, je ne peux qu'être étonné par cette attention, ayant toujours vécu dans le Refuge où la promiscuité fait partie du quotidien. Est-ce que j'aurai droit à une chambre individuelle au Refuge des Mages ? D'ailleurs, vivent-ils sous terre comme nous ? Ou peuvent-ils aller dehors ?

J'imagine que je vais le découvrir bien assez tôt.

Avec soin, je vide mes poches de mes maigres possessions, trop peu nombreuses pour remplir le sac. Le caillou que tu m'as donné, le ruban que tu portais lors de notre première rencontre, un petit couteau émoussé et ma paire de dés à six faces, le dernier cadeau de mes pères.

Puis j'abandonne mes habits fatigués devenus inutiles. On peut compter sur les Responsables pour les récupérer et certainement les revendre hors de prix avant demain. L'étoffe en bon état est devenue si rare ces derniers temps...

Non, je ne vais pas leur faire ce cadeau. Je les brûlerai plus tard. Je les récupère et les enfourne dans mon sac avec mes « trésors ».

Bizarrement, je me sens à l'aise dans ces vêtements pourtant neufs. Je n'ai ni froid, ni chaud, et je ne décèle aucune couture. Mon corps s'est comme moulé dans sa nouvelle enveloppe, étonnamment bien ajustée à ma taille. Au millimètre. Les Mages reviennent et Ben m'interrompt, alors que je suis absorbé par l'étude de mon bras, essayant de comprendre comment a été cousu le gant à la manche :

— Bien, nous allons pouvoir y aller maintenant.

La panique me gagne. Impossible de sortir, alors qu'il est tout au mieux une heure du matin !

— Mais il fait nuit dehors !

Le second mage me rassure :

— Tout ira bien.

L'un devant, l'autre derrière, ils m'entraînent inexorablement vers le sas d'urgence, une petite porte sur le côté de la porte principale que nous n'utilisons jamais. Qui serait assez fou pour sortir la nuit ?

La porte intérieure se ferme lentement et, par la lucarne, je contemple une dernière fois ces tunnels de mon passé. L'un d'eux me prend le bras par surprise et m'inocule quelque chose.

— Tu n'as plus à craindre l'extérieur.

— Pourquoi ?

Il ne me répond pas et range une petite boîte dans son sac, ne me donnant pas plus d'explications.

Bang. La porte est fermée.

Un grand pschitt d'air indique la décompression en cours puis, dans un long grincement, la porte extérieure se lève. Il va falloir que je les croie sur parole…

Je n'ai plus le choix. Je me retourne pour faire face à mon futur et me place à la hauteur de mes deux nouveaux compagnons. Alors que le monde apparaît, je remonte la capuche. Le voile intégral se met automatiquement en place, me permettant de devenir, du moins pour le monde extérieur, un Mage anonyme.

Chapitre 4

Nous marchons en silence et remontons la route principale. Cet étrange voile est parfaitement invisible et ne gêne en rien ma vision. Pourtant, mes doigts le sentent bien au toucher ! Seules quelques discrètes étoiles et surtout la lune, éclairent nos pas. Pour la première fois de ma vie, je découvre cet astre dans toute sa splendeur, face blafarde, particulièrement basse sur l'horizon.

Et tous les bruits sont comme amplifiés. Les cailloux ont l'air de rochers et le vent joue avec mes nerfs.

Il paraît que la mort attend quiconque s'aventure à l'extérieur la nuit tombée… Comment va-t-elle me frapper ?

— Trouves-tu la nuit belle ?

Je sursaute et m'arrête net. La voix est comme sortie de ma tête, je me retourne, mais il n'y a personne, les deux Mages marchant une dizaine de mètres devant moi. La voix reprend :

— Nos capuches sont équipées d'un moyen de communication intégré. Cela nous permet de discuter en toute discrétion. Effet garanti ! Regarde à ta ceinture, toutes les commandes sont là. La première à droite est pour le son.

Sur ses conseils, je découvre en effet une petite boule habilement dissimulée au niveau de ma hanche.

— Vous m'entendez ?

— Aie, oui, moins fort !

Je me sens honteusement gêné par ma maladresse.

— Tu peux juste chuchoter, les micros sont sensibles.

— Pardon…

Heureusement, Ben semble plus amusé qu'agacé.

— Alors ? me demande-t-il.

— De quoi ?

— La nuit ?

— Ah… je la trouve… effrayante.

— Tu apprendras à l'aimer. Tout comme le monde extérieur, nous sommes immunisés, tu sais !

— Immunisés ?

— Un jour, tu comprendras.

Ils tournent à droite, à travers champ, juste avant le pont du Moulin. Là, sur la rive, en contrebas, se trouve une grande tente carrée blanche qui semble comme attirer à elle le peu de lumière environnante.

L'un s'approche et pose sa paume sur l'édifice qui réagit à son contact. Une porte se détache sur la toile et il s'engouffre dans l'édifice. Je me glisse à sa suite et trouve un intérieur simple et fonctionnel, avec des meubles de plastique gris anthracite attachés aux parois. Une table. Quatre chaises. Des lits pliants.

— Fais comme chez toi !

Les deux Mages rabaissent leurs capuches et je peux enfin voir leurs visages à la lumière. Ben, que j'avais déjà entr'aperçu dans la salle commune, et un autre, plus jeune, la trentaine peut-être, les yeux bleus, la joue malheureusement marquée d'une grande tache de naissance partant de la racine de ses cheveux blonds et descendant le long de son cou sous ses vêtements.

— Vous n'êtes pas frères ?

La question est sortie sans que je réfléchisse à la bienséance. Est-ce que cela se fait de demander une telle chose dans leur monde ?

— Nous sommes, comme toi, Uniques ! me répond Ben. Comme tu le sais déjà, moi, c'est Ben, et voilà Hal.

Hal me sert la main. Une poigne franche et honnête, bien qu'il fuie mon regard.

— Tu veux manger quelque chose ? me questionne Ben.

J'acquiesce. A cette question, je me rends compte que je n'ai rien avalé depuis midi, ayant passé mes derniers moments en compagnie de la jolie Gil. Et mon ventre crie famine !

— Je ne dirais pas non.

Il fouille dans son sac et en sort quelques fruits que je reconnais :

— Voilà quelques petites choses données par ton Refuge. Je prends une pomme et y mords à belles dents. Ce n'est pas tous les jours que j'ai droit à des fruits frais en supplément !

— Nous avons un long voyage à faire ?

— Non, non, me répond Ben. Notre vaisseau sera de retour demain soir.

— Et c'est comment ? Vous vivez dans un Refuge aussi avec l'Archimage ? Est-ce que je vais le voir ?

— Patience, nous n'allons pas te révéler tous nos secrets le premier jour, n'est-ce pas ?

— Au moins, ce serait fait…

Les deux hommes s'échangent un sourire amusé et ne relèvent pas mon impertinence. Hal semble plus timide que son camarade et ne m'a toujours pas adressé la parole. Je ne sais pas trop comment l'aborder. La question ne se pose pas longtemps, car il disparaît dans ce qui paraît être un coin salle-de-bain, séparé de la salle commune par une paroi transparente qui devient opaque au toucher. Ben, de son côté, s'installe sur une des couchettes et compulse un terminal fin comme une feuille.

— Hal a pris celle-là, tu peux choisir l'une des deux autres.

— Merci. C'est quoi ? Un ordinateur ?

— Oui. J'en ai un pour toi si tu veux. Tu sais lire ?

— Bien sûr ! J'ai eu du temps à perdre, j'ai beaucoup appris dans les livres. Euh… Hal a un souci avec moi ?

— Il est juste timide. Elle s'appelait comment ?

— Qui ?

— La fille blonde que tu dévisageais en sortant.

— Gil.

— Une Unique également ? Je n'ai pas vu sa sœur.

— Non, sa sœur est morte, lors du grand incendie de l'été 112 qui a fait de moi un orphelin. Nous nous sommes rapprochés en partageant notre deuil.

— Je suis désolé. Cela ne sera pas facile pour elle.

— Je sais. J'aurais voulu qu'elle m'accompagne.

— Ce n'est pas possible. Elle n'a pas la force nécessaire.

Incapable de cacher le malaise qui me submerge en repensant à toi, je décide d'installer ma couchette, ce qui me donne l'opportunité de tourner le dos à mon interlocuteur et de cacher mon visage.

— Je crois que je vais dormir. Bonne nuit Chris !

— Merci… Bonne nuit !

Je me blottis sous les draps qui sentent le propre, alors que la lumière est éteinte. Hal est encore en train de profiter de la douche et il fredonne une chanson que je n'ai jamais entendue. Peu après, discrètement, je l'entends qui se glisse jusqu'à sa couchette. Puis le silence est bientôt rompu par un duo de ronflements.

Chapitre 5

Tu aurais sans doute apprécié cette douche d'un nouveau genre, Gil. La douche nettoie ! Pourtant, pas d'eau, rien, juste une cabine affublée d'un ensemble de panneaux. Etrange technologie que tout cela ! Je réfrène mon envie de tout démonter en repensant aux Mages. Finalement, la chance m'a souri une nouvelle fois, les dés m'ont été favorables. J'ai gagné des vêtements neufs, ainsi qu'un sac et un ordinateur rien que pour moi, même si je ne sais pas encore m'en servir. Mes compagnons de voyage sont sympathiques et il ne semble pas prévu de me sacrifier, du moins pas à court terme.

La grande question que je me pose désormais : est-ce que les Mages seraient tous des Uniques ?

J'espère en apprendre rapidement plus. Les secrets, ça n'est pas trop mon truc. Il faut toujours que je sache, même si cela doit m'apporter des ennuis.

Oh, et d'ailleurs tant pis s'ils en ont assez de mes questions, je n'arrêterai pas tant que je n'aurai pas mes réponses !

Bien décidé à ne rien lâcher, je remets mon habit, et arrange rapidement mes cheveux toujours rebelles devant le miroir en une petite queue de cheval sur le haut de la tête. Un sacré gain de temps que cette douche, pas de gâchis d'eau et pas de serviettes pour se sécher !

La capuche rabattue, je pars rejoindre mes compagnons qui sont en train de petit-déjeuner dehors, les pieds dans l'herbe. D'ailleurs, ils sont bien silencieux. Cela ne doit pas être évident pour Ben d'avoir un compagnon de voyage aussi taciturne que Hal.

Immédiatement, dès que je sors, je sens que quelque chose ne va pas. Les deux Mages sont totalement immobiles, couchés à terre.

Anxieux, je me précipite vers eux. Leurs visages sont blancs, les yeux fixés vers le ciel.

— Ben ! Hal ! Non, ce n'est pas possible, réveillez-vous !

Je secoue Ben qui est le plus proche de moi. Rien. Je prends sa main, espérant sentir un pouls. Peut-être les Mages ont-ils une seconde vie ou un sort leur permettant de revenir à la vie ?

Ou alors ce n'est qu'une farce ! Un bizutage pour piéger le débutant que je suis !

— Allez !

Non. Rien. Son cœur a définitivement cessé de battre.

Je fais le même test sur Hal. Et le même diagnostic.

Ils sont partis.

Que s'est-il passé ? Comment ont-ils pu mourir pendant les quinze minutes de ma douche ?

Il faut que je réfléchisse.

Et vite.

Ne pas paniquer.

Le soleil commence à apparaître derrière les collines, ce qui fait que dans moins d'une heure la scène de crime grouillera de pêcheurs curieux.

Je devine la conclusion que tout le monde tirera immédiatement : Chris a tué les Mages pour rester au Refuge avec Gil. Tout le monde savait bien que partir ne m'enchantait guère et ces morts m'accusent.

Déjà, cacher les corps…

Personne n'osera rentrer dans la tente !

L'estomac au bord des lèvres, je les traine l'un après l'autre à l'intérieur, jusqu'à leurs couchettes et les arrange du mieux possible, les enroulant dans leurs draps et cachant leurs visages blêmes.

Du poison ? Un meurtre ?

Qui ? Pourquoi ?

Je rentre les restes du petit-déjeuner avorté, efface les traces et rentre avec les morts et mes questions.

Chapitre 6

Des voix me parviennent à travers la toile et je reconnais sans mal les sœurs Veta, deux mégères, deux pestes, toujours à réprimander les jeunes enfants qui ont le malheur de courir dans les couloirs ou de parler trop fort au repas. Avec prudence, je me rapproche d'une des fenêtres. Entre mes doigts, machinalement, je fais rouler mes dés. J'arrête net, craignant soudain d'en faire tomber un et de trahir ma présence.

Elles ne sont qu'à une vingtaine de mètres, là où sont morts Ben et Hal et elles discutent à voix basse. Elles sont intriguées.

Un peu intimidées également.

Je retiens ma respiration.

Partez…

Ne cherchez pas à entrer…

Je ne peux comprendre ce qu'elles racontent mais elles semblent en désaccord.

Enfin, après de longues minutes d'incertitude, elles s'éloignent.

Ouf ! Je respire à nouveau.

Le danger écarté, je retourne à ce que je faisais avant de les entendre : rassembler ce qui me parait utile à emmener. Et j'ai déniché un réel trésor. La clé de ta liberté, Gil, une petite boîte marquée du sceau de l'Archimage avec deux seringues, une pleine et une vide qui devait contenir le produit que Ben m'a injecté hier pour pouvoir sortir la nuit !

Il suffit que je trouve un moyen de te rejoindre et le monde nous est ouvert. En seulement douze heures, nous serions hors d'atteinte des habitants de notre Refuge et il nous suffirait de trouver un endroit paisible où vivre heureux.

Je tourne en rond une bonne partie de la journée, hésitant, je l'avoue, entre la volonté de fuir immédiatement, la tentation de te rejoindre malgré le danger et, pourquoi pas, l'envie d'attendre pour plaider ma cause après des Mages, en leur prouvant que je ne suis pour rien dans ces morts.

— Que faire ?

En fin de journée, je trouve enfin le courage de faire ce qui est juste. Habillé tel un Mage, je vais revenir au Refuge sous prétexte de demander de la nourriture, en espérant pouvoir te glisser un message. Logiquement, comme hier, tu dois travailler dans un champ à proximité de l'entrée.

Cela devrait être facile.

Je prépare un petit billet où je te presse de venir dès que possible me rejoindre à la tente.

Puis je sors.

L'air frais me revigore immédiatement et m'éclaircit les idées. Peut-être que mon plan va marcher ! Plusieurs ouvriers m'ont vu sortir et me dévisagent, inquiets. Je les ignore et marche de la façon la plus naturelle possible vers le Refuge.

Les gens chuchotent autour de moi puis baissent le regard dès que je me tourne vers eux. Ils me craignent et c'est plutôt une bonne chose dans cette situation ! Etrangement, je dois même avouer que cela ne me déplait pas totalement...

Je n'ai pas vraiment le temps sur le moment de réfléchir à cette soudaine soif de pouvoir. C'est en tout cas bien plus confiant en moi-même que j'arrive à la porte du Refuge. Le couple des troisièmes Responsables vient à ma rencontre. Les Eva. Elles ont toujours été bonnes avec moi.

— Nous sommes honorées de vous revoir…

— … pouvons-nous vous aider ?

— Juste de la nourriture avant de reprendre notre route.

J'essaie de prendre une voix plus grave qu'à l'accoutumée. Heureusement, la capuche compense mon manque de jeu d'acteur.

— Immédiatement. Si vous désirez entrer vous asseoir un instant…

— … nous allons préparer ce qu'il vous faut.

Elles m'indiquent l'une des chaises de la loge où je me tenais la veille seulement.

— J'attendrai dehors.

Tout plutôt que de remettre un pied dans ce trou nauséabond. Les Responsables acquiescent et disparaissent dans les méandres de la terre, me laissant seul.

Les minutes passent. Abrité à l'ombre de l'énorme bunker d'entrée, j'observe les alentours à la recherche de celle que je désire plus que tout serrer dans mes bras.

Et tu n'es pas là.

Pourtant je me rappelle parfaitement que tu travaillais encore hier dans cette parcelle et tu aurais dû t'y trouver encore aujourd'hui, ainsi que pour les dix prochains jours au moins.

Ne voyant toujours personne revenir avec mes victuailles, je m'éloigne de quelques pas pour mieux voir.

Des outils gisent au milieu du champ, comme abandonnés.

Gil ? Où es-tu ?

L'alarme du soir retentit soudain et les Responsables remontent. Elles ont un panier qu'elles me tendent. Je prends les provisions sans regarder et les enfourne dans mon sac.

Elles ne sont pas seules.

D'autres Responsables les accompagnent, encadrant une silhouette restée dans l'ombre. L'un d'eux m'aborde :

— Ô Mage…

— … pourrions-nous avoir votre avis ?

Le ton a changé. Est-ce que je suis en danger ? Je n'aime pas ça. Je suis cerné, impossible de fuir sans éveiller les soupçons. Tous les travailleurs rentrent des champs et se sont agglutinés en une barrière infranchissable autour de nous, se pressant pour ne pas rater une miette de la scène.

— Oui ?...

Je manque de m'étrangler en lui répondant. Et j'ai oublié de prendre cette voix plus grave avec laquelle je parlais en arrivant. Heureusement, il ne semble pas avoir noté la différence et continue :

— Cette femme a transgressé nos lois…

— … elle a volé de la nourriture…

— … et tenté de sortir de nuit du Refuge !

— Voulez-vous appliquer la sentence ?

Il tire à lui la mystérieuse silhouette restée en arrière.

Gil !

Ton visage est marqué de plusieurs hématomes et tu saignes d'une coupure à ton bras que tu serres contre toi, comme s'il était brisé. Pourtant, tu restes digne et me toises, affrontant ton bourreau, alors que je venais comme ton sauveur.

— A mort… A mort…

La foule scande la sentence et je me sens comme tomber dans un gouffre. Pourquoi tout ce qui arrive ces dernières vingt-quatre heures tourne mal ?

— La peine de mort ? N'est-ce pas un peu expéditif ?

Visiblement surprise d'avoir mon appui, tu te redresses et clames aussi fort que tu le peux :

— Si vous en appelez à la loi, alors je demande un procès.

Les Mages seront mes Juges. Si l'Archimage le permet.

Et la foule de répéter.

— Si l'Archimage le permet.

Les Responsables se regardent. Gêne, amusement, étonnement… Tous sont tournés vers moi et attendent que je donne mon approbation. A mon tour, je n'ai d'autre choix que d'accepter la sentence, une nouvelle loi inique de ce si merveilleux Archimage, même si j'ignore encore comment faire paraître les Mages décédés au procès en préparation.

— Si l'Archimage le permet.

Chapitre 7

Je me tiens, seul, en ta compagnie, dans la loge du Gardien. Tu t'es assise dos appuyé au mur, le regard fixé sur des étagères délabrées, m'ignorant totalement. Tu es si belle.

— Que s'est-il passé exactement la nuit dernière ?

— J'ai voulu sortir, me répond-elle faiblement.

— Mais ?!

Je suis totalement paniqué de réaliser les risques pris par mon aimée.

— Jamais, jamais il ne faut sortir la nuit. Cela est interdit !

— Au nom de qui ? me rétorque-t-elle avec sa moue de défi qui lui a valu tant de problèmes durant son enfance. Ma vie n'appartient pas à l'Archimage, j'ai le droit d'en disposer. Utiliser le sas n'est pas dangereux pour le Refuge.

Qu'importe la prudence. Je m'accroupis à tes côtés et chuchote à ton oreille.

— C'est moi, Gil.

Ton visage s'éclaire et tu commences à te relever. Avant que tu ne sois trop démonstrative, je pose ma main sur la tienne.

— Sois prudente.

— Oh mon amour.

— Je vais trouver une solution pour te libérer. Et nous nous échapperons.

— Et les Mages ?

— Ils sont morts…

— Morts ?

La porte s'ouvre alors en grand et les premiers Responsables, accompagnés des deux mêmes détestables pestes qui sont venues rôder autour de la tente tout à l'heure émergent. Ensemble, les Veta s'exclament :

— Nous le savions !

Elles se jettent sur moi et m'arrachent ma capuche.

— Où sont les Mages ?!...

— ... tu les as tués ?

Je me relève avec difficulté, m'emmêlant les pieds dans mon sac, cassant l'effet que je désirais donner à ma défense.

— Vous n'avez aucun droit !

— Justice.

— A mort !

— Justice !

— A mort !

La nouvelle s'est répandue comme une trainée de poudre et un murmure inquiétant de cris mêlés d'insultes monte des profondeurs du Refuge.

Quelques garçons plus hardis que d'autres entrent et nous traînent de force jusqu'à l'extérieur, où nous sommes jetés avec violence au milieu d'un cercle de regards haineux. Tu trébuches, puis hurles lorsque tu tombes, te recroquevillant sur ton bras blessé. Je me précipite à tes côtés pour tenter de te soulager comme je peux. Tu poses ta tête sur mes genoux et je repousse avec douceur quelques mèches collées de sang qui te tombent dans les yeux.

Des hommes et des femmes nous maudissent. Des enfants pleurent. Tu sanglotes entre mes bras et je te serre fort, si fort, submergé par les émotions de cette journée interminable où tout va de travers. Larmes, sang et sueurs s'écoulent lentement de nos corps meurtris avant de se mêler dans la poussière et de disparaître.

Une pierre m'atteint à l'arrière de la tête. D'autres suivent, lancées avec moins de précision. Je me penche sur toi, essayant maladroitement de t'offrir une protection.

C'en est trop. Si je dois mourir, ce ne sera pas à genoux. Je dois faire quelque chose. Dire quelque chose.

Avec une grimace, je me relève. Ma tête tourne et le soleil rasant de fin de journée m'aveugle. Me protégeant du soleil avec la main, je cherche vainement un soutien parmi les gens qui m'observent. Un appui.

Rien.

Tout au mieux détourne-t-on le regard.

Bien que le soleil baisse sur l'horizon, la nuit viendra bien trop tard pour nous sauver.

Je ne peux plus rien attendre de ces gens. Ce ne sont définitivement plus les membres de ma famille. Blessé plus que je ne veux l'admettre, dans mon âme bien plus que dans ma chair, je remets ma capuche.

Je désire mourir en Mage si mon heure est venue.

— Qui êtes-vous pour me juger aussi promptement ?

Ma question porte loin, amplifiée par la capuche. La foule se tait. Elle m'écoute dans un silence menaçant.

— Qui êtes-vous ? Depuis minuit, je n'appartiens plus à votre communauté et ne dépend plus de vos lois. Est-ce que vous voulez vraiment vous risquer à punir un Mage ?

Je sens comme un instant de flou. Quelqu'un demande :

— Et elle alors ? Elle dépend des lois de l'Archimage !

Je maudis ces règles venant une nouvelle fois menacer mon futur. Des éclats de rire agitent les accusateurs et nous subissons une nouvelle vague de railleries. Quelques pierres sont maladroitement jetées et atterrissent dans le sable à mes pieds dans un petit jet de poussière.

Tu lances quelques jurons et t'appuies sur ton bras valide pour te relever à ton tour, les traits crispés par la douleur. Une fois debout, tu cries à qui veut l'entendre :

— Venez donc les faire appliquer si vous y tenez tant. Vos fichues lois !

Ensemble. Unis. Une dernière fois.

Le cercle se resserre. Menaçant.

Nous ne bougeons pas. Nous sommes prêts.

Chapitre 8

Un vrombissement stoppe net la vindicte populaire et nous levons tous la tête vers l'horizon où un bolide métallique grossit à vue d'œil, fonçant à notre rencontre.

— Les Mages ! Fuyez !

Un vieil homme paniqué hurle cet ordre, bientôt repris en un brouhaha confus par les plus prompts à saisir la situation. Quelques-uns déjà s'engouffrent en courant dans le Refuge, disparaissant dans l'obscurité.

Les rancœurs sont mises de côté le temps que chacun se sauve. Lorsque les Mages se déplacent, ce n'est pas pour rien ! C'est certainement notre seule chance de nous échapper ! Et même si personne ne doit penser à nous en cet instant, inconsciemment, ils continuent à nous menacer, nous sommes piégés par le courant qui nous entraîne irrémédiablement vers l'intérieur.

Vers notre mort.

Alors que je tente de nous extirper, résistant autant que possible à la pression des paniqués qui espèrent atteindre au plus vite la protection du Refuge, je trébuche. Par réflexe, voulant me rattraper, je lâche ta main.

J'évite la chute.

Mais à quel prix ! Tu disparais de mon champ de vision, trop faible pour résister au courant humain.

— Gil !

Je crie ton nom et te revois soudain alors que tu es entraînée à l'intérieur du Refuge. Je dois te sauver ! Tu n'en sortiras jamais vivante. Résolu à te rejoindre, j'arrête de résister et me laisser emmener.

Alors que je vais passer les portes, quelqu'un m'agrippe et m'attire vers la protection offerte par un arbre. Prêt à en découdre avec l'intrus, je me retourne violemment pour me trouver face aux Jeff.

— Lâchez-moi !

Je tente de repartir en arrière, mais l'un d'eux m'en empêche, m'immobilisant d'une clé de bras.

— Chris, tu dois…

— … t'enfuir du Refuge.

— Ils sont là pour toi, c'est certain !

Avec toute la force du désespoir, refusant leur aide, je me débats, risquant de me démettre l'épaule.

— Je m'en fiche ! Je préfère mourir que vivre seul.

Voyant que je suis prêt à tout, celui qui ne me tient pas me jette un regard exaspéré, puis il échange un bref regard avec son frère avant de me crier :

— Je vais chercher Gil.

Alors qu'il repart dans la foule, j'accepte la trêve et arrête de lutter. Le Jeff resté avec moi desserre sa prise avec une petite moue d'excuse.

— Désolé… J'pouvais pas te laisser faire d'autres conneries.

— Tu m'as tué le bras.

— Tu pleurnicheras plus tard. Viens, faut s'éloigner avant qu'ils commencent à te chercher.

Nous remontons la façade du Refuge, utilisant au maximum le couvert que nous offre la nature. Sans difficulté, nous nous éloignons de l'entrée, essayant de mettre le maximum de distance avec les Mages qui viennent de poser leur appareil.

Je ne peux m'empêcher de me retourner pour observer. La carlingue de l'appareil est marquée du sceau de l'Archimage. Le même qui orne ma robe. L'infini.

Une porte s'ouvre sur le côté, d'où sortent trois hommes armés. Ils sont habillés de l'uniforme militaire blanc de la Milice. Une voix métallique ordonne :

— Au nom de l'Archimage, amenez-nous IMMEDIATEMENT Chris et Gil !

Afin de mieux voir ce qu'il se passe, Jeff et moi nous glissons derrière un amas de rochers.

Les rares personnes encore dehors se dévisagent et, après un bref instant de fluctuation, la marée humaine te rejette. Je remarque que l'autre Jeff est également ressorti à sa suite. Il ne tente rien. C'est trop tard.

Tu serres autour de toi tes vêtements déchirés et avances d'une démarche mal assurée au milieu des divers objets qui gisent à terre, abandonnés par leurs propriétaires paniqués.

— Où est-il ?

La question résonne et la réponse tarde. D'abord murmurée, elle vient finalement de deux femmes qui se dissimulent à l'ombre de l'entrée.

— Chris n'est plus dans le Refuge...
— ... il viendra si vous avez Gil.

Elles me connaissent bien et Jeff à mon côté se tient prêt si je décide de tenter quelque chose. A m'aider ou à m'arrêter ? Je vais bientôt le savoir.

Machinalement, je gratte l'implant de mon avant-bras. Forcément... Est-ce que cela peut également permettre de me localiser ?

Deux soldats viennent t'aider alors que tu t'es arrêtée à une dizaine de mètres. Ils se placent l'un à ta droite, l'autre à ta gauche et te soutiennent alors que tu sembles défaillir.

Une ruse ! Tu me sidéreras toujours, même dans tes pires décisions. Profitant de la diversion, tu t'empares d'une des armes et tires sur tes ravisseurs. Un autre intervient et tente de te désarmer. Des tirs partent. L'un s'écroule. D'autres tirs retentissent. Et tu tombes à ton tour.

Alors que Jeff me traine loin de la scène, dans la confusion, j'entraperçois quelqu'un sortir de l'appareil. Je crois qu'il s'agenouille.

Que se passe-t-il ?

Où es-tu ?

Je réussis à me libérer l'épaule et à te revoir un instant.

Il t'emmène à l'intérieur. Tu ne te débats pas, blottie contre lui, certainement trop faible pour résister à nouveau.

Des ordres que je ne comprends pas sont hurlés. Les Miliciens courent vers l'appareil. Qui décolle.
Loin de moi.

Chapitre 9

Je ne me rappelle plus exactement comment nous sommes partis, Jeff et moi. Ni ce que j'ai fait. J'allais courir à ton secours. Je te le promets. Je voulais changer les choses, trouver une solution pour que tout ne tourne pas aussi mal. Puis la confusion. A mon réveil, je suis seul, roulé en boule au pied d'un arbre, au sommet d'une colline dénudée.

— Où ? Pourquoi ? Comment ?

Toutes ces questions flottent dans ma tête douloureuse sans aucun moyen d'y répondre. Avec peine, je réussis à m'asseoir, tremblant.

Mon sac, qui me servait d'oreiller, est toujours là avec mes affaires restées intouchées. En vérifiant que tout est là, je retrouve le panier donné par les Responsables.

De quoi tenir plusieurs jours, avec des fruits, du fromage, de la viande séchée et même une gourde de jus de raisin.

Je prends une poire que je commence à grignoter pour reprendre des forces, tout en étudiant mon environnement. Je ne reconnais ni le paysage sauvage qui m'entoure, ni la forêt qui s'étend où que porte mon regard vers le sud.

La liberté !

La solitude…

Une boule se forme dans ma gorge en te revoyant emmenée par les hommes de l'Archimage sous mes yeux. Impuissance... Je fus impuissant. Ce qui m'énerve le plus, c'est de m'être fait imposer l'inaction ! J'aurais préféré mourir avec toi que de te survivre dans ces conditions.

Lâche.

Inutile.

Une terrible certitude s'impose alors à moi : cela n'aurait pas dû se passer comme ça !

Je n'ai certes rien pu faire pour toi au moment de l'enlèvement, mais aujourd'hui, demain et tous les jours qu'il me reste à vivre, je me suis fait la promesse solennelle de me racheter.

Ô Gil…

Même s'il n'y a qu'une infime chance que tu sois toujours en vie, et que je ne sais pas si tu liras un jour mes confessions, croyant être à jamais abandonnée, je ne peux pas continuer à vivre comme si de rien n'était tant que je n'ai pas tout tenté pour te retrouver.

Dans tous les cas, l'Archimage, tout immortel qu'il soit, goûtera à ma vengeance.

Ragaillardi autant par la nourriture que par ma décision irrévocable, je réussis à me lever et jette mon sac sur mon épaule.

— Bon… Où aller pour trouver l'Archimage ?

Seul un pivert tambourinant contre un tronc semble répondre à ma question idiote ! Il n'y a certainement personne à proximité capable de me dire où il se trouve.

Si tant est que ce demi-dieu existe vraiment !

Tout en sachant que ce ne sont que des Miliciens qui sont venus, je n'ai même pas vu de Mages dans leurs robes grises. Un personnage si important, s'il existe bien, doit déléguer. Ce qui fait que tu peux te trouver à tout endroit où les Mages ont autorité... soit en gros sur toute la planète.

Finalement, ma question peut être simplifiée. Où ne pas aller ?

Inutile de retourner vers le Refuge, je ne suis plus le bienvenu. A l'heure actuelle, on a certainement trouvé les corps des deux Mages décédés et l'on doit activement me rechercher pour meurtre. Non, retourner au Refuge pour une nouvelle fois me trouver sous le joug de l'Archimage n'est pas une bonne idée. C'est même définitivement le dernier endroit où j'ai envie d'aller dans l'immédiat.

J'essaie de me souvenir de l'enlèvement. Tout est encore confus dans mon esprit, les événements se sont déroulés si rapidement. Avec un bâton et quelques petits cailloux, je reconstitue la scène. L'appareil volant, un morceau d'écorce désormais, est arrivé droit sur le Refuge, la grosse souche. Pour toi, une petite fleur, et moi, le gros caillou, nous nous tenions environ ici. Je trace une croix en posant mes deux pions. L'avion est arrivé derrière nous, donc il remontait la route principale !

Lorsqu'il a décollé, je ne me rappelle pas l'avoir vu faire une manœuvre particulière. Tu te trouvais ici, pauvre fleur abandonnée sur la grosse écorce. Et moi ici, emmené par cette vilaine baguette tordue.

S'il n'a pas viré par la suite, les Mages sont partis vers le sud, sud-ouest. C'est parfait, cette forêt m'attirait justement !

Après la succession de malheurs qui vient de s'abattre sur mon existence, c'est avec une appréhension certaine que je me mets en route, m'attendant à tomber dans un ravin, à me faire manger par une bête affreuse ou tout simplement à croiser des Miliciens partis à ma recherche. Par précaution, histoire de passer plus inaperçu, la tunique de Mage est retournée au fond de mon sac ! A nouveau dans mes anciens habits, j'ai cependant bien peu d'espoir de berner des hommes à la technologie si avancée.

Finalement, et contre toute attente, tout se passe bien. En tout cas au début…

La première journée, je trouve des fruits comestibles aidés par les oiseaux qui festoient joyeusement à mes côtés. Puis, le soir venu, ce sont les ruines d'une maison squattée par des chats, avec un puits pour me désaltérer, qui m'offrent un refuge appréciable. Surtout qu'au petit matin, j'ai la surprise de découvrir un ancien potager caché sous les mauvaises herbes, avec des carottes, des tomates et quelques plans de fraises revenus à l'état sauvage. Même si je n'ai rien pour faire du feu, et que je mange donc cru, je repars le second jour au son des miaulements, repu et chargé de vivres pour plusieurs jours. On va dire que le moral est plutôt bon, autant en tout cas qu'il est possible dans ma situation.

Un vieux chemin part de la cabane et me ramène vers un second chemin. Puis un troisième. Comme je n'y connais pas grand-chose en traces, il m'est difficile de savoir si des hommes sont passés ici récemment. Quoi qu'il en soit, ces chemins ne se sont pas faits seuls et ils doivent bien mener quelque part…

Alors je marche. Je continue, en espérant trouver quelque chose. Et je me raccroche à l'idée que tu dois certainement être en train de mener un combat bien plus dur que le mien.

Au quatrième jour, une lueur à l'horizon m'interpelle et j'oriente ma marche en cette direction. La végétation se raréfie, les arbres laissent la place à de larges zones d'herbe brûlée et de terre aride. Le vent que rien ne stoppe sur cette lande stérile souffle avec force une poussière âcre et charrie des déchets.

Au début, ce ne sont que de petits bouts de plastique et des boites de conserve. Puis les kilomètres passent et je me retrouve au milieu d'une décharge à ciel ouvert. Où que porte mon regard, ce ne sont que des monceaux de rebuts abandonnés à l'air libre où quelques animaux furtifs cherchent leur déjeuner. Sous les décombres, des ruines d'habitations témoignent d'un passé urbain, sans qu'il ne me soit vraiment possible de voir de quoi il s'agit.

Heureusement, j'ai des réserves ! Et j'arrive à survivre malgré l'environnement malsain, me protégeant comme je peux de la pollution sous des bandes de tissus malpropres et grignotant mes légumes crus.

Au loin, la lumière grossit et je discerne désormais une activité fourmillante dans ce qui semble être une gigantesque ville. Elle parait si proche, et pourtant si inaccessible. Ma progression est lente, affreusement lente, car bien qu'une route subsiste, l'anarchie ambiante ne laisse bien souvent qu'un minuscule passage qui m'oblige à escalader des empilements instables de « choses » que je préfère ne pas identifier.

Et puis ma gourde se vide, je commence à craindre pour ma santé dans cette jungle de métal rouillé où je ne trouve pas d'eau potable. A plusieurs reprises, l'idée de faire demi-tour me traverse l'esprit, regrettant le puits de la forêt. Chaque pas m'éloigne un peu plus de cet éden. De toute façon, dans mon entêtement idiot, j'ai déjà dépassé le point de non-retour.

Boire dans une flaque était une mauvaise idée. Je vomis tout et me retrouve encore plus assoiffé.

Je suis obsédé par l'idée de boire. Qu'importe si les mages doivent me trouver. Qu'ils viennent, je suis encore capable de tous les tuer, jusqu'au dernier. Et l'Archimage également !

JE

DOIS

BOIRE !

Des étés ont été rudes par le passé dans le Refuge, et il a fallu se rationner plus d'une fois, mais jamais je n'avais eu aussi soif, aussi mal dans chaque partie de mon corps.

Des idées étranges me traversent la tête, alors que j'essaie de m'endormir. Je me tourne et me retourne. A travers la nuit, je maudis le sort de m'avoir emmené ici. Je maudis l'Archimage pour avoir imposé cette loi. Je maudis la terre entière, alors que la soif me rend fou. A chaque respiration, je me retiens de boire l'ultime gorgée que j'ai conservée. Elle est là, si proche, ma gourde pratiquement vide… Je ne dois pas boire cette dernière goutte d'eau, il me faudra toutes mes forces demain matin pour me relever et marcher.

BOIRE…

Au matin du dixième jour, mes lèvres sont sèches, craquelées, ma langue ressemble à du plastique. Je bois ces quelques gouttes qui m'ont obsédé toute la nuit puis me relève péniblement. Je me rends alors compte que je me suis blessé à plusieurs endroits durant mes délires nocturnes, je saigne de nombreuses entailles, mes vêtements sont déchirés, mes chaussures éventrées.

Et j'ai toujours aussi soif.

Incapable de réfléchir correctement, j'avance, un pied après l'autre, tel un automate. Chaque pas manque d'être le dernier, la chute, je sais que la force me manquerait pour me relever. Pourtant, je continue, contre toute logique. Encore un. Tu hantes mon esprit, tu es mon eau, mon inspiration qui me permet de continuer. Et cet Archimage noir est mon démon qui me pousse à lutter malgré la douleur et la lassitude.

Je dois te retrouver.

Un pas.

Je dois me venger.

Un pas.

Ce n'est qu'à la nuit tombée que j'arrive enfin, assoiffé et épuisé.

Et bloqué.

Car une fine paroi de verre me sépare de la ville ultra-moderne protégée par un immense dôme dont je ne vois pas la fin. Des piétons pressés filent entre d'immenses immeubles en métal sale, une foule hétéroclite, ne portant ni uniforme ni tenue réglementaire, ni...

On dirait ?

Oui...ce sont tous... des Uniques ?

Est-ce la ville des Mages ?

Ebloui par cette vision qui semble comme sortie d'un livre d'images d'autrefois que je regardais toujours avec envie dans la bibliothèque du Refuge, je me sens affaibli, agressé par autant de diversité. Est-ce que je viens de me livrer à l'ennemi ?

Qu'importe, que l'Archimage vienne terminer le travail. Je n'ai plus la force de lutter, de fuir.

— A l'aide...

Ils ne m'entendent pas. Alors que je m'affale à bout de forces contre le verre, un jeune enfant me montre du doigt. Un groupe d'adultes se retourne et me dévisage avec stupeur.

— De l'eau...

Quelques passants alertés viennent rapidement grossir le groupe de curieux, gesticulant en ma direction avec de petits appareils. Ils m'observent comme un animal blessé alors que je les supplie de me venir en aide, de briser cette foutue vitre pour boire.

Ils parlent, et je n'entends rien.

Je suis à ce moment prêt à tout pour une gorgée, de l'eau bien fraiche qui descendrait dans ma gorge et stopperait ce feu qui me brûle de l'intérieur.

— S'il vous plait…

Une sorte de boule grise glissant sur la chaussée s'arrête à mon niveau, libérant une conductrice émerveillée aux cheveux roses. Elle me sourit avec un air ingénu. Je frappe mon poing contre la vitre. Encore et encore. Mes mains laissent des traces sanglantes. Elle a peur et court se réfugier dans son véhicule qui démarre en trombe et disparait derrière l'hologramme 3D flashy qui agresse les yeux au coin de la rue.

— Bordel… Faites-moi entrer !

Une mère tire son enfant terrifié, lui cachant les yeux. Honteux de me donner ainsi en spectacle, je me rassois, dos à la vitre.

La foule est peu après contenue, à défaut d'être dispersée, par des hommes en uniforme bleu. Ces derniers placent plusieurs véhicules carrés en paravent pour me masquer des curieux et faire barrage avec les curieux. Ils semblent particulièrement inquiets et dépassés, ils courent eux aussi partout et ne peuvent cacher leur effarement lorsqu'ils regardent dans ma direction. La foule ne fait que grossir au-delà du périmètre de sécurité, des gens ont grimpé dans les immeubles aux alentours et de nombreuses fenêtres servent maintenant de postes d'observation à de milliers de petits yeux fouineurs. Après de longues minutes où je me demande ce qui se trame, un gars vient se placer accroupi et plaque une feuille de papier contre le verre, où il a inscrit en gros caractères noirs :

— L'aide arrive.

Je le remercie d'un hochement de tête. Il me sourit, mélange de pitié et de peur.

Et en effet, peu après, un petit véhicule à quatre roues fonce vers moi. En sortent deux hommes emmitouflés dans de grosses combinaisons blanches qui m'installent à leur côté et m'embarquent dans leur ville de lumière.

Chapitre 10

Après être passé dans un sas de décontamination, les hommes m'ont lavé, habillé puis emmené dans une chambre aseptisée où ils m'ont placé sous perfusion ; je me suis immédiatement écroulé dans un sommeil sans rêves. Je crois me rappeler qu'ils étaient plutôt gentils, même s'ils ne m'ont rien dit. Je n'étais pas vraiment en état de tenir une discussion ceci dit, alors je ne leur en veux pas trop. Bonne nouvelle, je ne me rappelle pas avoir vu le moindre capuchon de Mage dans la foule.

Et je viens de me réveiller, l'esprit encore confus, déphasé. Est-ce que j'ai dormi une journée ou une semaine ? Impossible de le dire car la pièce d'un blanc immaculé où je me trouve ne possède ni portes ni fenêtres.

Personne n'est encore venu me voir.

Alors j'attends, assis sur mon lit, regrettant amèrement ne pas avoir mes dés sous la main pour passer le temps.

Les minutes passent. Est-ce qu'ils ont des caméras pour m'observer ?

— Il y a quelqu'un ? Je suis réveillé !

Aucune réponse. Encore une fois.

Cela semble être devenu une habitude ! J'arrache la perfusion puis me lève. Je titube quelques pas, visiblement plus faible que je le pensais. Péniblement, je fais le tour de la pièce, espérant voir un défaut, trouver un indice sur le moyen de sortir de là.

Rien que du blanc. Du blanc sur les murs. Du blanc pour ma couchette. Du blanc pour la chemise de nuit. Du blanc pour mes bandages. Je remarque alors qu'ils ont ôté l'implant de mon bras. Bon débarras, j'aurais dû le faire avant !

Je retourne m'asseoir sur mon lit, dépité. Ayant vraiment besoin de me calmer et de m'occuper les mains, mes précieux dés, comme d'ailleurs toutes mes affaires, n'étant pas là, j'arrache une petite bande de tissu au drap du lit que je replie sur elle-même en fines couches serrées, essayant d'en faire un substitut potable. Au troisième essai, je crée un bidule, entre un cube et un rond. C'est trop léger et ça manque d'équilibre, ce qui est plutôt une bonne chose d'ailleurs car cela m'occupe un bon moment, pour retrouver la fluidité du geste.

Puis je m'ennuie de nouveau. Alors je commence à m'intéresser à ma couchette et à voir si je peux démonter le meuble. Assis par terre, je suis en train d'étudier l'un des pieds quand la porte se décide enfin à s'ouvrir. Apparaissent deux hommes, l'un est petit et roux, l'autre est grand et noir. Tous deux ont la trentaine et portent le même uniforme bleu des forces de l'ordre. Toujours pas de Mages.

— Enfin !

Ils me regardent avec étonnement, leurs regards allant du drap découpé à la couchette en partie désolidarisée du sol. Je me sens du coup un peu honteux d'avoir ainsi abimé le matériel de mes sauveteurs.

    — Euh, désolé. J'ai tendance à tout démonter quand je m'ennuie.

Je m'avance vers eux, la main tendue :

    — Chris.

Ils hésitent un bref moment. Puis acceptent ma main et la serrent chacun leur tour.

    — Je suis l'agent John Powell. Et le rouquin là est mon partenaire, l'agent Nick Holdern. Nous faisons partie de la police de New City. Est-ce que vous vous sentez mieux ?

    — Oui, je me remets. New City ?

    — Cette ville, me répond l'agent Powell, comme s'il énonçait une évidence connue de tous. Mais c'est nous qui posons les questions ici si vous le voulez bien. Que faisiez-vous dehors ?

    — Je cherche l'Archimage qui a enlevé mon amie.

    — Qui est-ce ? dit-il en haussant les épaules, visiblement agacé.

Nick, derrière lui, a ouvert un petit carnet et note mes réponses sur ce qui semble être du vrai papier. Où donc ai-je atterri ? Je tente de leur expliquer en me rendant compte que cela est bien plus dur qu'il n'y parait :

— Un dictateur ? Un dieu ? Une légende ? Cela dépend des croyances de chacun. Mages et Archimage sont cachés derrière leurs capuches, personne n'a jamais vu leur visage dans les Refuges. La plupart du temps, ils ne se déplacent pas en personne, se contentant d'envoyer la Milice faire le sale boulot. Je devais être important, ils sont venus à deux Mages me chercher au Refuge pour m'emmener.

— Il est impossible de survivre là-dehors, affirme John, très sûr de lui. Est-ce grâce à ça que vous avez pu survivre ?

Il me montre la petite boîte avec la seringue que j'espérais pouvoir donner à Gil.

— J'imagine.

— Où l'avez-vous eue ?

— Les Mages.

— Encore eux, remarque John. Croyez-moi, la magie appartient aux contes de fées, je peux vous assurer qu'il n'y a pas de magie ici. En tout cas plus depuis longtemps.

— Alors nous ne sommes pas dans la ville de l'Archimage ?

— Comme je vous l'ai déjà dit, ici, c'est New City, l'un des deux dômes d'Europe. Aucun être humain ne peut plus vivre à l'extérieur depuis le grand fléau de 2055. Mais si ce que vous dites est vrai, si ce produit permet de sortir, cela change tout ! Nous pourrions reconquérir la planète, nous pourrions de nouveau vivre sous le ciel, goûter la pluie et le vent…

Amusé par l'envolée lyrique de John qui semble d'un coup bien inspiré, je ne peux m'empêcher de le stopper net.

— N'est-ce pas une certaine forme de magie ?

Il prend un instant pour réfléchir, n'ayant a priori pas vu les choses sous cet angle.

> — Oui, vous avez peut-être raison après tout. Archimage. Mages. Je pourrais m'y faire à un peu de magie. Enfin, quoi qu'il en soit, y'a pas mal de gens qui veulent vous voir, vous n'avez pas fait une arrivée particulièrement discrète hier. Et ça… ça, si c'est effectivement ça qui vous a permis de survivre, alors ÇA vous rend l'homme le plus riche de la ville.

Il dépose à mon côté la petite boîte marquée du sceau de l'infini.

> — Faites-en bon usage. Beaucoup de gens aimeraient sans doute s'approprier ce petit bijou s'ils en avaient connaissance. Ce serait dommage d'avoir survécu à l'extérieur pour se faire dépouiller d'un trésor capable de vous acheter la ville.

Nick ferme son petit carnet et se joint enfin à la conversation.

> — Si vous réussissez à synthétiser suffisamment de ce produit, vous pourriez sauver l'humanité.

Je commence à voir où ils veulent en venir… John reprend :

> — Vous avez un endroit où dormir ?
> — A votre avis ? Non. Je ne connais pas cette ville.

Les deux hommes échangent un bref regard, Nick acquiesce imperceptiblement, John continue :

> — Ecoutez, on loue un petit deux pièces, y'a un canapé si vous voulez. On peut vous héberger le temps que vous trouviez mieux avec ÇA.

Et voilà ! Est-ce que je ne devrais pas appliquer leurs propres conseils ? Quel sera le prix de cette aide si charitablement donnée ? En même temps, ce n'est pas comme si j'avais le choix et beaucoup d'amis dans cette ville.

> — Je présume que vous voudrez une part des bénéfices ?

Ils sont visiblement tous les deux étonnés par ma manière franche d'aborder les choses.

> — Euh, répond Nick en rougissant, mal à l'aise.

— Les perspectives d'évolution sont rares ici, ajoute John. On ne serait pas contre un petit changement de carrière.

Au moins, ils sont honnêtes. J'aime !

— C'est d'accord.

Pour la deuxième fois en quelques minutes, je leur serre la main. Les deux hommes ont l'air plus détendus, surtout John, certainement heureux que l'on soit arrivé à un arrangement aussi facilement.

— On va vous amener vos affaires, me prévient John, puis déguerpir rapidement avant que cela ne devienne impossible de sortir. Les journalistes sont déjà massés devant la porte principale et ne tarderont pas à trouver des excuses pour venir fouiner ici.

— Alors allons-y, j'en ai plus qu'assez de cette pièce.

— Ah ouais, désolé pour ça, l'hôpital craignait une contamination. Ils ont préféré vous mettre à l'isolement, le temps qu'ils soient sûrs que vous ne trimballiez rien de toxique en vous. Bon, j'y vais. Nick, tu restes avec notre ami ?

Nick hoche de la tête et nous nous retrouvons seuls, à nous observer en chien de faïence. Je fais le premier pas :

— Vous pensez que si on réussit à synthétiser ce produit vous pourriez sortir ?

— Je ne vois pas pourquoi vous pourriez et pas nous.

— Dans mon Refuge, les gens peuvent sortir la journée sans souci.

— Ce serait déjà un grand pas en avant ! Cette ville se meurt, gangrénée de l'intérieur, elle n'a plus rien de la grande cité d'autrefois. Les accidents sont de plus en plus nombreux, tout tombe en ruine, surtout dans les sous-sol, L'espèce humaine n'est pas faite pour vivre sous cloche sans objectif. Cela va exploser, un jour ou l'autre.

— Il semblerait que je sois arrivé au bon moment avec ma magie ! Par contre, il ne faut pas oublier mon but : Gil.

Je dois rapidement repartir chercher mon amie. Et faire payer l'Archimage…

— Et pourquoi venir à New City ?

— Aucune idée, la dernière fois que je l'ai vue, elle s'envolait à bord d'un vaisseau de l'Archimage vers le Sud. Vers ici.

— Mauvaise piste. Il n'y a pas d'Archimage sur ce continent. Seules deux villes ont survécu. New City, notre ville, et Eden bien plus au nord.

— Qu'en savez-vous ? Vous ne sortez jamais de votre dôme ! Des gens pourraient vivre dans la décharge que vous ne les verriez même pas.

— J'imagine que oui. Avec un sérum contre le Fléau, vous pourriez acheter la ville et envoyer une armée à sa recherche !

— Et l'Archimage n'aurait plus qu'à bien se tenir ! J'aime l'idée. C'est possible ?

— Sûrement. Je connais la personne parfaite pour ce boulot, elle nous en doit une et sera certainement passionnée par cette histoire. On va sortir d'ici, vous allez vous reposer et on ira la voir demain.

— Non. Nous y allons aujourd'hui.

— Ok, ok…

Un petit bip retentit dans la pièce, me faisant sursauter. Nick se déplace immédiatement à mes côtés de façon à se mettre entre la porte et moi, masquant aussi la précieuse boîte. Arrive un homme dans une blouse blanche, un médecin.

— Messieurs. Pourriez-vous me laisser avec mon patient, j'aimerais faire un rapide examen de notre miraculé, si vous le permettez.

Mais Nick ne bouge pas.

— Il va très bien, répond-il, nous allons y aller maintenant.

— Permettez-moi juste de prélever quelques flacons de sang supplémentaires afin d'effectuer des analyses, insiste le médecin. Nous ne voudrions pas avoir raté quelque chose.

— Vous avez déclaré Monsieur sain il y a vingt minutes.

— Nous n'avons rien déclaré de la sorte !

— Allez donc vérifier.

Les deux hommes se toisent, Nick fait un pas vers l'avant, déterminé, le docteur recule, intimidé. Une petite fiole tombe de sa main et vient rouler jusqu'à mes pieds. Elle porte un bouchon rouge.

— Vous devriez nous laisser y aller maintenant, affirme Nick d'un ton qui ne laisse aucune place à la négociation.

— Oui, bon, très bien.

Il se retourne et ressort sans demander son reste. Je suis un peu étonné par la scène étrange qui vient de se dérouler devant moi. Nick, qui m'avait paru le gratte-papier effacé dans l'ombre de John, a certainement plus de ressources qu'il n'en laisse paraître.

— Il voulait quoi, lui ?

— Il se pourrait que les échantillons qu'ils avaient précédemment prélevés aient eu comme... un accident. Comme d'ailleurs quelques caméras de sécurité.

— Je vois. Je présume que je dois vous remercier.

— Oh mais de rien, nous ne faisons qu'assurer nos intérêts communs.

Je reste silencieux jusqu'au retour de John. Perdu dans mes pensées, tout en manipulant mon lamentable dé d'emprunt, j'essaie surtout de mesurer toutes les implications des récentes découvertes. L'Archimage, ce personnage que tout le monde craint dans notre Refuge dès qu'on sait prononcer son nom, ne contrôle donc pas toute la planète ? Lui que nos livres d'histoire décrivent comme un sauveur de l'humanité, le gardien immortel qui veille sur la pérennité de notre race ne serait qu'un médiocre profiteur local ? Y'a-t-il au moins d'autres Refuges ?

John revient finalement avec mon sac et une tenue discrète, un pantalon gris, une chemise noire, des baskets et un sweat à capuche, afin de passer inaperçu plus facilement.

Dans les couloirs de l'hôpital, mes deux sauveteurs m'encadrent tels deux gardes du corps, alors que tous nous observent. Des patients passent la tête par la porte de leur chambre, d'autres chuchotent en petits groupes, une femme derrière un bureau recouvert de documents se signe en marmonnant. Ils m'emmènent vers l'arrière du bâtiment, par une porte de service. Une voiture banale, comme j'en ai vu des dizaines dans les rues à travers la vitre, est garée derrière une palette de boites brunes qu'un camion est en train de décharger. Les deux livreurs nous regardent passer, étonnés. Ils ne peuvent cependant pas me reconnaître, car j'ai déjà disparu à l'abri de la capuche de mon sweat.

Confortablement assis, je peux tout observer derrière les vitres teintées de la berline électrique qui file en silence. Cette ville étrangère me parait étrangement familière, ressemblant à toutes ces cités magiques décrites dans les romans qui ont bercé mon enfance solitaire.

Le dôme a certainement été construit suivant un plan bien établi. Et rapidement. C'est un alignement sans fin d'immeubles métalliques similaires dans leur laideur, coupés à distance régulière par des parcs, c'est à dire un pitoyable assemblage de quelques arbres en mauvaise santé. Même si nous sommes en pleine journée d'après les horloges, la lumière du jour peine à arriver jusqu'aux rues étroites à travers la crasse extérieure. De plus, seuls trois mètres au maximum séparent les façades opposées, bien souvent reliées par des passerelles temporaires jetées entre les bâtiments, sans aucun respect des lois de la gravité. Publicités et devantures débordent dans la rue qui grouille d'activités, des gens sont assis un peu partout, ils mangent, commercent, discutent dans une désorganisation générale. D'énormes panneaux vantent les mérites d'une lessive révolutionnaire, s'agrandissant en 3D jusqu'au milieu de la rue sans inquiéter nullement les passants qui traversent sans même ralentir la projection.

Sous le vernis rutilant, les stigmates du temps sont visibles : des façades lépreuses, des carreaux brisés, de nombreux arbres aux feuilles jaunies, des voitures gisant inanimées, garées depuis bien longtemps au bord du trottoir et squattées. Et les gens sont tristes.

Même s'ils sont habillés de couleurs vives et de tenues variées, ils portent tous le même masque de fatalité, marchant parce qu'ils le doivent vers une destination qui ne les enchante guère.

Notre voiture s'engage dans un tunnel et disparaît dans les entrailles de la ville. Là, plus aucun effort n'a été fait pour cacher la misère, négatif en noir et blanc de la ville supérieure. Sur le modèle des icebergs que l'on dit plus importants sous la mer qu'à la surface, tous les immeubles ont leur face cachée, s'enfonçant autant dans le sous-sol qu'ils ne s'élèvent vers les cieux. Voire plus. Et comme la place venait à manquer, telles des pustules, des logements ont été construits un peu partout, exploitant le moindre vide technique, le moindre espace dans les trois dimensions. L'activité ici est plus rare, furtive, aucune autre voiture, juste des piétons qui se fondent dans l'obscurité à notre passage, se faufilant entre les bâtiments biscornus.

— Nous sommes dans le niveau technique de la ville, m'explique John. A l'origine, personne ne devait vivre ici, les ingénieurs qui ont conçu la ville désirant quelque chose de confortable pour tous les habitants.

— Les intentions sont toujours bonnes, remarque Nick.

John hoche la tête et continue :

— Au fil des années et des naissances, les classes laborieuses ont été peu à peu reléguées ici. Ils vivent avec les machines qu'ils sont censés entretenir, dans une étrange symbiose.

— C'est ici que la colère est la plus forte, ajoute Nick. Des hommes et des femmes naissent avec la haine d'un système qui les enferme dans une vie qu'ils n'aiment pas. Leurs enfants sont le carburant d'une révolte qui couve.

— Et se rebeller contre quoi ? demande John. C'est ça le souci, car ce n'est pas bien mieux au-dessus. A part la lumière du jour, les logements sont aussi surpeuplés et il n'y a pas assez d'emploi pour tous. Alors les gens restent chez eux, sans but.

— Ces dômes ont été créés dans l'urgence par des gouvernements paniqués par la menace biochimique. Personne n'avait imaginé que, cinquante ans après, la vie dehors serait toujours impossible pour l'homme.

Cette version de l'histoire ne colle pas vraiment avec ma connaissance.

— Il s'est passé quoi ? Vous avez parlé d'un Fléau ?

A l'école, jamais l'on ne m'avait parlé de ça. En fait, même si la bibliothèque du Refuge était pleine de romans variés et d'épopées chevaleresques, il n'y avait qu'un seul livre officiel d'histoire, débutant en l'an 0 avec la création des Refuges par l'Archimage, afin de sauver l'humanité de l'extinction. Chaque communauté s'est vu allouer un espace pour vivre, suffisamment éloigné des autres pour éviter les conflits inutiles, suffisamment proche pour permettre des échanges ponctuels. Les Mages assurent l'équilibre, juges et protecteurs de l'humanité dont la Milice est le bras armé. Tout le reste n'est que fiction !

Le Fléau ?

— C'est comme ça qu'on l'appelle, me répond John. Je suis pas un pro de l'histoire, alors en version simplifiée, la tension est montée entre plusieurs gros états, je ne me rappelle plus leurs noms, mais c'était le bordel. Y'avait déjà eu quelques villes touchées, toute vie humaine éradiquée dans un rayon de dix ou vingt kilomètres.

— C'est pour ça que des gouvernements ont décidé de mettre tout leur argent dans des dômes, complète

Nick. Ils ont lancé un grand programme international, de gros budgets...

— Et puis un jour, ça a pété. Tous les gens près du dôme ont pu survivre, les autres sont morts, asphyxiés par l'air devenu toxique.

Ça, ça ne colle pas avec les explications des deux hommes. Je les interromps :

— J'ai vu des animaux pourtant dehors.

— La toxine ne touche que les hommes, reprend John. Les animaux, les plantes, rien d'autre n'est touché. Nos meilleurs scientifiques ont bossé pendant des années à tenter d'identifier la façon dont le poison cible les humains.

— Et ils n'ont rien trouvé, ajoute Nick.

— Soit, c'est bien caché. Soit, ils ne sont pas assez intelligents. Notre ville a été peuplée au hasard. Rien n'était terminé quand l'attaque a frappé. Alors nos parents ont dû se débrouiller avec les gens qui étaient là.

— Et ils s'en sont plutôt bien sortis. La cité est étanche et auto-suffisante.

— En tout cas pour le moment. Tout vient à manquer peu à peu et surtout l'espoir. A un moment, la machine va s'enrayer.

Et on en revient toujours au même point. Le sérum. Je serre la petite boite, tout en la laissant dans mon sac. Toutes mes affaires m'ont été restituées en l'état, même s'il est clair qu'elles ont été analysées dans tous les sens.

— Où allons-nous ? je demande.

— Voir notre amie scientifique, me répond John.

— Bien.

La voiture achève de me perdre totalement dans le labyrinthe des rues sombres avant de s'arrêter devant une grande porte métallique en partie défoncée, tenant comme par miracle sur des gonds rouillés. John sort en premier, puis il vient m'ouvrir la portière.

Nick va frapper. Après une petite minute, un enfant sort de nulle part et se plante devant nous, sale et gringalet, casquette vissée sur la tête et pantalon bien trop grand qui lui arrive presque jusqu'aux aisselles.

— Vous voulez quoi ? demande-t-il d'un air suspicieux.

— On veut voir Jenny.

— Elle est pas là.

— Pourrais-tu vérifier ? Elle est plutôt dispo quand c'est Nick.

— Hum… bougez pas.

Le gamin repart par une ruelle. Les minutes passent. Puis soudain, la porte s'ouvre dans un étrange silence, sans le crissement du métal que j'attendais vu son état.

— Ouep, vous avez raison, elle est là en fait. Au fond.

L'intérieur n'est pas éclairé et seule la lumière de la rue nous permet de voir dans le long couloir. Nick ouvre la marche, peu impressionné par l'ambiance morbide. Il frappe un petit coup sec sur la porte du fond.

— Entrez !

Une voix de femme. Nous obtempérons et je découvre avec étonnement un laboratoire ultra-moderne à la netteté irréprochable. L'espace est optimisé au maximum, avec plusieurs paillasses, de grands espaces de rangement et des machines dont je ne connais pas l'utilité. Comme une reine au milieu de son palais, une jeune femme, la trentaine, habillée d'une blouse blanche impeccable est assise sur un tabouret haut, le visage collé sur une grosse loupe binoculaire.

— Je suis à vous dans deux minutes.

Concentrée sur son observation, elle note à l'aveugle différents chiffres sur le carnet posé sur ses genoux, changeant régulièrement les réglages grâce à une molette à droite et à gauche de l'appareil. Une sonnerie me fait sursauter, provenant d'une machine ronde sur l'établi.

— Tenez, tant qu'à venir, vous pourriez vous rendre utile ?

Elle nous indique de la main la machine et continue à aligner sa série de chiffres mystérieux, sans bouger de son tabouret. John et Nick se regardent, perplexes. Je viens à leur secours.

— C'est bon, je m'en occupe.

Ayant souvent aidé le docteur du Refuge, je sais ce qu'est une centrifugeuse et j'ai une vague idée de comment procéder. Assez facilement, je trouve le bouton d'ouverture, le gros bouton rouge, et avec la pince laissée à côté, je sors des petites fioles qui contiennent un liquide bleuté et les installe sur un support à tube à essais. A l'intérieur de la solution tourbillonne une mousse argentée aux effets psychédéliques. Magnifique.

— Bon, vous êtes là pour quoi ?

La femme s'est levée et se tient au milieu de la pièce. Avec son visage rond et ses traits fins, elle serait plutôt mignonne, si elle n'avait pas un air aussi sérieux derrière ses lunettes, m'étudiant de ses yeux noirs à la précision millimétrique.

— Ça faisait longtemps, Jenny !
— Stoppe le blabla, John. Vous deux, vous ne venez pas me voir simplement pour échanger des politesses.
— On ne voudrait pas gâcher ton précieux temps pour des mondanités, répond-il, essayant vainement de détendre l'ambiance.
— C'est ça… Donc ?
— Par où commencer…
— C'est le gamin qui a été retrouvé dehors ?

Les nouvelles vont vite.

— Oui. Je m'appelle Chris. Enchanté.
— Intéressant…

Avec précision, elle change de page sur son carnet, inscrit mon nom en grosses lettres capitales dans l'encart supérieur et commence à noter différentes choses d'une écriture tarabiscotée.

— Quel âge as-tu ?
— 16 ans.
— Où es-tu né ?

— Ce n'est pas…

— Vous voulez mon aide ou pas ? Je dois tout savoir !

— En 102, dans le Refuge 42.

Elle tourne autour de moi et note ce qui ressemble à mes mensurations.

> — Jamais entendu parler. Il va falloir être plus précis.
>
> — Je n'ai pas d'adresse. Cela se trouve au confluent de deux fleuves, un abri sous-terrain construit dans une colline. Des champs tout autour, quelques rares arbres. J'ai marché une dizaine de jours vers le sud, sud-ouest jusqu'ici.
>
> — Comment était le terrain ?
>
> — Euh. De la forêt ? Puis des ordures.
>
> — Hum… Attends.

Elle disparait dans une grande armoire métallique et en ressort une vieille carte.

> — Le dôme est ici. Et tu as été retrouvé de ce côté, juste là sur la croix. La décharge fait une couronne d'environ trente kilomètres tout autour, donc ça nous amène jusqu'ici.

Je pointe une grande zone verte un peu plus au nord de la partie identifiée de hachures pour la décharge.

> — Et ça, ça doit être la forêt où j'ai marché pendant trois jours.
>
> — Touffue ?
>
> — Pardon ?
>
> — La forêt, est-ce qu'elle était touffue ?
>
> — Non, et j'ai assez vite trouvé une route. Et j'avais à boire et à manger, donc ça allait.
>
> — Ok, donc tu as pu faire dans les 20 ou 30 kilomètres par jour. Ce qui nous amène entre ici et… ici.

Elle place deux grands traits, estimant mon point de départ, ce qui englobe plusieurs centaines de kilomètres carrés avec des rivières, des montagnes, des forêts…

> — Tu reconnais quelque chose ?

— Non, nous n'avions pas ce genre de dessin au Refuge. Et qu'importe, je ne veux pas retourner là-bas, je veux trouver l'Archimage et Gil. Il n'y a que ça qui compte ! Ils sont quelque part, dehors.

— Dehors ?

John en profite pour se réinviter dans la discussion.

— Et c'est justement la raison de notre venue aujourd'hui. Chris ?

Je sors la petite boite de mon sac, l'ouvre et la montre à Jenny.

— Je pense que c'est ça qui m'a fait survivre dehors.

Elle la prend avec une ferveur religieuse et une précaution infinie.

— Si ce que tu dis est vrai…

— Je sais, ça peut sauver la ville. Que les choses soient bien claires, ils m'ont expliqué l'importance que ce produit a pour vous, le dôme. Je comprends, croyez-moi. Mais moi, je veux retrouver mon amie, Gil. La dernière fois que je l'ai vue, elle volait vers ici. Je dois continuer mes recherches. Seul, à pied, je vais prendre des années à la retrouver, si je ne meurs pas dans une autre décharge stérile. John et Rick m'ont convaincu que synthétiser et vendre ce sérum pourraient accélérer les choses. J'ai accepté de les croire. Alors si je vous confie cette boîte, vous devez me faire une promesse : il faut y arriver. Car le sort de Gil en dépend.

— Je te le promets. Raconte-moi tout !

Chapitre 11

Finalement, je ne suis pas allé chez mes deux nouveaux amis, à la décision unanime et imposée de Jenny.

— C'est plus efficace.

Et l'affaire était entendue.

J'y ai gagné au change car, sous un aspect miteux pour leurrer d'éventuels curieux, sa maison est en fait un condensé de technologies, offrant tout le confort moderne avec chambre personnelle, mur-télévision, salle-de-bains privative, douche sonique, cuisine minute…

John et Nick ont également emménagé ici, le nouveau quartier général de l'Archimage comme ils s'amusent à appeler notre organisation. Ce qui a le don de m'agacer, quand l'on sait l'amour que je porte à cet usurpateur.

Ils se relaient pour assurer ma sécurité… et surveiller leur future fortune. Je sais que j'ai joué un jeu dangereux en m'alliant avec des inconnus et je me doute que, pour le moment, ils ne sont pas ici par pure amitié, même si nous commençons à bien nous entendre. Ils auraient pu tenter d'extraire ce qu'il leur fallait sur mon corps sans vie. Heureusement pour moi, ils ont été trop gentils, ou trop prudents, et je suis toujours là.

Peut-être tout simplement que Jenny leur a dit qu'elle avait encore besoin de mon sang chaud.

Le fait est qu'elle se trouve face à un mystère difficile à résoudre et qu'elle y met tout son cœur : elle ne fait aucune pause et passe ses journées à remplir des pages avec des résultats compliqués. Je ne sais pas exactement si son étude avance ; la demoiselle n'utilise pas un langage particulièrement compréhensible, se perdant en termes scientifiques qu'aucun de nous ne comprend. En tout cas, je suis amené à revenir souvent dans son laboratoire et à m'astreindre à toutes sortes de tests plus ou moins agréables.

Quand je ne joue pas le cobaye, je m'occupe en lisant tout ce que je peux trouver sur quelqu'un qui se ferait appeler l'Archimage. Il y a bien eu une drogue dans les années 2000 qui s'appelait ainsi. Diverses sociétés sans importance. Et bien sûr la fiction regorge, dans les contes pour enfants, les jeux vidéo ou encore les films et les séries, de ces magiciens en robes bleues et au chapeau pointu. Y'a aussi un gars, dans la première année du dôme, qui se faisait appeler le Magicien, un assassin, le premier à avoir été banni du dôme. Perdant mon temps avec ces informations qui n'ont rien à voir avec l'Archimage qui m'intéresse, je change de sujet et m'instruis sur le dôme et son histoire récente. Suite au Fléau survenu en 2055, onze dômes ont réussi à accueillir un peu plus de deux millions d'humains. Une foultitude de petits abris privés a également été recensée. Même s'il est difficile d'en être sûr, il est peu probable qu'ils soient encore fonctionnels, ayant certainement épuisé leurs ressources.

Pour en revenir aux dômes, en 2071, un incendie majeur a obligé au confinement de l'un des dômes européens. Puis cela a été le tour d'un dôme asiatique en 2080, dont la structure fut ébranlée par un tremblement de terre. Plus récemment, en 2097, tout contact a soudain été perdu avec un dôme en Alaska, enfin le système de relais des communications mondiales a lâché, isolant New City.

Aujourd'hui, en 2105, au cinquantième anniversaire de l'enfermement des humains, il ne reste donc au mieux que huit dômes, si aucun autre n'a périclité récemment. Car tous rencontrent les mêmes soucis : une infrastructure vieillissante, une population malheureuse et un épuisement des ressources. Nick et John n'exagéraient absolument pas : dans un futur plus ou moins proche, les dômes vont lâcher.

Je passe le quatrième ou cinquième jour de mon repos forcé chez Jenny devant la télévision, regardant des séries grand public, tout en tentant d'obtenir des paires avec mes dés. Je n'ai pas beaucoup de réussite, tout comme le super-héros de la télé qui repousse des vagues de méchants, alors que la ville continue à sombrer dans le chaos et la corruption…

— La ville t'accueille chaleureusement, m'apprend John, ils t'ont crédité de 100 unités en guise de bienvenue.

Le policier vient de rentrer et me tend mon sésame. Je possède enfin une existence légale, grâce à cette carte d'identification, servant de pièce d'identité pour les forces de l'ordre, de pass d'accès pour les zones restreintes et de titre de paiement pour les dépenses quotidiennes.

— C'est beaucoup ?

— Non, répond-il laconiquement. Ah, et le Maire aimerait te voir.

— Je ne vois pas en quoi il peut m'aider.

N'ayant pas envie de discuter, John repart sans chercher à argumenter avec moi. J'imagine qu'il va comme à son habitude se faire une de ses monstruosités de sandwich qu'il affectionne particulièrement après une longue journée de travail.

— J'ai une bonne et une mauvaise nouvelle.

Jenny me fait sursauter. C'est la première fois que je la vois hors de son laboratoire. Je me lève, inquiet, oubliant totalement l'histoire futile qui se déroule derrière moi sur le mur-écran.

— Je ne trouve aucune trace du sérum de la seringue dans ton organisme.

— C'est la bonne ou la mauvaise nouvelle ?

— Je tente encore de le savoir. Soit tu l'as déjà assimilé, soit ils ne t'ont rien injecté du tout. En tout cas, tu es différent, ton ADN… Je n'avais jamais vu ça. Tes cellules se régénèrent à toute vitesse. Je suis en train de le séquencer et il y a des choses très intéressantes.

— Et le sérum ?

— C'est compliqué car je n'ai rien pour m'aider à comprendre son fonctionnement pour le moment. Rien chez toi… Et je n'en ai pas assez pour faire des tests à grande échelle, quand bien même je trouverais des cobayes, car je ne peux pas tester sur les animaux, qui ne sont pas affectés par le Fléau.

— Et donc ?

— Donc cela va prendre du temps, car je dois établir le lien qui existe entre ce produit et ton ADN sans aucun guide. Un peu comme si j'avais un énorme trousseau de clés et des millions de serrures à essayer une à une. Peut-être devrais-tu essayer de trouver une autre solution pour ton amie. Seule, j'en ai pour des années.

Sonné, j'encaisse la nouvelle. Heureusement que je suis déjà assis.

— C'est trop long…

— Toute seule, je ne peux pas faire mieux.

— Et si tu n'étais pas seule ?

— Tu connais beaucoup de scientifiques ? Et admettons que je découvre des gens intelligents, comment je les paie ?

— Donc nous en revenons à un problème simple : l'argent. Je vais t'en trouver.

— Il n'y en a pas beaucoup par ici.

— Il doit y avoir une solution…

— Peut-être en passant par les médias. Tu devrais en parler avec John. Ça, ça dépasse mes compétences.

— D'accord, j'y vais de suite.

Elle baille à s'en décrocher la mâchoire, soudain rattrapée par ses récentes nuits trop courtes.

— Bon, c'est pas de tout ça… Je suis crevée.

— Bonne nuit !

Je lui adresse un petit salut de la main, auquel elle répond mollement, déjà à moitié dans son lit. J'ai totalement décroché de mon émission, le super-héros court actuellement sur un pont et semble essayer d'éviter de tomber... Passionnant ! J'éteins la télévision.

Dans l'obscurité, je réfléchis aux options qui s'offrent à moi, comme je l'avais fait dans les bois.

Partir et marcher vers le sud éternellement, sans savoir où aller, juste en misant sur la chance ? Avec tous mes récents déboires, je ne sais pas si je peux encore croire en une bonne étoile qui veille sur moi.

Malgré le danger, retourner au 42 pour voir si une piste peut me mener à l'Archimage ? Cela semblait une mauvaise idée lorsque je me suis réveillé, et cela le paraît encore davantage maintenant. Au-delà des risques de se faire tuer par les habitants mécontents du Refuge, il y a fort à parier que je suis désormais une cible à abattre à vue, après avoir découvert que l'Archimage n'est pas exactement le sauveur que tous imaginent.

Rester et miser sur Jenny et sa science, même si cela risque de prendre du temps ? Sur le long terme, cela pourrait se révéler gagnant. Car si l'Archimage a sa Milice, moi je pourrais m'acheter New City.

Tenter en solo ? Retourner au Refuge ? Miser sur Jenny ? Aucune solution n'est parfaite, et je ne vois aucune autre alternative viable.

John sera peut-être de meilleur conseil. Je quitte ma chambre et remonte le long couloir. Bien que toujours aussi sombre, la maison me semble moins glauque, maintenant que je sais que ce n'est qu'un trompe-l'œil. Je pousse une porte dérobée cachée dans un des murs pour déboucher dans la cuisine. Le policier interrompt sa discussion avec l'un des enfants qui traîne toujours chez Jenny lorsque je fais irruption :

— John, quel est le meilleur moyen de gagner de l'argent ?

Il arrête son geste, le couteau en l'air au-dessus de sa tranche de pain.

— Jenny a des résultats ? interroge-t-il.

— La tâche se complexifie, Jenny va avoir besoin d'aide, donc d'argent.

— Hum…

Il reprend son tartinage. Je lance l'idée évoquée par Jenny :

— Jenny parlait de peut-être passer par les médias ?

— Pas sûr qu'on puisse, me prévient le policier. Ils sont tous contrôlés par le gouvernement et risquent de te censurer.

Il enfourne sa tranche de pain. La bouche à moitié pleine, il continue :

— Bon, après, ils ne pourront certainement pas refuser une interview. Mais tu voudrais faire quoi exactement ?

— Demander aux gens du dôme de nous avancer de l'argent. Ce sera diffusé en direct, non ?

— Ouais, y'a des chances.

— Très bien, emmène-moi à la plus grosse chaîne. Il est temps de passer à l'action !

— Tout de suite ? C'est que je comptais dormir un peu...

— Tu dormiras plus tard. Allez, hop.

Je l'aide à ranger tout ce qu'il a sorti pour son petit déjeuner, voulant lui éviter l'ire de Jenny qui ne supporte pas le désordre, puis nous sortons. Il faut impérativement que j'arrive à convaincre la ville entière d'investir, ton sort est entre mes mains, pas de la façon dont je l'avais imaginé initialement, certes. Quoi qu'il en soit, je dois réussir. Alors que nous roulons, une question me traverse l'esprit.

— Tu gagnes combien par mois ?

— 950 unités.

— Tu es bien payé ?

— Plutôt oui, les vocations en tant que policiers ne sont pas nombreuses, il faut bien que la paie soit un atout à défaut d'autre chose. Les salaires débutent autour de 300 pour les moins qualifiés. Enfin, ça ne permet pas de s'acheter grand-chose quand même. Pour te donner une idée, notre appartement coute 800. Les logements sont très chers à la surface. Ici on aurait le même pour 2 ou 300.

— Si je réclame 1000 unités, ça te paraît trop ?

— C'était le prix d'une petite voiture à l'époque où nous en produisions encore.

— Bien.

Nous sommes sortis des tunnels et fonçons dans le peu de lumière du jour qui réussit à filtrer à travers les immeubles et la chape de crasse. La chaleur du soleil me manque soudain. Peut-être qu'après j'irai faire un tour dehors, la décharge ne devant pas être si terrible que ça avec de l'eau et de la nourriture.

John gare la voiture devant les escaliers d'un grand immeuble en meilleur état que beaucoup dans le quartier. Un panneau lumineux au-dessus de la porte m'apprend que nous nous sommes arrêtés devant les locaux de la première chaîne.

— Tu es prêt ?

— Non. Mais demain, je ne le serai pas plus.

John sourit et éteint le moteur.

— Tu penses que je devrais la mettre ?

Je lui montre la tenue de Mage que j'ai récupérée avant de partir.

— Quitte à l'avoir amenée, autant s'en servir. Cela donne une note d'étrange qui plaira sans hésiter.

J'acquiesce. Je me tortille dans la voiture pour changer de vêtements. J'avais oublié comme je me sentais bien dedans. Je ne remonte pas la capuche pour le moment : autant qu'ils voient mon visage et me reconnaissent.

— Bon, allez…

John descend et vient m'ouvrir en faisant une courbette ridicule :

— Si Monsieur veut bien se donner la peine.

Je sors, et hésite un moment. John, lui, est parti :

— Allez, en avant jeunesse !

Il m'arrache à moitié l'épaule lorsqu'il me pousse vers l'entrée. Dans le hall, l'hôtesse d'accueil s'empresse de bondir sur son téléphone dès qu'elle me voit. Tout le bâtiment entre en ébullition et différents messieurs en costumes impeccables apparaissent pour me serrer la main et me souhaiter la bienvenue. Jusqu'à ce qu'ils s'écartent tous, lorsque celui qui doit être le patron arrive par l'ascenseur principal.

— Au nom de l'ensemble de l'équipe de Canal Un, nous vous remercions d'avoir choisi notre chaîne pour votre première apparition.

Je lui serre la main avec un léger sourire.

— Je suis disponible pour un entretien. Et j'aurais une petite annonce à faire en même temps.

— Oui, oui, tout ce que vous voudrez, m'assure-t-il d'un ton mielleux. Venez, par ici.

Nous montons dans un ascenseur et bien vite, je me trouve enfermé dans une salle de maquillage, où plusieurs personnes tourbillonnent autour de moi. Un homme mûr, la cinquantaine, les cheveux grisonnants et les dents impeccablement blanches vient se présenter. Il va mener l'interview et nous avons l'antenne dans deux minutes. Le bal infernal s'accélère autour de moi. Alors que les maquilleuses finissent les dernières touches, on m'installe sur un fauteuil brun, puis finalement quelqu'un ordonne d'une grosse voix d'en amener un noir pour plus de contraste. Alors que je suis encore en train de me demander si tout cela était finalement une bonne idée, de gros spots sont braqués dans ma direction, une femme égrène un compte à rebours, puis une petite ampoule s'allume au-dessus de la caméra principale : nous sommes à l'antenne !

— Mesdames, Messieurs. Ici Jack Went pour Canal Un. Priorité au direct ! Nous interrompons nos émissions en cours, car j'ai l'immense honneur de me trouver en présence du jeune homme qui a été retrouvé la semaine dernière à l'extérieur du dôme !

— Je suis également enchanté d'être ici. Chris.

Je lui décoche un sourire tout aussi commercial que le sien. Nous sommes les meilleurs amis du monde... pour un bref moment.

— Comment allez-vous ? La dernière fois que vous êtes apparu à l'écran, vous sembliez malade.

Un écran apparaît derrière nous et Jack montre les images de mon arrivée au dôme. Dans mes vêtements crasseux, j'ai l'air pitoyable à frapper sur la vitre tel un dément. Je voudrais que ces images disparaissent à jamais.

— Par l'Archimage, inutile de revenir là-dessus.

Le présentateur remarque mon trouble, il fait un petit geste bref à l'intention de quelqu'un et l'écran retourne rapidement se cacher dans le décor. Il tente d'enchaîner.

— Alors, racontez-nous, d'où venez-vous ?

— De très loin, l'endroit exact n'a que peu d'intérêt en fait. Ce qui est important, c'est ce que nous allons faire maintenant. Comme vous avez pu le voir, je suis arrivé de l'extérieur, et le Fléau n'a pas d'effet sur moi.

Ma petite annonce fait son effet sur monsieur-parfait face à moi. Des années de métier plaquent un sourire théâtral, ne réussissant pourtant que partiellement à masquer son trouble. Il reste sans voix.

Alors je continue.

— Il existe un espoir, l'espoir que tous les habitants de New City puissent également ressortir.

— Vous pensez réellement être capable de rendre l'extérieur à l'humanité ?

— Exactement.

— Je n'ose y croire.

— Et pourtant, j'en suis la preuve.

— Vous ne sembliez pas très en forme.

— Et qui le serait après avoir marché dans cette immonde décharge à ciel ouvert sans une goutte d'eau pendant cinq jours ?

— Nous avons malgré tout besoin de plus que votre parole.

— Je suis prêt à sortir devant vos caméras quand vous le désirez si vous ne me croyez pas. Vous verrez, je m'y sens parfaitement bien. Et vous pourrez également sortir de nouveau un jour.

Surpris, le présentateur bégaie lorsqu'il reprend :

— Et que… que… qu'avez-vous donc à proposer ?

— Un sérum pour une nouvelle vie, libérée des contraintes du dôme. Bien entendu, cela ne peut être accompli sans un certain travail de recherche. Alors je tiens à être honnête. Ce ne sera pas demain, ni même le mois prochain. Mais je suis la preuve vivante que nous avons la solution. Et nous avons besoin de vous ! Car rien ne peut être fait sans argent. 1000 crédits, et vous assurez votre futur à l'extérieur. Je crois que vous pouvez m'envoyer l'argent là.

Je tends ma carte d'identification devant moi, comptant sur le gros plan de la caméra sur mon code. Le présentateur semble comme tressaillir et porte la main à son oreillette.

— Et si nous enchaînions par une courte session de publicité, puis peut-être accepterez-vous de nous en dire plus sur vous, votre enfance, votre vie au-delà du dôme ?
— Quelle bonne idée.

La lampe au-dessus de la caméra s'éteint, j'en profite pour m'échapper vers mes deux amis, Nick nous ayant rejoint durant l'intervention télévisée.

— Comment j'étais ?
— Parfait, me rassure John. Il ne reste plus qu'à espérer que la chaîne ait affiché suffisamment longtemps ta carte. Ils se sont empressés de changer de caméra.

J'acquiesce, quand mon attention est soudain attirée par l'arrivée d'un personnage bedonnant en costume trois pièces ajusté.

— Monsieur le Maire !

Je reconnais sans mal le personnage qu'il est difficile de rater lorsqu'on s'intéresse un tant soit peu à l'histoire du dôme. Albert Mc Connan règne sur la cité depuis plus de vingt-deux ans, ayant succédé à son grand-père Gérard qui lui-même avait repris la charge de son frère Georges. Des Maires, tous élus, bien qu'appartenant à une même famille.

— Voilà notre miraculé.

Il parle d'une voix forte, tonitruante. Tout dans ce personnage est impressionnant : sa taille - il doit mesurer au moins 1m90 -, ses longs cheveux noirs, sa moustache rebiquant en deux boucles impeccables. Il me serre les doigts à m'en broyer le poignet et m'entraîne à l'écart d'une main impitoyable sur l'épaule. Il continue en chuchotant, s'assurant que personne ne surprenne notre discussion.

— Finalement, je vous rencontre.

— Comme quoi tout arrive.

— L'homme qui a survécu à l'extérieur.

— En personne.

— Que voulez-vous, Chris ? Que cherchez-vous donc à prouver en venant ainsi me défier.

— Vous défier ? Je pense qu'on vous a mal renseigné, Monsieur le Maire, je ne suis qu'un homme décidé à faire profiter la population du dôme d'une nouvelle vie à l'extérieur. Le pouvoir ne m'intéresse pas.

— Gardez vos belles paroles pour la presse. La ville m'appartient, il n'y a pas de places pour deux au sommet.

— Est-ce une menace ?

— Un simple conseil. Remballez vos babioles et repartez de là où vous venez.

— Et laisser le dôme aller à sa perte alors que je peux aider les Hommes à reconquérir l'extérieur ?

— Foutaises ! Personne n'a jamais réussi, le Fléau nous tuera tous ! Croyez-moi, peu importe l'artifice que vous avez utilisé pour berner tout le monde, je vous démasquerai. Je ne vous laisserai pas mettre le dôme en péril avec vos espoirs sans fondements.

— C'est étrange, il me prend soudain l'envie de me présenter aux prochaines élections.

Il me fusille du regard. Même si le rouge de ses joues trahit son agacement, c'est d'un ton parfaitement maitrisé qu'il termine la discussion.

— Essayez.

Puis il sort, repartant avec ses deux gorilles qui se sont assurés que notre petit entretien ne soit pas interrompu, empêchant notamment John et Nick de venir à ma rescousse.

— Ça va, s'inquiète Nick ?

Même si c'est moi qui viens de me retrouver face au colosse, il semblerait que ce soit lui le plus touché.

— Il m'a toujours foutu la frousse, lui.

— Ça va, merci.

— Il voulait quoi ? demande John.

— Me faire peur, je suppose.

— Eh bien ça marche, répond Nick à ma place.

— Parle pour toi, Nick. Moi, je viens plutôt de me découvrir une vocation politique. Il y a bientôt des élections, non ?

Nick blêmit.

— Tu n'y penses pas vraiment ?

— Au contraire, je ne pense qu'à ça.

— Personne ne s'est jamais présenté face aux Mc Connan, se plaint Nick. Ils ont toujours fait leur possible pour la ville. Non, non, cela va trop loin… Je voulais juste me faire du fric facile, pas risquer ma vie.

— J'en suis, renchérit John.

— T'es pas sérieux, mec ?

Je ne pensais pas que cela était possible, Nick perd encore un peu plus de couleur. Il est tremblant.

— La fortune sourit aux audacieux, répond son collègue.

— Je suis sûr qu'on peut trouver un tout aussi beau proverbe sur les idiots dans les cimetières, rétorque Nick. Tu n'as même pas idée de sa puissance, il contrôle tout, la police, les médias, les hôpitaux. Il peut nous faire disparaître dans un trou demain et personne ne mouftera.

— Non, le peuple veut sortir, renchérit John. Je suis certain que beaucoup ont cru en Chris. Ils veulent tous tellement y croire.

— Non, désolé les gars, ce sera sans moi.

Et Nick s'éclipse sans demander son reste, totalement paniqué.

— Il reviendra, relativise John. Il a toujours été le plus peureux. Et aussi le plus sage. Il se cache, puis il revient quand on a besoin de lui. Il revient toujours.

— Je ne vais pas le forcer… Je crois que c'est à moi.

La pause publicitaire arrive à son terme et tout le monde retourne à sa place. Le présentateur semble plus détendu, il me fait un sourire. Alors qu'il reste encore une vingtaine de secondes au compteur, il me chuchote, la main sur son micro afin que personne d'autre n'entende.

— C'est vrai ?

— Bien sûr.

— Ma femme aimerait tellement ressortir. Je lui ai promis que je ferais tout ce que je peux, puis les années ont passé et l'espoir s'est éteint. J'espère vraiment que vous ne nous décevrez pas.

— Si nous avons suffisamment d'argent, les recherches peuvent aller vite.

— J'ai discuté avec quelques collègues, ils vous croient aussi. Par contre, je suis désolé, mais on m'a demandé de repasser votre arrivée.

— Ce n'est pas grave.

Une voix forte coupe nos messes basses.

— Attention messieurs. Dans 5 secondes ! 4, 3, 2, 1…

Jack se recale dans son fauteuil et regarde la caméra d'un air enjoué, alors qu'il reprend l'antenne. Derrière moi, un écran passe en boucle la séquence humiliante de mon arrivée au dôme.

— Nous sommes toujours en compagnie de Chris, le jeune homme retrouvé lundi dernier à l'extérieur du dôme.

— Et je suis en parfaite santé comme vous pouvez le voir.

— Alors Chris, que pouvez-vous nous révéler sur vous ?

— Rien de bien passionnant, je le crains. Ma vie jusqu'à présent était calme, j'ignorais que vivre à l'extérieur était si incroyable.

— Et d'où venez-vous ?

— Peut-être que je ne viens pas de cette planète ?

Nous rions de concert. D'un rire parfaitement factice.

— Blague à part, cela est tout à fait naturel pour moi. Nous sommes faits pour vivre à l'extérieur, la caresse du vent sur notre visage, la pluie, le froid, la neige.

— Ce fait malheureusement longtemps que ce n'est plus possible pour nous.

— Et c'est justement ce que j'espère changer. Après une brève discussion avec le Maire Mc Connan, j'ai décidé de me présenter comme candidat aux prochaines élections.

— Cela est pour le moins une annonce étonnante.

— Ce dôme se meurt, il a été conçu pour être temporaire, et cette situation s'est éternisée. Il est temps de réagir ! Nous devons mettre toutes nos ressources en commun et avancer vers ce but.

— Voilà qui est… Ah, je m'excuse, nous allons devoir rendre l'antenne. Encore merci d'avoir choisi Canal Un pour votre première apparition publique !

Même si j'avais espéré avoir plus de temps pour partager mes idées, j'imagine que le fait que l'on me coupe la parole aussi vite est plutôt bon signe. Mc Connan doit être certainement en train de fulminer, bien caché dans sa tour d'ivoire qu'il pense inaccessible.

La chute sera rude pour lui lorsqu'il verra que le peuple ne croit plus en lui.

Je serre quelques mains, pose, souris, puis de grands pontes de la chaîne me proposent d'aller dîner dans un restaurant chic du centre-ville. Ayant effectivement l'estomac vide, j'accepte volontiers. Bien que l'extérieur soit irrémédiablement le même que tous les autres, l'intérieur est chic, les serveurs au petit soin, et les employés de la chaîne télévisée charmants. Alors que nous avons évité avec soin tout sujet sensible durant tout le repas, au moment du dessert, le patron aborde enfin ce dont il voulait certainement me parler depuis le début.

— Alors vous vous présentez à la Mairie…, me demande-t-il tout à fait innocemment, comme s'il parlait du temps qu'il fait.

— Oui, comme je l'ai expliqué aux téléspectateurs, je pense être le plus à même de les faire sortir de là. L'actuel gouvernement n'a aucun intérêt à ce que les choses changent.

— J'admire votre candeur. Si délicieuse. Vous n'avez aucune chance.

— Monsieur Mc Connan m'a effectivement dit quelque chose dans ce style tout à l'heure.

— Sa famille a tout fait pour sauvegarder le dôme. C'est son héritage, sa tâche, il ne faillira pas en l'abandonnant à un étranger inconscient.

— Laissons le peuple en décider, voulez-vous ?

— Si vous pensez vraiment que c'est ainsi que cela fonctionne… Oh Oh, regardez cette magnifique glace que l'on nous amène. Profitez, profitez de ce luxe que vous ne méritez pas. Et réfléchissez. Est-ce que vous voulez vraiment donner de faux espoirs à tous ces gens ?

Je ne me fatigue pas à lui répondre, je sais exactement de quel côté il se trouve, il serait vain de tenter de le convaincre de ma bonne foi.

Les discussions reprennent timidement autour de nous. Je mange ma glace, il serait dommage de gâcher un si bon dessert, puis je donne le signal du départ à John. Je n'ai aucune envie de m'éterniser en si mauvaise compagnie.

— C'était un plaisir, Messieurs, dis-je à l'assemblée. Nous avons fort à faire. Si vous voulez bien nous excuser.

Je serre encore quelques mains. Jack, le présentateur, me glisse discrètement quelque chose, tout en me remerciant pour mon amabilité. Je glisse son message dans ma poche, avec mes dés qui ne me quittent jamais, puis, après quelques sourires, nous nous échappons enfin.

Chapitre 12

— Quel repaire de requins.

— On n'ira pas sur Canal Un la prochaine fois, remarque John, certainement plus stressé qu'il n'en a l'air.

— Je doute que Mc Connan nous autorise de repasser sur sa télévision dans un avenir proche.

Je ressors le message de ma poche.

— Le présentateur m'a filé ça, c'est sa carte avec un numéro de téléphone. En dessous, il a indiqué : si vous avez besoin d'un directeur de campagne.

— L'excuse parfaite pour infiltrer un espion.

— Ce ne serait pas très discret.

— Peut-être… Enfin, on verra.

La carte atterrit dans le vide-poche, il y a pour le moment d'autres choses plus urgentes à régler.

— Y'a un moyen de voir combien nous avons ?

Il me lance sa tablette.

— Identifie-toi là-dessus.

Peu habitué à l'interface, je galère un peu avec les différents menus. Enfin, je trouve la bonne application, appose mon pouce sur l'identificateur, et beaucoup de chiffres apparaissent à l'écran.

— Nous sommes riches. 865 100 !

— Impressionnant répond John en sifflant. Je ne pensais pas que nous avions autant de liquidités dans la cité. Comme quoi…

— Nous allons pouvoir passer à une autre échelle ! Il faut immédiatement voir avec Jenny ce qu'il lui faut.

— Nous sommes suivis.

Dans le rétroviseur, il me montre une grosse voiture noire qui redémarre en même temps que nous.

— Accroche-toi, je vais les semer.

Alors que je suis encore en train d'essayer de comprendre comment attacher ma ceinture, il vire sans prévenir dans la première rue tout en accélérant, m'envoyant cogner le front contre la vitre.

— Aie !

— S'il pense réussir à me suivre en-dessous, il se trompe, clame John.

Il louvoie entre les immeubles avec un plaisir non dissimulé. Notre poursuivant fait de même et ne ralentit pas alors que nous nous engouffrons dans les tunnels. Soudain, je vois quelque chose juste devant nous :

— Par l'Archimage, attention.

Notre véhicule pile.

Un gamin manque de passer sous nos roues. Heureusement, il est indemne et détale aussi vite qu'il est apparu. Nous repartons, alors que notre poursuivant est presque revenu à notre niveau.

— Merde ! Il a du cran.

Il redémarre de plus belle, pied au plancher. L'écart se recreuse. Tentant de le perdre, il tourne à plusieurs carrefours, a priori sans aucune logique, suivant de longues rues droites, puis tournant ensuite trois fois d'affilée.

Brusquement, il s'arrête dans une zone d'ombre sous d'énormes tuyaux d'évacuation :

— Il faut avertir Jenny au plus vite, je vais les semer. Tout droit par cette ruelle, puis à droite au bout. Vite !

J'acquiesce et saute de la voiture pour m'enfoncer sous le couvert de conduits métalliques. Il redémarre en silence et disparaît bien vite dans l'obscurité. La vieille odeur de rouille que je ne supportais plus dans le Refuge assaille tous mes sens. Quelques voitures passent en trombe devant moi, difficile de savoir si c'est de nouveau John, notre poursuivant ou un simple passant, toutes ces voitures se ressemblant tellement. Quelques piétons me frôlent sans même me voir. J'ai fort heureusement eu la présence d'esprit d'embarquer mon sac. Je me change, remettant des habits communs. Ce sera plus discret que la tenue de Mage.

Une minute.

Deux minutes.

Ou déjà trois ? Je ne sais plus trop à vrai dire. Cela suffit, il est temps. Je sors de mon abri et traverse pour rejoindre la ruelle que John m'a indiquée. Une vieille femme m'observe, assise sur une caisse devant ce qui ressemble à une boutique de vêtements.

> — Un nouveau tee-shirt ? me propose-t-elle. 2 crédits seulement !
>
> — Non merci…

Je manque de m'étrangler en voyant que son œil gauche a été remplacé par une pièce mécanique, une sorte d'implant bionique parfaitement horrible, qui rougeoie dans le noir et recouvre la moitié de son crâne, soutenu par de larges lanières qui disparaissent sous ses cheveux filasse.

Je hâte le pas et me cache sous la capuche de mon sweat.

La ruelle est mal éclairée, comme d'ailleurs l'ensemble du sous-sol de cette ville pourrie. L'humidité s'est infiltrée et des flaques se sont formées, défonçant le goudron.

Le chemin est plus long que je ne l'imaginais et toujours aucune rue sur la droite.

Deux hommes arrivent face à moi. Je me retourne pour voir si je peux faire demi-tour et remarque que deux autres me suivent également. Je suis cerné.

Comment m'ont-ils retrouvé ?

Le Maire n'a pas pris longtemps pour tenter de régler le problème que je représente. Il me reste moins de trente secondes avant que je ne sois acculé. Voire moins, car réalisant qu'ils sont découverts, les hommes derrière moi viennent de se mettre à courir.

Sans réfléchir, je saute par la première fenêtre que je vois, me protégeant le visage du bras. Je débarque au milieu du salon d'un homme affalé sur un canapé.

> — Tu fous quoi chez moi ?

L'homme s'est levé et, tout en m'abreuvant de noms fleuris, il empoigne un couteau qui traine sur la table. Je renverse derrière moi les chaises de la cuisine et traverse l'appartement, cherchant une sortie.

— Foutu gamin, si je te choppe ! Eh... Vous pouvez pas...
Mes poursuivants sont également entrés par la fenêtre. L'homme hurle. Quelques bruits de lutte.
Je ne m'attarde pas. Fébrile, j'ouvre la porte d'entrée d'un coup d'épaule et débouche dans un couloir. A droite et à gauche, les mêmes portes.
Je pars à gauche.
Pas le temps de réfléchir.
Je m'arrête à la seconde et la défonce, y mettant toute l'énergie du désespoir. Elle cède presque trop facilement et je m'étale au milieu de la pièce. Etourdi, je me relève et rabats la porte branlante, la bloquant d'une commode en espérant que cela les retienne.
Mon bras me fait souffrir, je crois que je me suis démis quelque chose à force de casser des portes.
Qu'importe.
Ce n'est pas le moment. Je risque d'avoir mal à bien d'autres endroits s'ils me rattrapent.
L'appartement est vide, je traverse un salon, puis une cuisine qui donne sur la rue. Des fenêtres ! Energiquement, un peu trop d'ailleurs, je pousse les rideaux, ils me restent dans la main et la tringle manque de m'assommer en tombant. A moitié emmêlé dans les tissus, je tente de faire jouer l'ouverture rouillée, alors que j'entends des coups portés à l'entrée. Un gond lâche, l'espace dégagé est malheureusement insuffisant pour que je puisse m'y glisser.
Des craquements proviennent de l'entrée.
Ils arrivent.
J'ouvre en grand les tiroirs, cherchant un instrument pour me défendre. Les couteaux sont émoussés et les casseroles menacent ruine. Une bombe de produit nettoyant traîne à côté

de l'évier. Voilà qui peut servir. Sur le buffet, un briquet. Je suis armé !

— Il est pas là ! dit un des gars.

— Rien ici ! répond un autre.

Je me mets sur le côté de la porte, prêt à agir. Les quatre hommes sont dans le salon, ils retournent les meubles sans aucune gêne.

— La cuisine ! propose l'un d'entre eux.

Ils arrivent…

Dès que le premier apparaît dans l'embrasure de la porte, je vide la bombe dans sa direction tout en allumant le briquet. Le feu prend immédiatement et l'homme s'embrase. Paniqué, il recule, enflammant un autre de ses camarades en hurlant :

— Je crame ! Je crame ! Aidez-moi !

Je ne m'attendais pas à une telle réussite et la flamme a également atteint le rideau. Avant que je ne comprenne mon erreur, le feu s'attaque au tapis.

Je me réfugie au fond de la pièce alors que mes poursuivants se sont rapatriés vers le salon, où ils s'efforcent d'aider leurs compagnons. A une vitesse effarante, la cuisine se transforme en un brasier, le feu s'attaquant au mobilier croulant, se propageant sur le papier peint des murs.

Ai-je perdu mes parents dans un incendie pour mourir à mon tour par les flammes ?

— Non !

Ma voix est rauque et ne porte pas. Asphyxié par cette âcre fumée qui m'empêche déjà de respirer correctement, j'observe mes poursuivants. Eux aussi me regardent, attendant ma mort inéluctable.

Si je sors, ils me tuent. Si je reste, je brûle. Quel merveilleux futur !

Des flammèches sautent dans ma direction et mon pantalon commence à prendre feu. Etonnamment, je ne sens pas même la chaleur.

Quel idiot ! J'ai la tenue de Mage en dessous !

Aussi vite que possible, je me débarrasse de mes vêtements communs que je jette, j'enfile les gants, déploie les protections sur les chaussures, puis rabats la capuche. Le voile se met immédiatement en place et je respire de nouveau correctement.

Quelle étrange sensation. Le feu lèche mes bottes et je ne ressens rien. Même l'odeur de fumée a disparu dans l'air désormais pur que je respire.

Je m'accorde un petit répit, le temps de reprendre mon souffle. Si seulement j'avais eu cette tenue à l'époque de l'incendie du Refuge.

Je me revois dans la même situation, il y a six ans. Je suis là, caché sous une table de notre chambre. Par la porte entrouverte, je vois quelques courageux qui tentent vainement de combattre les flammes qui se répandent des parties communes vers les chambres, malgré tous les efforts déployés, attisées par la ventilation qui ne s'est pas arrêtée comme les protocoles l'exigent. Je ne fais rien, trop terrifié, alors que je vois mes parents sortir avec des couvertures sous le bras et un torchon en guise de masque. Papas m'ébouriffent les cheveux :

— Ça va aller fiston…

— … On revient.

Et ils disparaissent, me laissant suffoquer. Seul.

Je me vois. Et là, je me vois VRAIMENT. La cuisine délabrée du dôme a disparu et, sous ma main bien que gantée, je peux sentir le métal dur des structures du Refuge.

Je suis là ?

Il me tourne le dos, le regard fixé vers la porte où ses parents viennent de partir. Mes parents.

Comment ?

Un appel d'air crée une flamme plus puissante qui s'engouffre dans la pièce. Je, enfin, le petit sursaute, tente de se relever et s'assomme dans la panique contre la table. Il tombe, inanimé au sol.

Que se passe-t-il ?

Où suis-je ? Alors voilà l'explication ? C'est ainsi que je me suis réveillé, indemne, le seul de tout le bloc, sans vraiment comprendre ce qu'il s'était passé ? Est-ce que … je me suis sauvé moi-même ?

Je ne dois pas faire mentir le passé.

Ici, point de méchants qui gardent l'entrée, j'attrape mon mini-moi et le balance sur mon épaule. Mes deux dés fétiches roulent dans la poussière.

Ah non, cela ne s'est pas passé comme ça.

Je les récupère et les mets dans ma poche, avec la version d'un autre temps de ces mêmes dés fétiches qui ne m'ont plus jamais quitté depuis.

Le feu a complètement ravagé la salle commune et je ne vois plus personne. Avec facilité, je traverse la pièce et me dépose en zone sûre, au-delà de la porte de confinement. Je m'installe confortablement contre le mur et glisse et reglisse entre mes mains noircies par la fumée les deux seuls souvenirs qui me restent de mes parents. Une paire de six.

— La chance est avec nous. Ça va aller.

Je referme avec tendresse ma paume et m'ébouriffe les cheveux, comme mes pères aimaient le faire.

Après ce moment d'introspection avec moi-même, je me relève, face au brasier. Même si je sais qu'à l'époque personne d'autre n'était sorti vivant de l'accident, je ne peux m'empêcher de penser à mes parents. A mes amis. Est-ce qu'ils sont encore en vie à cet instant ? Peut-être que cette fois les choses peuvent se passer différemment et que je peux les extraire des flammes ? Ou au moins échanger un dernier regard. Un dernier sourire.

Mes mères me manquent tellement.

Je rentre dans la pièce et ferme le sas derrière moi avec soin. Il ne faudrait pas que mon excès de zèle me coûte la vie. Comment est-ce que je pourrais me sauver, si je suis mort ? Puis je m'enfonce dans l'incendie.

Même si le feu ne me brûle pas, mon champ de vision est limité dans la tourmente. La fumée s'introduit dans chaque recoin, évoluant en grosses volutes paresseuses. Je retourne à notre chambre, où mon lit se consume. Mon ours en peluche pleure, alors que ses yeux de verre fondent, gouttant sur son gros bedon enflammé.

Choqué par cette vision de mon enfance qui part en fumée, je repars à grand pas dans le sens opposé et je bute contre quelque chose de mou. Un corps. A tâtons, j'attrape la masse inerte et la tire vers une lumière. Je reconnais sans mal la vieille Aude, ta grand-mère, Gil, qui me gardait souvent avec sa sœur, lorsque mes mères voulaient passer un peu de temps avec mes pères.

Elle est morte, une partie du visage défigurée par la chaleur. Avec pudeur, je remonte un gilet sur son visage et la laisse. Il est trop tard pour elle. Elle non plus je n'ai pas pu la sauver.

J'erre encore plusieurs minutes, allant de corps en corps avec désarroi, espérant retrouver un visage aimé puis désespérant en ne trouvant plus aucun pouls qui batte encore. Ta sœur. Tes parents. Mes meilleurs amis, Tim, enlacés dans leur dernier soupir…

Quand je trouve enfin mes mères. L'une est lovée contre le mur et semble encore faiblement respirer, même si ce n'est qu'une question de minutes. Elle tient faiblement la main de sa jumelle écrasée sous une étagère écroulée.

J'attrape la survivante et l'emmène vers le sas. Je jette un œil discret avant de sortir, le couloir est vide. Ils ne vont pas tarder car je ne suis plus là. A mon réveil, je me rappelle parfaitement avoir couru alerter les autres au bloc F, ce qui me laisse une ou deux minutes avant que l'endroit ne grouille de sauveteurs.

Quel gâchis, cet incendie ! Dix-sept morts. Et personne n'a rien entendu car les alarmes étaient défectueuses. La plupart sont morts dans leur sommeil, tandis que quelques braves, comme mes parents, sont morts en héros en tentant d'aider les autres plutôt que de s'échapper pour sauver leurs existences.

Je fais glisser le masque. L'odeur de brûlé et de fumée m'agresse et je me mets à tousser violemment. Maîtrisant tant bien que mal ma toux, je réussis à lui glisser à l'oreille, serrée contre elle :

— Maman, maman…
— Chris ? , murmure-t-elle, dans ce qui semble être son dernier souffle.

Elle ne comprend pas. Je prends sa tête entre mes mains, écartant les mèches qui lui collent au visage.

— Oui, c'est moi. Oh maman.
— Comme tu es grand…

Sa voix est faible et sa respiration sifflante.

— C'est une longue histoire. Je ne sais pas trop comment, ni pourquoi.
— Je meurs heureuse, je t'ai vu grandir, d'une certaine façon…
— Non maman, tu ne vas pas mourir, tu vas venir avec moi et nous allons te guérir !
— Est-ce que je suis censée survivre ?
— Oui. Non.

Je sais très bien que son corps a été retrouvé…

— Alors tu ne dois pas changer les choses. Je dois partir. Aujourd'hui. Avec ma moitié.
— Et si les choses ne devaient pas être exactement comme cela ?
— Elles doivent l'être. Pour que tu sois celui que tu es. Fais ce qui doit être fait.

Elle a raison.

Si une de mes mères survivait, mon enfance serait très différente, certainement plus heureuse, moins solitaire. Car cette mort tragique a forgé celui que je suis maintenant, capable de tout.

Je l'embrasse avec amour.

Elle me sourit faiblement.

Les larmes aux yeux, je la serre dans mes bras, fort, encore plus fort, et je mets ma main sur son nez, l'empêchant de respirer. Elle ne se débat pas et s'abandonne à moi, si fragile en cet instant.

Je remets ma capuche et retourne dans le bloc rongé par les flammes, portant le corps inanimé de ma mère que je dépose avec douceur aux côtés de sa sœur. Je reste un moment à leurs côtés, veillant mes mères qui redeviennent peu à peu poussière.

Ce n'est que lorsque j'entends distinctement les secours ouvrir la porte dans un grand fracas de métal que je me relève, bien décidé à reporter ma peine sur ces quatre idiots qui m'ont obligé à vivre ce moment. Ne sachant trop comment revenir dans cette cuisine en feu, je me mets à courir vers le fond de la pièce, mes pensées focalisées sur les quatre intrus.

Et j'apparais comme une furie au milieu du salon, dans ma tenue de Mage noircie par la suie. Tel un fantôme vengeur, j'envoie deux hommes au tapis avant qu'ils ne réagissent. La mêlée est confuse, je frappe sans me retenir et désarme le couteau d'un troisième. Le dernier, celui que j'ai brûlé, tente de se relever et de sortir une arme de son veston, j'écrase son nez de mon pied et il vole dans une giclée de sang. Et je frappe.

Encore.

Et encore.

Je décharge toute ma peine sur cet homme.

— Chris !

Quelqu'un tente de me retenir et crie mon prénom.

— Chris ! Arrête, tu vas le tuer. Chris !

Une grande baffe m'envoie valser sur les fesses et je reprends mes esprits. Les flammes se sont dangereusement rapprochées, s'immisçant maintenant vers le salon où nous nous trouvons. John se tient au-dessus de moi, essoufflé, les cheveux en bataille. Il me tend la main pour m'aider à me relever.

— Arrête de démolir ce gars. Nous devons déguerpir.

Il me tire derrière lui, revenant sur les traces de ma fuite, dans le couloir, dans l'appartement de l'homme énervé qui gît maintenant dans une mare de sang sur son canapé.

Est-il mort ? Je n'ose poser la question de peur de la réponse. Alors que les sirènes se rapprochent, nous rentrons, en toute sécurité, dans la maison de Jenny par une porte que je ne connaissais pas, depuis la ruelle. Je m'appuie contre le mur, sous le regard accusateur de John :

— Il s'est passé quoi là-bas ?

— Aucune envie d'en parler.

— D'accord, d'accord. Je pensais juste à un programme un peu moins frappant pour cette campagne électorale.

Je ne peux m'empêcher de sourire. Jenny nous rejoint alors. Elle lance un regard courroucé vers mes chaussures pleines de suie et mes poings sanglants.

— Qu'est-ce que c'est que cette folie de se présenter à la Mairie ? Nous n'avions vraiment pas besoin de ça. Il ne faut pas confondre vitesse et précipitation...

Je l'interromps :

— Rien que plus de huit-cent mille unités ne peuvent acheter ?

Jenny est restée sans voix, alors je continue :

— Tu n'auras plus à travailler seule désormais. Grâce à cet argent, tu vas pouvoir obtenir de l'aide. Maintenant, si vous le voulez bien, je vais me reposer.

— Et prendre une douche, ajoute Jenny.

— Oui, aussi.

Chapitre 13

Je me sens déphasé. Cela fait plusieurs nuits que je ne peux pas dormir ; non pas à cause des travaux qu'effectue Jenny dans sa maison devenue le centre d'activité clandestine le plus florissant du quartier. Ni en raison des menaces incessantes que nous envoie le Maire Mc Connan. Ni encore de l'inquiétante disparition de Nick. Non, même si cela m'accapare durant la journée, ce sont des cauchemars qui me tiennent éveillé. Je revois mes mères en train de brûler.

Je me réveille, en sueur, haletant, dans mon grand lit froid.

J'ai peur de me retrouver de nouveau là-bas. J'ignore comment je me suis téléporté dans mon passé, comment je suis revenu dans mon présent. Je ne sais plus à quelle époque j'appartiens.

Je ne sais plus.

Alors j'erre dans la maison silencieuse, de peur de m'endormir et de revivre une scène de mon passé aux étranges accents de réalité.

L'avantage, c'est que je ne suis pas le seul insomniaque. Jenny est, comme la plupart du temps, dans son laboratoire, assise sur son tabouret haut, le nez dans un livre. Une grande bâche masque un mur entier, cachant les preuves des travaux d'agrandissement actuellement en cours. Elle a passé un accord avec son voisin et, contre une coquette somme d'argent, les deux maisons sont désormais jumelées dans l'optique de créer un laboratoire deux fois plus vaste. J'ai également entendu parler du projet d'englober plusieurs autres maisons pour permettre aux scientifiques qu'elle a engagés de dormir sur place. Il faut éviter à tout prix que les autorités ne remarquent un quelconque changement.

Plusieurs nouvelles machines sont apparues sur les paillasses et l'une d'elle attire mon attention en clignotant.

— Ne touche à rien.

Elle n'a pas bougé, ni même levé un œil. Et pourtant elle m'a vu arriver. Cette fille est vraiment épatante. Voire un peu inquiétante.

— Compris.

Je me contente de regarder les points qui, patiemment, un à un, forment un graphique complexe.

— Tu veux en parler ?

— De quoi ?

Elle m'observe par-dessus les pages de son ouvrage.

— Tant pis, j'ai mieux à faire que de te convaincre de parler.

Et elle reprend sa lecture. Après de longues minutes d'un silence pesant, je me risque à lui demander ce qui me préoccupe depuis l'incendie.

— Est-ce que tu as trouvé quoi que ce soit dans mon sang qui pourrait laisser penser à une manipulation du temps ?

A une vitesse impressionnante, le livre est relégué sur une table et elle se tient à mon côté, son carnet à la main.

— Le temps ? me demande-t-elle, inquisitrice. Qu'entends-tu par-là ?

— J'ai remonté le temps. Enfin, je crois.

— Tu crois ? Il me faut des faits, non des suppositions.

Malgré ma gêne, j'accepte de lui livrer quelques bribes sur mon passé.

— Mes parents sont morts dans un incendie, lorsque j'avais dix ans. Il y a six ans. Je me trouvais à l'intérieur du bloc en feu. Puis le noir, jusqu'à mon réveil en sécurité. Je n'ai jamais compris ce qu'il s'est passé, impossible de me souvenir, jusqu'à il y a trois jours lorsque ces gars m'ont attaqué : il semble que je me suis sauvé moi-même.

— C'est impossible.

— Je sais. Ma logique me le dicte également. Et pourtant, je ne peux nier les faits. Quand tout a commencé à brûler, j'ai repensé à ce jour terrible et…

— Oui ?

— J'étais là-bas. En 112. Je me suis sauvé du feu.

— Tu aurais dû m'en parler directement. Il est peut-être trop tard pour en trouver des traces.

Elle s'absente quelques instants puis revient armée d'une aiguille et de petits flacons. Après un rapide coup de coton imprégné d'alcool sur mon bras, elle se met à remplir ses échantillons.

— Je vais voir si quelque chose a changé depuis le premier prélèvement.

— Merci.

— La meilleure façon de me remercier est de ne plus rien me cacher. Je vais certainement dédier le reste de ma vie à comprendre ce que tu as de spécial ; alors si tu ne me fais pas confiance, que tu ne me racontes pas tout, autant m'abattre immédiatement pour qu'on en finisse.

— C'est promis et…

— Oui, je sais, pas un mot aux autres.

— Merci.

Elle lève les yeux en ciel en grommelant une réponse inintelligible. Je ne l'intéresse déjà plus, toute son attention reportée sur la préparation des analyses. Craignant de retourner dans ma chambre avec mes cauchemars, je m'installe dans un coin du laboratoire, le dos appuyé contre le mur.

Le ronron des ordinateurs.

La centrifugeuse.

Lorsque je rouvre les yeux, j'ai glissé sur le sol, ma tête repose sur un oreiller et un plaid me recouvre. Je repousse ma couverture et m'assois lentement, luttant contre le mal de tête qui menace. La nuque entre mes mains, je masse mes vertèbres malmenées par cette nuit de camping. Malgré tout, je me sens reposé, certainement plus que depuis bien des jours.

Le pied d'une chaise contre le sol me fait relever la tête et je remarque alors que plusieurs personnes se trouvent dans la pièce, toutes m'observant émerger avec surprise. L'un d'eux, un grand mince avec une grosse barbe grisonnante, m'amène une tasse de café chaud.

> — Je viens de le faire, vous avez l'air d'en avoir plus besoin que moi.
>
> — Merci…
>
> — Merci à vous. Pour être venu ici. Pour tenter de faire quelque chose pour nous. Et puis, ce que vous avez fait au journal télé, c'était… Tenir tête ainsi au Maire. Comme ça. Devant tout le monde. Jamais personne n'a osé. Nous allons y arriver, Monsieur Chris.

Les autres murmurent des paroles d'encouragement. La surprise s'est muée en dévotion dans leurs yeux.

> — Je n'en ai jamais douté.

Ma réponse manque de flamme. Ces gens méritent mieux. Acceptant la main proposée par le scientifique, je me relève et, désormais à leur hauteur, je prends le temps de les regarder avec soin, ces hommes et ces femmes qui ont la confiance de Jenny et qui travaillent tous ensemble sur ce qui pourrait changer le futur de l'humanité.

> — Comment t'appelles-tu ?
>
> — Valentin, me répond l'homme au café.
>
> — Et toi ?
>
> — Camille.
>
> — Théo.
>
> — Moi, c'est Anna.
>
> — Ignacio.

Tous se présentent avec une grande pudeur. Sur un geste de ma part, ils s'avancent et je leur serre chaleureusement la main.

> — Merci d'être là. Je suis persuadé qu'ensemble, nous battrons le Fléau et rendrons sa place à l'humanité.

N'hésitez jamais à venir me voir si vous avez besoin de quoi que ce soit.

— Vous venez vraiment d'au-delà du dôme, Monsieur Chris ? me demande Anna.

— Oui, Anna. Je suis né et j'ai vécu au-delà du dôme jusqu'à mon arrivée ici. Et bientôt, vous pourrez également sortir.

Tom, le gamin qui sert de portier, arrive à ce moment en galopant :

— M'sieur Chris, faudrait que vous veniez.

— Par l'Archimage, Tom ! Ce n'est pas le moment.

— Ils ont dit que c'était urgent.

— Très bien… Si vous voulez bien m'excuser…

Les scientifiques retournent à leurs travaux, tandis que Tom m'accompagne jusqu'à la cuisine où se tient un conseil restreint avec John et Jenny.

— J'espère que tu as bien dormi, commence John, car les cauchemars ne sont pas terminés. C'est passé il y a quelques minutes sur toutes les chaînes.

Il place au centre de la table sa tablette et lance une vidéo. Dans un habile montage des caméras de surveillance, l'on me voit courir dans la nuit, entrer par effraction dans un appartement, puis m'enfuir en compagnie de John, qui n'est fort heureusement pas reconnaissable. Des policiers présentent les dégâts intérieurs avec un soin porté aux détails morbides, insistant sur la mort de l'homme du premier appartement, les blessures du gars sur lequel j'ai passé mes nerfs, les brûlures, les dégâts matériels. Puis la séquence continue avec une allocution très officielle du Maire :

— Monsieur Chris a été accueilli dans notre ville en qualité de citoyen, sans qu'il ne soit posé de questions sur son passé. Il a trahi notre confiance et nous en payons aujourd'hui le prix fort avec un homicide, deux personnes dans un état grave et une tentative d'arnaque à large échelle pour ce soi-disant produit miracle. Il appartient aujourd'hui à la justice de

91

déterminer la part de responsabilité de cet individu dans cette affaire, ainsi que de ses complices, les officiers de police Nick Holdern et John Powell. L'agent Holdern, arrêté hier à son domicile, est actuellement en garde à vue et répondra seul de l'ensemble des charges en l'absence de ses complices, s'ils ne se rendent pas dès maintenant aux autorités. Dans tous les cas, le procès se tiendra demain en comparution immédiate.

La caméra incruste une petite vidéo où l'on voit Nick, menottes au poignet, entrer dans le commissariat entouré de policiers en uniforme. Puis nos visages en gros plan viennent remplacer l'incrustation et grossissent jusqu'à occuper l'intégralité de l'écran. En voix off, le Maire continue.

— Afin d'aider le travail des autorités, nous demandons à toute personne ayant des informations à appeler immédiatement le numéro d'urgence mis à disposition. Une prime de 10 000 crédits sera versée, si les informations permettent l'arrestation du ou des suspects.

Les photos rétrécissent et un bandeau défilant passe lentement en bas de l'écran rappelant le montant de la prime offerte. Le Maire revient en gros plan, l'air triste. Un parfait comédien.

— Au nom de New City, je tiens personnellement à m'excuser pour les fausses promesses réalisées par ces criminels qui ont abusé de notre bonté. La justice prévaudra et cela dès demain !

Puis la vidéo se termine par un nouvel affichage de nos portraits affublés du numéro à appeler. Je ne peux qu'admirer le travail de sape réalisé.

— C'est du beau boulot, je dois lui accorder ça.

Des erreurs. Que d'erreurs. Mc Connan n'est pas mon ennemi, un simple obstacle sur la route qui me mène à l'Archimage. A toi. Je réfléchis à toute vitesse. Si j'avais su. Peut-être que je pourrais repartir m'avertir ? Et changer les choses ? Non, j'ai lu trop de livres à ce sujet pour savoir que cela est dangereux, bien trop dangereux pour s'y risquer et modifier le passé. Qu'en est-il alors de l'avenir ?

> — Tu avais raison, Jenny, je n'aurais pas dû m'en faire un ennemi. Mais il est trop tard. Alors nous allons continuer en pleine lumière, sur son terrain, celui de la désinformation. En tout cas, pour John et moi... Car toi, ils ne te connaissent pas a priori, tu dois continuer tes recherches, loin de tout ce tumulte. Et réussir à trouver la solution avant eux car, à un moment ou un autre, ils récupéreront certainement de mon sang.

> — Je leur souhaite bien du courage sans la clé ! lance fièrement Jenny. Cette seringue contient la grille de décodage indispensable pour comprendre ce que tu es.

Je souris à cette nouvelle information qui me conforte dans mon idée. Je continue :

> — Tu as tous les échantillons qu'il te faut ?

> — Avec ce que j'ai repris hier soir, oui, m'assure la scientifique.

> — Très bien. C'est le moment de plier bagages à notre tour. John, si tu as des choses à récupérer ici, nous n'y reviendrons certainement jamais.

Je remonte rapidement dans ma chambre pour y prendre mes affaires, repasse ma tenue de Mage, que je cache sous des vêtements plus traditionnels, puis redescend. Par la porte entrouverte, je remarque que l'activité dans le laboratoire est fébrile. Les scientifiques qui étaient si calmes l'instant d'avant sont maintenant en train de démonter le matériel qu'ils confient, pièce par pièce, à une armée de gamins qui va et vient par le trou pratiqué entre les deux maisons.

Voulant éviter que ma présence ne s'ébruite, je referme doucement la porte puis rejoins mes compagnons conspirateurs dans la cuisine. John fait les cent pas, un beignet à la main.

> — C'est quoi le plan ? demande-t-il la bouche pleine.

— Toi et moi allons attirer les regards et gagner ces foutues élections. Pendant ce temps, Jenny pourra retrouver sa tranquillité, et la sécurité. Nous ne devons pas savoir où elle va, au cas où cela tournerait mal. Nous reprendrons contact lorsque les choses se seront calmées. Ça ira ?

— Je me suis toujours débrouillé, rétorque-t-elle. Et cela bien avant ta venue. Comme tu as pu le voir, dans une heure, il ne restera rien ici.

Même si c'est une perte de temps et que nous ne sommes pas d'une grande aide, nous préférons rester jusqu'à ce que le déménagement soit terminé. Finalement, moins de cinquante minutes seulement après l'alerte, le laboratoire est vidé et Jenny disparaît par le trou avec les dernières petites mains qui emportent les ultimes caisses vers une destination inconnue.

L'avenir de nos recherches en sécurité, John et moi partons, confiants. Quoi qu'il arrive, elle continuera le travail.

Chapitre 14

Nous marchons longtemps en silence, prenant soin de rester dans l'obscurité. Le temps de la discussion s'est terminé lorsque nous avons quitté Jenny. Quoique réticent devant ce qui nous attend, John a finalement convenu que nous n'avions pas beaucoup d'autres options d'ici au lendemain. Avant le procès de Nick.

Déjà, nous devons rétablir la vérité sur ce qu'il s'est réellement passé. Puis continuer à informer la population, pour que les habitants du dôme prennent la bonne décision lors des élections. Comme il serait utopique d'espérer qu'une chaîne officielle nous accorde ne serait-ce que quelques secondes d'antenne, nous nous rendons chez un gars, qui connaît un gars qui aurait peut-être un émetteur pirate.

John part en éclaireur et me laisse en planque à quelques maisons de là. Je décide de me dissimuler sous un des escaliers métalliques, m'offrant ainsi plusieurs voies d'échappatoire si les choses venaient à mal tourner. L'argent sait si facilement acheter la loyauté des gens. Que vaut la moralité face à 10 000 unités ?

Il revient après deux longues heures, accompagné d'une grande silhouette emmitouflée dans un long manteau d'un brun douteux. Ils marchent lentement, droit dans ma direction, comme si un panneau lumineux indiquait ma position aussi clairement que les enseignes des magasins de la surface. Je me relève, un peu agacé d'être si facilement découvert. John me fait un discret signe de me taire ; alors je ne bronche pas, me contentant d'observer le nouveau venu, un homme âgé : visage émacié creusé de rides profondes, regard d'acier, rares cheveux blancs.

— Alors voilà notre homme de l'extérieur, commence le vieux d'une voix chuintante. Il me tardait de vous rencontrer, jeune homme.

Il me tend une main à la peau parcheminée que je serre alors qu'il continue.

— Vous désirez faire passer un message ? Pourquoi ne pas retourner sur Canal Un ? Ce bon Jack Went semblait vous apprécier.

— Le présentateur, peut-être. Les dirigeants de la chaîne beaucoup moins.

— Hé, Hé. Le Maire Mc Connan a toujours fait preuve d'un si grand respect de la liberté d'expression. J'ai vécu pratiquement aussi longtemps ici qu'à l'extérieur, et je pensais crever dans cette bulle. Tu as donné au vieux bougre que je suis une once d'espoir, gamin. Alors si tu peux réellement nous offrir ça, j'en suis. Juste une dernière chose : je veux vingt de tes produits pour mes enfants et petits-enfants.

— Vingt ?

— Ouep, le montant de la prime sur vos deux belles caboches. J'ai horreur de perdre de l'argent.

Il a beau être âgé, l'homme sait en tout cas compter. J'accepte le marché, nous ne sommes clairement pas en position ici de négocier.

— Très bien. Vous aurez vos doses, lorsque le produit sera synthétisé.

— Bien, bien.

Il me prend le bras et m'emmène à travers la semi-obscurité glaçante. Je jette un regard à John qui nous suit à quelques pas. Il me retourne mon sourire, a priori tout va bien. Nous remontons quelques pâtés de maison en silence jusqu'à la porte d'une cave.

— Par-là, jeune homme, me dit-il en me montrant du pied un anneau. Tire là-dessus.

Je m'exécute, rapidement rejoint par le policier. Ensemble, nous réussissons à soulever la lourde plaque métallique et à découvrir les premières marches d'un escalier.

— Allez, allez, le noir ne vous mangera pas. Nous allumerons quand nous serons dedans.

Il nous pousse à l'intérieur, fort heureusement sans grande force. Avec précaution, je m'engage en premier dans la descente, m'appuyant contre le mur de béton rêche. La plaque retombe dans un bang assourdi, tirée par John qui ferme la marche.

Nous sommes dans une obscurité totale.

— Au palier, tu auras un interrupteur sur la droite.

Prudemment, je descends jusqu'à effectivement arriver en bas. Je tâtonne sur ma droite, ne sentant que les aspérités du ciment. John débarque alors avec une lampe-torche à la main, qui ne se révèle être que … son téléphone portable.

— Et là, l'homme inventa la technologie ! fanfaronne-t-il.

Il trouve rapidement l'interrupteur et nous découvrons, à la lumière d'un néon faiblard, un vaste bureau rempli d'un bric-à-brac de matériel informatique sous une épaisse couche de poussière. L'homme va vers une armoire électrique où il enclenche différents disjoncteurs.

La pièce se réveille. Des machines se mettent à ronronner, une soufflerie se met en route, embarquant des nuages de poussières qui nous font éternuer.

— Bienvenue dans mon antre !

Il s'assoit sur un fauteuil certainement aussi âgé que lui, face à un ordinateur dont l'écran vient de s'allumer.

— Ah, cela faisait longtemps…

Il se frotte les doigts en grimaçant, insistant sur ses articulations comme pour les réchauffer, puis se met à pianoter, concentré. Je rejoins John, assis sur la dernière marche de l'escalier, visiblement peu à l'aise dans ce fatras de machines et de câbles poussiéreux.

— Il va vraiment pouvoir nous aider ?

Ma question est sortie à brûle-pourpoint et l'homme m'a entendu. Il se retourne, agacé :

— Je n'aime pas que l'on doute de moi ! Bien sûr que je vais y arriver, même un gamin le pourrait, ils sont devenus négligents à force de ne plus rien redouter. Lorsque l'on vit en autarcie comme nous, commettre un crime est lourd de conséquence. Il n'y a nulle part où fuir, pas grand-chose à gagner et tout à perdre. Alors de moins en moins de personnes s'y risquent.

— Et vous utilisiez tout ce matériel pour quoi ?

— Je n'ai pas envie d'en parler. Maintenant laissez-moi faire ce que vous m'avez demandé.

Mouchés par le ton sans appel du vieillard, nous nous lançons dans la contemplation du bout de nos chaussures. Machinalement, je sors ma paire de dés que je commence à faire rouler entre mes doigts sans y faire réellement attention.

— Tu aimes jouer ? chuchote John, me faisant sortir de ma rêverie. Ce n'est pas la première fois que je te vois jouer avec ces dés.

— La vie n'est-elle pas un jeu sans fin ?

J'arrête mon manège, les deux petits bouts de bois au creux de ma main.

— Ils ne quittent jamais ma poche depuis cette nuit... Ces deux dés sont tout ce qui me reste de mon enfance, tout ce que j'ai pu sauver des flammes de notre bloc.

Avec des gestes précis, je les passe d'une main à l'autre, puis je les glisse avec discrétion dans ma manche, fermant mes poings au même instant. Je tends mes paumes fermées vers John, qui me regarde avec étonnement quand je lui demande de choisir une main.

— J'en sais fichtre rien.

Avec un sourire, j'ouvre mes deux mains vides.

— Comment t'as fait ça ?

— Encore une histoire de magicien.

Il sourit. Je lui répète le numéro, attirant son regard exactement là où je veux qu'il soit, lui cachant à chaque fois la véritable position de mes deux fétiches. Après plusieurs tentatives infructueuses, il abandonne.

— Tu vas trop vite pour moi.

Nous refaisons silence et je repense à tous les tours de passe-passe que tu maîtrisais si bien. Où es-tu ? Que fais-tu ? Cela fait maintenant vingt jours que l'Archimage t'a emmenée et je n'ai pas l'ombre d'une piste pour te retrouver. Tu es peut-être déjà morte et enterrée dans un lointain pays, un bouquet de fleurs jaunies déposée sur ta tombe qui commence à prendre la poussière.

Je n'ai rien fait encore. Rien qui puisse te sauver. Rien qui puisse m'aider à te retrouver. Au lieu de ça, j'ai failli mourir de faim dans mon obsession idiote d'atteindre cette ville, tel un papillon attiré par une lumière vive. Et cette ville m'a capturé. J'ai été vaniteux, j'ai laissé parler mon ego en menaçant le Maire au moment où au contraire j'aurais dû m'assurer de sa loyauté. Il aurait peut-être pu m'aider, développer le sérum n'était plus obligatoire, si le Maire Mc Connan me donnait les ressources nécessaires à mon exploration.

Mais c'était trop tard. Désormais, pactiser avec lui serait trahir tous ceux qui ont cru en moi. Nick et John qui ont mis leurs carrières en danger pour me protéger. Jenny qui a abandonné sa maison sans hésiter pour assurer la protection de nos recherches. Son équipe de scientifiques ayant sacrifié leurs nuits de sommeil. Ces milliers d'inconnus qui ont donné sans compter, se fiant aux paroles remplies d'espoir d'un jeune inconnu. Et maintenant ce vieil homme dont je ne connais même pas le nom. Alors que je l'observe, tentant d'imaginer comment il pourrait se prénommer, il se relève, l'air décidé.

— Voilà, tout est prêt. J'ai une fenêtre prête à être ouverte. Nous transmettrons sur toutes les chaines en simultané. Il leur faudra environ une minute pour réagir et couper le flux. Ensuite, ils chercheront à nous trouver. Alors, pour éviter d'être localisé, je vous donne cinquante secondes.

— Très bien, cinquante. John m'a dit que vous vouliez transmettre de l'extérieur ?

— Oui, quelle meilleure solution pour montrer que je suis bien immunisé.

— Mouais, bon, je vais vous bricoler un émetteur portable. Permettez-moi de vous dire que ça me semble sacrément risqué, votre affaire.

— J'ai déjà tenté de l'en dissuader, rétorque John d'un ton blasé. Il ne veut rien entendre.

— Vous n'avez pas besoin d'être à côté de moi lorsqu'ils arriveront.

— Oh, sois rassuré, gamin, répond l'homme. Il n'y a aucune chance pour que je sois à proximité. J'ai fait plus que ma part de conneries.

John ne répond pas et détourne le regard. Je ne vois malheureusement pas d'autres idées moins dangereuses. Ma ridicule bravade aux provocations du Maire nous a créé un ennemi. Il faut régler ce problème pour pouvoir aller de l'avant.

Les préparatifs nous prennent encore plusieurs heures, le matériel est ancien, poussiéreux, quelques dysfonctionnements viennent vite nous déranger, déréglant les antiques machines. Fort heureusement, rien que notre antique hôte ne saurait régler ! Finalement, après une ultime dernière démonstration, afin que je sache parfaitement me débrouiller seul, nous repartons dans les rues, cachant la caméra et l'émetteur dans mon sac à dos. Une autre personne louche recrutée par John nous retrouve à un croisement et nous emmène au fin-fond du sous-sol de la ville, à un endroit où le plafond s'abaisse tellement qu'il est possible de le toucher. Fort heureusement, personne n'a encore été obligé de vivre ici.

Et soudain, il est là. Le dôme de verre contre lequel je me suis heurté en arrivant. Il nous sépare du monde extérieur, rien que de la terre à cette profondeur, et disparaît sous nos pieds. Je n'ai qu'à peine le temps de l'effleurer. Mes compagnons entrent déjà dans une bicoque en béton-armé, après avoir brisé la chaîne qui en empêchait l'entrée à l'aide d'une grosse cisaille à métaux.

Un ascenseur.

Nous nous serrons dans la cage à poules et descendons.

Descendons.

Dans le crissement des roulements qui freinent notre chute dans ce puits sans fin.

En bas, nous découvrons un grand tunnel. Toujours sans décrocher un seul mot, notre guide, qui est resté avec soin dissimulé derrière un bandana qui cache la moitié de son visage, ouvre la marche. Il ne nous faut pas longtemps pour arriver à un sas de décontamination. L'inconnu parle enfin, modifiant sa voix d'une façon assez ridicule. Je n'ai cependant aucune envie de rire, vu la situation et je l'écoute avec soin.

— A partir d'ici, tu es seul. Une fois dans le sas, tu auras un bouton pour ouvrir de l'autre côté. Puis ce sera pareil. Tunnel. Ascenseur. Une fois dehors, éloigne-toi de la sortie, arrange-toi pour masquer tes traces ; hors de question qu'ils découvrent cet accès. Voilà le code de déblocage.

Il me chuchote la séquence à l'oreille.

— Ça marche. Merci.

— Bonne chance mec.

Il me serre brièvement la main et retourne vers l'ascenseur. John et le vieil homme des caméras sont inquiets et ne peuvent de leur côté se résoudre à s'en aller. Je tente de les rassurer maladroitement :

— Tout va bien se passer. J'ai toujours eu de la chance !

— Tu vas sacrément en avoir besoin !

John esquisse un bref sourire.

— Allez, il est temps. J'ai encore une longue marche.

— J'ai mis quelques barres énergétiques et de l'eau dans ton sac, m'apprend le vieil homme. Bonne chance. Ça a été un plaisir de t'aider.

— Merci...

— Pas de nom, c'est préférable.

Il s'éloigne. John et moi restons seuls.

— J'aurais bien voulu venir, tu sais.

— Je sais. Il est préférable que je fasse ça seul. Je reviens vite.

— C'est quand même un plan sacrément risqué. Peut-être que nous…

— Par l'Archimage, non ! Je ne vais pas reculer maintenant, ça nous a coûté déjà bien trop.

Il s'incline devant ma détermination et me serre dans ses bras, refusant ma main tendue d'un petit air amusé. Puis il bat à son tour en retraite. L'ascenseur remonte péniblement dans un bruit inquiétant.

Je suis seul.

Comme un condamné qui se rend sur l'échafaud, j'avance jusqu'au sas et lance la procédure d'ouverture. Un compte à rebours s'égrène face à moi, m'offrant l'opportunité d'arrêter la procédure grâce à un gros bouton rouge.

Je résiste à la tentation de reculer, de me mettre à l'abri. Il serait si simple de se cacher et d'oublier tout ça. De vivre tranquillement sous ce dôme. Une vie inutile. Une vie solitaire.

3…2…1…0

Immédiatement, dès que la porte extérieure s'ouvre, mon odorat est assailli par un bouquet de senteurs. Je respire à plein poumon, évacuant par là-même tous mes doutes ; et c'est plein d'un nouvel espoir que je quitte l'air vicié du dôme. La remontée est tout aussi brinquebalante et hésitante. Je ne peux m'empêcher de penser que l'ascenseur n'a certainement jamais été entretenu depuis cinquante ans. Voire plus.

Heureusement, aucun câble ne lâche. Je sors enfin, débouchant au milieu de la décharge à ciel ouvert, alors que le soleil se lève à l'horizon derrière la cité qui rutile. Elle parait si belle sous sa grosse coque de verre, comme ces boules de Noël avec de la fausse neige qui ruisselle lorsqu'on les retourne.

Ebloui par le spectacle, ivre de l'air pur, je trouve la jungle des déchets bien moins impressionnante. Avec aisance, je me fraie un chemin, tantôt en-dessous, tantôt au-dessus, réalisant que la tenue de Mage est en fait ultrarésistante et qu'elle me protège parfaitement contre toutes les agressions des déchets entassés. Quel idiot de l'avoir gardée dans mon sac la première fois !

Après une petite demi-heure de marche, j'estime m'être suffisamment éloigné de l'ascenseur pour pouvoir débuter mon allocution. Il est temps de revenir vers la cité tout en prenant bien soin de rester discret. Ma seule assurance est celle que l'opinion publique m'accordera. Encore faut-il qu'ils m'entendent !

A mesure que je me rapproche, je bénis ma chance, remarquant que je me situe au niveau d'une rue très passante qui débouche sur une place. J'aurai des témoins. Personne ne pourra, cette fois, dire que je fabule en promettant l'extérieur. Si je peux y survivre, d'autres humains le peuvent aussi.

Caché sous la coque désossée d'un canapé, je sors le matériel amoureusement préparé par le vieil homme dans sa cave secrète. Je n'ai plus qu'à espérer que tout son bidouillage fonctionne. Comme il me l'a expliqué, je lance l'émetteur et le place en sécurité, bien dissimulé. Si je peux, il faudra que je pense à venir le rechercher lorsque tout sera calmé.

La caméra est correctement appareillée et n'attend plus que les images pour commencer à transmettre.

Bon…

Une pression sur ce bouton et mon coup de bluff face au Maire débute. Mes mains sont moites.

J'hésite.

Est-ce vraiment la seule solution ? Cinquante secondes… Je n'ai qu'une toute petite fenêtre pour ne pas être détecté ; puis il me faudra jouer au chat et à la souris dans la déchetterie pour disparaître avant qu'on ne m'attrape. Et si on me trouve ? On peut me faire disparaître si facilement dans cet océan de déchets…

Là-bas, les gens sont si paisibles, ignorant tout de l'ouragan de changements que je me prépare à déclencher.

Une petite fille marche avec sa maman, main dans la main.

En voulant me relever pour mieux voir ce qu'elles font, je glisse sur quelque chose, la caméra m'échappe des mains. Dans la panique, alors que je suis en train de tomber en arrière, je la rattrape comme je peux.

J'appuie sur le bouton. La transmission est lancée.

Je suis en ligne. Gêné d'apparaître si peu à mon avantage, je m'empresse de poser la caméra de façon à ce qu'on voie la cité derrière moi ; puis je me place face à l'objectif, espérant que le cadrage soit bon :

— Chers amis. Il y a quelques jours, je vous ai fait une promesse, celle de pouvoir ressortir. Dans une vidéo mensongère, le Maire Mc Connan m'accuse de mensonge, entre autres choses. Je vous donne aujourd'hui la preuve formelle : je suis à l'extérieur du dôme, sans protection particulière, et je me porte parfaitement bien. J'ai la possibilité de vous permettre de tous, un jour, pouvoir vous affranchir de cette prison et de sentir à nouveau ou pour la première fois le vent sur votre visage. Croyez-moi, il n'y a rien de plus agréable. Le Maire a vu en moi un opposant potentiel, il m'a déclaré la guerre et envoyé ses hommes de main. Il m'accuse aujourd'hui des crimes qu'ils ont commis en son nom ! Alors soyez témoins, par l'Archimage, regardez ! Je suis immunisé ! Si le Maire vous ment à mon propos, demandez-vous quels autres mensonges il a pu vous servir ! Est-ce que vous préférez soutenir un homme qui peut vous donner la possibilité de sortir ? Ou celui qui est prêt à mentir et à diffamer pour servir ses intérêts en vous retenant prisonniers ? Pensez à cela, réfléchissez bien car votre avenir et celui de vos enfants dépendent entièrement de CE choix. Aujourd'hui. Je demande la démission du Maire Mc Connan et l'organisation d'un vote dans les plus brefs délais pour décider de ce que sera cet avenir. La déchéance. Ou la liberté.

J'arrête la caméra, tremblant. Combien de secondes est-ce que j'ai transmis ? Est-ce que ma maladresse va me faire détecter ? En tout cas, je n'ai aucun doute sur le succès de la transmission. J'ai bien plus de témoins que je ne l'espérais. Alors que je range prestement mes affaires dans mon sac pour décamper, les choses s'activent de l'autre côté de la vitre.

Ils arrivent de partout, en masse, de tous les quartiers de la ville. Certains brandissent des pancartes, m'adressant des paroles d'encouragement, des femmes m'envoient des baisers volants, des enfants se dressent sur les épaules de leur père pour mieux voir. Je prends le risque de les saluer, perdant quelques précieuses secondes.

Ce moment de gloire est de courte durée.

A une vitesse impressionnante, louvoyant avec une étrange grâce mécanique entre les déchets, deux véhicules foncent dans ma direction : le même style de petit tout-terrain à grosses roues qui m'a déjà sauvé.

Je me mets à courir dans la direction opposée. Inutile. Je n'ai aucune chance, avançant à une vitesse bien insuffisante, maintenant qu'ils m'ont repéré.

Ils se séparent, et l'un d'eux me double à pleine vitesse, s'arrêtant face à moi, tandis que l'autre s'est stationné en soutien. Des deux véhicules émergent des soldats surarmés, six grands gaillards protégés de combinaisons intégrales blanches. Ils pointent sur moi leurs fusils et l'un d'eux m'ordonne d'une voix métallique transformée par l'émetteur :

— Vous êtes en état d'arrestation. Reculez jusqu'à nous. Les mains sur la tête.

Par l'Archimage ! Je suis fait.

Je m'exécute et commence ma descente. Alors que je veux m'aider de mes mains pour enjamber une masse de métal broyé, j'entends le bruit caractéristique d'armes que l'on charge et le même hargneux hurle son ordre :

— Les mains sur la tête !

Refusant de leur offrir une raison de tirer, je me retiens de me rattraper, bien que mon équilibre soit précaire. Fixant mon attention sur une femme qui me sourit dans la cité, je recule à tâtons, essayant d'éviter la chute.

La femme soudain se retourne, inquiète, avant de partir en courant. Devant mes yeux impuissants, la foule est dispersée par des voitures de police ; les forces de l'ordre font le vide, aussi rapidement et efficacement que possible, sans prendre aucune précaution. Dans la panique, des corps s'effondrent. Ces hommes et ces femmes innocents, que je n'ai jamais vus, qui riaient l'instant d'avant, sont en train de payer le prix fort de ma confrontation avec le Maire.

Ces témoins, mes témoins, hurlent en silence et disparaissent, alors que quelqu'un me frappe derrière le genou. Je m'écroule, surpris. Je prends un autre coup dans le dos. Ma tête frappe une barre de métal et des étoiles se mettent à danser devant mes yeux. Sans ménagement, je suis plaqué au sol, le souffle coupé. Je n'oppose aucune résistance quand les menottes me sont passées au poignet, puis lorsque je suis trainé jusqu'au véhicule.

Tu vois, à mon tour, je suis enlevé contre mon gré...

Est-ce que mon assurance sera suffisante ? Notre survie en dépend.

Chapitre 15

Trente et un…. Cela fait trente et un repas que je n'ai pas vu la lumière du jour ou un autre être vivant. J'ignore totalement ce qu'il se passe à l'extérieur. Ils m'ont traîné jusqu'à la voiture. Puis drogué. Et je me suis réveillé ici. La pièce fait environ deux mètres de côté. J'ai tout juste de quoi me coucher, mais pas vraiment de quoi m'étendre sur le sol froid et dur. Pas de lit, de chaise ou de table, l'unique mobilier de la pièce consiste en une toilette suspendue.

De temps en temps, trop rarement, une trappe s'ouvre, bref carré furtif de lumière qui m'oblige à me cacher tellement cela brûle. On me glisse à manger et à boire en silence. Puis la lumière disparaît.

Et cela fait trente et une fois à l'instant que l'on me donne ce repas.

Trente et un jours ? Certainement plus. Je n'ai aucun moyen de le savoir. Ils me nourrissent juste assez pour que je reste en vie, alors cela doit faire bien davantage.

Mon beau plan est totalement tombé à l'eau. Je pensais que le Maire n'aurait pas d'autres solutions que d'ouvrir le dialogue après cette apparition publique, que nous aurions pu débattre comme deux personnes sensées. J'aurais alors pu exposer les faits et nous aurions trouvé un terrain d'entente. Au lieu de ça, il m'a totalement ignoré, ayant certainement regagné d'une façon ou d'une autre l'opinion publique. Les élections sont terminées, il est réélu et je survis à peine dans cette geôle ; certainement suis-je un sujet d'amusement pour ces messieurs, autour des petits fours de la victoire électorale.

La main tremblante, j'explore mon repas. Un quignon de pain. Une mandarine. Ce qui ressemble à une tranche de jambon. Je tente de savourer chaque bouchée, en sachant que la faim ne va pas me quitter, juste se calmer un instant.

Après ce trop bref divertissement, je replonge dans mes méditations forcées.

J'ai eu tout le temps de repenser à mes erreurs et aux improbables circonstances qui m'ont amené jusqu'ici.

Tout a débuté à cause de cette mort inexpliquée des Mages. Je n'arrive toujours pas à comprendre pourquoi. Personne n'avait intérêt à les voir morts.

Cela m'a fait tout perdre.

Tenter de t'extraire du Refuge était logique. Sauf que cela n'aurait pas dû se terminer ainsi, emmenée dans les griffes de la personne la plus crainte de tous les Refuges.

Ensuite, pourquoi avoir voulu venir jusqu'à cette ville ? C'était idiot. Je n'aurais jamais dû persévérer dans cette décharge pour arriver dans un état si pitoyable. Heureusement que l'Archimage ne s'y trouvait pas comme je l'espérais initialement ! Car si cela avait été le cas, je me serais tout bonnement jeté dans la gueule du loup.

Comble de la bêtise, cette guerre inutile avec le Maire. A quoi bon briguer la Mairie de cette ville qui ne représente rien pour moi ? J'aurais dû le voir venir. J'aurais dû me contrôler et ne pas répondre à ses provocations par d'autres encore plus énormes. S'en faire un ennemi était absurde. J'ai misé sur le peuple, car John et Nick m'ont convaincu en m'emmenant dans ces bas-fonds, en me montrant toute la misère des petites gens. En tant qu'étranger à la ville, et à ses malheurs, j'aurais dû savoir rester neutre, la logique aurait voulu que je me focalise sur ceux qui pouvaient immédiatement m'apporter de l'aide, car le temps jouait en ma défaveur. Le Maire aurait certainement supporté mon entreprise, s'il pouvait s'assurer le monopole d'un éventuel sérum. Nul doute que si j'étais allé le voir immédiatement je serais déjà dehors en train de te chercher.

A moins qu'il ne m'ait immédiatement enfermé pour ne rien partager ?

Qu'importe.

Ce qui est fait est fait, je me trouve ici, enfermé, n'ayant même plus la force de me lever pour protester. L'espoir que mes amis me retrouvent et me libèrent s'est étiolé avec le temps que je compte en repas. Ils sont certainement morts, ou peut-être dans la cellule d'à côté. A moins que, très sagement, ils ne se tiennent à distance de moi et des ennuis que je déclenche.

Ce qui me désole le plus, c'est d'avoir menti à tout le monde. De ne pas avoir tenu ma promesse de les aider à ressortir. D'avoir abandonné tout le monde, toi y compris.

Depuis tout petit, j'espérais que ma différence m'amènerait à faire de grandes choses. J'ai toujours appréhendé mon seizième anniversaire, ignorant totalement ce que j'allais devenir. Alors, pour me rassurer, je me raccrochais à l'idée qu'être Unique pouvait être une bénédiction.

J'ai échoué.

Pitoyablement.

Ma vie n'aura été qu'une vaine succession de tentatives avortées et se termine là, dans la crasse de cette prison.

Je me force à arrêter de penser. Ces idées noires ne mènent à rien. Je suis en vie, c'est déjà bien.

Je perds un moment conscience. A moins que je n'aie fait que fermer les yeux. Le temps passe étrangement en ces lieux sans repères. Je compte les battements de mon cœur.

Une minute vient de s'écouler.

Puis deux.

Je sombre de nouveau et suis réveillé par la trappe qui s'ouvre.

Trente-deux…

Chapitre 16

Un bruit à la porte. Quarante-cinq ? Puis une voix étrangement familière :

— Debout. Il est temps d'arrêter de dormir !

Debout ? Alors que je n'arrive pas à relever la tête pour voir qui est entré ? Celui qui a dit ça, même s'il vient pour me sauver, mériterait mon poing dans la gueule pour dire des choses pareilles.

Une main puissante m'arrache de ce sol que je n'ai pas quitté depuis bien trop longtemps. Il me prend dans ses bras, comme un bébé.

Je ne dois plus peser bien lourd.

Bien que je tienne les yeux parfaitement clos, la lumière m'arrache un hurlement de douleur. Je trouve la force de me cacher contre un torse, découvrant sous la chemise la douceur d'une tenue de Mage contre ma joue.

L'homme marche à grandes enjambées à travers les couloirs métalliques, au rythme de ses talons qui claquent.

Est-ce que le Maire a finalement accepté de me libérer ?

Mes pensées m'échappent.

Où suis-je ?

Lorsque je reprends connaissance, je suis dans un vaste lit, avec des vêtements propres. Une pièce neutre, aucune fenêtre, juste une porte, des murs blancs et une lumière tamisée. Je reste un instant à fixer cette présence réconfortante, avant d'aviser qu'un homme se tient à mon chevet, vêtu d'une tenue de Mage noire. Avec stupeur, j'ai l'impression de voir mon reflet dans un miroir.

Mon jumeau ?

— Eh bien, tu en as mis du temps. Un peu plus, et je
   devais partir sans avoir fait mon discours.

Il arbore un sourire goguenard. Même si je n'arrive pas à voir une seule différence dans nos visages, son regard est tout autre, celui d'un homme qui a vu, et fait, beaucoup de choses.

> — Je sais que tu te poses actuellement de nombreuses questions, alors je m'excuse par avance si je ne peux répondre à toutes. Le temps m'est compté. Déjà, ce que tu brûles de savoir : est-ce que je suis ton jumeau ? Non, je suis toi, un toi venant d'un autre temps. Rappelle-toi toujours cette vérité : nous sommes Uniques !

Sur cette assertion, il m'assène un clin d'œil de séducteur, visiblement habitué à user et abuser de cet argument. Sans se départir de son assurance, il continue à répondre à mes interrogations :

> — Pourquoi je suis ici ? Je suis venu nous sauver. Si tu meurs, je meurs, et cela serait un beau gâchis. Pourquoi je ne suis pas venu plus tôt ? Cela n'est pas si simple que ça. Jenny t'expliquera mieux que moi la partie technique, elle n'en est pas encore là, cela viendra… en son temps ! Où se trouve Gil ? La question serait plutôt : quand ? Réfléchis à tout ce qui nous est arrivé d'un point de vue non linéaire et tu comprendras que ta quête n'a pas forcément le but que tu crois.

Alors qu'il termine à peine sa phrase, il se lève, impressionnant dans sa tenue noire légèrement brillante. Il paraît tellement plus grand et fort que moi, même si ce n'est certainement pas le cas.

> — Il est temps. Je sais que tu ne me crois pas encore. Cela viendra, beaucoup de choses restent à faire.
>
> — Mais ?

Ma voix est rauque et cela me fait un mal de chien d'articuler, comme si ma bouche avait oublié comment parler. Il me sourit, bien que je ressente une grande tristesse chez cet homme qui n'a visiblement aucune envie de me quitter. Comme le faisaient nos pères, il m'ébouriffe les cheveux.

> — Sois prudent.

Et avant que je puisse le remercier, il disparaît, pratiquement à l'instant-même où la porte s'ouvre, comme si mon sauveur avait su, comme si j'avais su, exactement, le moment de se retirer.

Ce qui est d'ailleurs le cas, s'il est bien ce qu'il dit être.

Jenny n'a pas changé, toujours impeccable, sans une seule mèche qui dépasse de son chignon. Par contre, John n'a pas la grande forme, ses habits sont déchirés à plusieurs endroits et il a des hématomes sur le visage. Alors que le policier se précipite à mon chevet, Jenny prend, elle, le temps de me brancher à tout un tas d'appareils qu'elle sort comme par magie de son sac.

— J'y crois pas ! s'exclame John, visiblement effaré de me voir. Comment ça va ?

— Mieux. Où ?

— A l'abri. Peu de chance qu'on nous cherche par ici. Franchement, je ne sais pas par où commencer. Tu ne peux pas imaginer comme je suis soulagé de te retrouver.

— Moi aussi. Alors ?

Même si je n'ai pas la force d'hausser le ton, je voudrais vraiment que John passe la phase des retrouvailles pour me raconter ce que j'ai raté durant mon emprisonnement. Le message semble passé, car il reprend :

— Bon... alors, reprend-il, euh... Oui, bon, ça tu l'as compris a priori, le Maire n'en a eu que faire de ton allocution. Même si cela a eu son effet sur le coup, la plupart des manifestations se sont terminées dans le sang et ton message a vite été enterré par les organismes de presse officiels. La police est descendue dans les rues pour étouffer toute rébellion ; ils ont fait un grand ménage, emmenant tous ceux qu'ils suspectaient et ceux qui se mettaient sur leur route. Nous avons perdu beaucoup d'amis... Grâce au sacrifice de certains, Jenny et moi avons réussi à passer entre les mailles du filet et à assurer un futur aux recherches. Le plus dur, ce fut quand tu as publié cette vidéo de démenti, malade et affaibli, où tu demandais pardon aux gens et avouais l'arnaque.

— Quoi ?

— Je me doute que c'était un faux. Et pas très bien fait en plus de ça. Après, que voulais-tu que les gens croient ? Ce que le gouvernement leur assène, à coup de matraque s'il faut, ou un inconnu ?

— Et ?

— Comme nous nous y attendions, ils ont gelé nos actifs et remboursé tout le monde. La partie semblait terminée : toi mort, Mc Connan réélu et nous forcés à la clandestinité. Jusqu'à qu'à ce qu'un des gamins de Jenny vienne nous dire qu'un gars lui avait dit que tu te trouvais ici. Nous avons pensé à un piège, bien sûr, nous avons même hésité à venir. Et non. Tu es là et bien là ! C'est dingue !

— Tu vas t'en remettre, m'assure Jenny. Ton corps se régénère à une vitesse phénoménale, je n'ai jamais vu ça. Dans un jour ou deux il n'y paraîtra plus, alors que cela aurait mis des mois à quelqu'un de normal.

Il faut que je sache :

— Nick ?

Le visage de John se ferme.

— Aucune nouvelle depuis ta disparition.

— Désolé.

Combien d'innocents ont péri à cause de mon idée idiote ? La question reste en suspens sur mes lèvres, tandis que Jenny m'injecte quelque chose. Un somnifère. Avant que je puisse m'y opposer, je m'endors d'un sommeil réparateur.

Chapitre 17

Avec étonnement, j'assiste à mon rétablissement spectaculaire. Engloutissant repas sur repas, le soir même, je me lève et marche quelques pas sans aide. Le lendemain, je peux faire le tour de la pièce. Aujourd'hui, je cours plusieurs minutes et refais des pompes ! Je me remplume presque à vue d'œil, goûtant chaque instant de ma renaissance.

Ils ont voulu me briser. Ils ont échoué, car je me relève plus fort que jamais.

La ville est totalement verrouillée et son avenir avec, si personne ne se salit les mains pour faire ce qui doit être fait.

Le Maire a tenu à me garder en vie, certainement pour pouvoir conserver à sa disposition mon sang exceptionnel.

Il a joué et il a perdu. Maintenant, je suis moins prêt à la discussion !

Mon exercice est interrompu par un cri d'étonnement. Jenny vient de se lever, envoyant voler au sol une liasse de papiers. Voulant rester avec moi pour s'assurer que je me rétablissais bien, la scientifique a amené du travail à mon chevet, ne supporte pas de rester inactive. Et son ordinateur vient juste de terminer une analyse et de lui délivrer une grande quantité de chiffres variés. Par-dessus son épaule, je tente de comprendre ce qui la met tant en joie.

Sans trop de succès.

— Bien sûr !

Elle vient presque de crier, alertant certainement tous les voisins qu'une folle hystérique vit ici. Ne faisant plus aucun cas de la discrétion, elle cherche frénétiquement son carnet, éparpillant les documents qui la gênent, puis, l'ayant enfin en main, va directement aux dernières pages et commence à entourer plusieurs valeurs qu'elle compare avec son écran.

— Je regardais au mauvais endroit, dit-elle d'une voix
     encore un peu trop aiguë ! Tu n'es pas immunisé au

Fléau. Mais tu guéris plus vite que le Fléau n'affecte ton corps. C'est tout simplement ça qui te permet de vivre dehors !

— C'est une bonne chose ?

— Oui, car je sais enfin quoi faire ! C'est merveilleux, nous allons vraiment y arriver, j'en suis certaine désormais.

Perdant sa froideur naturelle, elle se jette dans mes bras, et son enthousiasme chasse un moment mes idées noires, me ramenant à mes moments de bonheur à tes côtés. Qu'est-ce que mon vieux moi a voulu dire par « quand ». Est-ce que tu te trouves dans le futur ? Ou dans le passé ?

D'ailleurs, à ce propos, j'ai fait une promesse à Jenny il y a de ça ce qui me semble une éternité :

— Tu m'as dit de tout te dire…

Elle recule de quelques pas et reprend son air sérieux, repoussant une mèche derrière son oreille.

— Oui ?

— Est-ce que tu as trouvé quoi que ce soit relatif au… hum... voyage dans le temps ?

— Difficile à dire. Tu es une anomalie à part entière et les tests que j'ai menés avant ton baroud d'honneur n'ont rien donné de très probant.

— J'étais là. Je me suis sauvé de nouveau moi-même.

— Que veux-tu dire ?

— Le gars qui m'a amené ici. C'était moi. Du futur. Comme avec l'incendie.

— Oh !

— Il. Je. Enfin, il n'a pas dit grand-chose. Juste que tu m'aiderais à comprendre tout ça à un moment. Et que je devais davantage réfléchir à « quand » était Gil. Et non « où ». Est-ce que tu penses que je peux venir du passé ? Ou du futur ?

— Je n'ai pas encore envisagé cet aspect dans mes recherches…

— Tu ne m'as pas cru pour l'incendie ?

— Si, bien sûr, je te crois, quand tu me dis avoir vécu cette expérience. Après, la raison la plus logique voudrait que ce soit une hallucination créée par le manque d'oxygène.

— Ce serait effectivement plus facile d'expliquer ça comme ça…

J'avoue être un peu déçu. Une simple hallucination ? Tout paraissait si réel.

— Ecoute, je vais être honnête. Même si je te crois, je ne sais pas où chercher. Ton corps se régénère ultra rapidement et tu ne vieilliras certainement jamais, en tout cas pas à une échelle humaine. Est-ce que cela peut te permettre de plier l'espace-temps ? Je ne pensais même pas que quelqu'un avec tes capacités curatives existe ailleurs qu'à la télévision avant de te rencontrer… Pour répondre à ta question, je n'en sais rien. En tout cas aujourd'hui, je n'en sais rien.

— Je m'éloigne encore un peu plus de Gil...

— Vois le bon côté des choses : si effectivement tu peux voyager dans le temps, alors il te suffira de trouver le bon moment pour la retrouver. Ce qui fait que finalement tu as... le temps !

— Peut-être…

Je la laisse retourner à sa science et moi à des choses plus prosaïques car j'ai à nouveau faim. Je pars en exploration dans les provisions entreposées à côté de l'entrée et découvre un paquet de gâteaux resté intact par miracle. En quelques minutes, le sort de ces cookies est réglé… et j'ai toujours faim. Rien d'autre n'a survécu à mon appétit dévorant.

— Tu sais quand John revient ?

— Aucune idée. Il est allé chercher ce que tu lui as demandé pour votre… opération.

— J'ai faim.

— Il a amené hier de quoi tenir une bonne semaine, il ne reste déjà plus rien ?

Honteusement, je lui avoue la vérité.

— Non… j'avais faim…

— Hum. Il semblerait que je n'ai plus qu'à aller faire quelques courses, tu ne peux pas sortir pour le moment et, dans ton état, il ne faut pas stresser de nouveau ton organisme affamé.

J'acquiesce, gêné de devoir l'interrompre dans des recherches cruciales pour aller chercher de quoi satisfaire mon insatiable appétit.

— J'aime beaucoup les cookies.

— Qui n'aime pas les cookies ?

Elle vérifie une dernière fois son écran puis ôte sa blouse. Pour la première fois, je m'aperçois qu'elle porte en-dessous une charmante robe printanière.

Elle est vraiment mignonne…

Mais ? Qu'est-ce qu'il me prend !

Avant qu'elle ne me voie inutilement rougir, je fais semblant de vérifier que tous les paquets sont bien vides, l'espionnant discrètement alors qu'elle enfile son manteau et réarrange sa coiffure à l'aide d'un petit miroir extrait de son sac à main magique, qui semble contenir tout ce dont elle a toujours besoin au bon moment ! Satisfaite, elle m'adresse un petit signe de la main et sort.

Je me sens honteux d'avoir pensé à elle de cette manière. Je t'aime si fort… Tu occupes mes pensées, jour et nuit. Tu me gardes en vie.

Toi qui es pourtant si loin.

Tu n'es plus qu'un souvenir qui va s'effacer, je le sens.

Je n'ai aucune photo, rien à quoi me raccrocher. Toutes mes affaires ont disparu lors de mon emprisonnement ; il ne me reste plus que ma tenue de Mage que je n'ai jamais quittée, pendant tous ces mois d'avilissement.

J'arrache une feuille blanche d'un des carnets de Jenny et tente de dessiner les grandes lignes de ton visage. Mes coups de stylo maladroits ne te rendent pas hommage. Le regard est morne, bien loin de tes yeux pétillants de malice. Tes cheveux sont trop lisses. Cela manque de boucles sur les pointes.

Un peu comme ça.

J'essaie de donner du volume et cela produit une véritable choucroute.

Non !

Je froisse le dessin raté et l'envoie valser dans la poubelle. Je retente, débutant cette fois directement par les cheveux. Les frisettes sont mieux réussies.

Est-ce que tes sourcils sont fins ? J'esquisse une ébauche, essayant de me souvenir. Plus fournis. Je rajoute quelques traits et contemple mon œuvre à bout de bras. Il y a de ça, même s'il manque quelque chose que je n'arrive pas identifier.

Je te connais depuis mon enfance et quelques mois auront suffi à te faire disparaître ! Je frappe du poing sur la table, faisant trembler les ordinateurs de Jenny.

Il ne manquerait plus que je casse le matériel ! Le dessin raté me nargue, je le broie, l'envoyant voler avec le premier jet dans la corbeille. N'ayant rien d'autre à faire dans cette nouvelle cage où je me trouve enfermé, j'effectue plusieurs fois des allers-retours entre un mur et l'autre, louvoyant entre les affaires de mes amis, les cartons vides, les notes de Jenny. Cette pièce est trop petite. J'étouffe. Il faut que je sorte…

Je me concentre et repense à notre petit nid d'amour, là où nous avons partagé nos dernières étreintes dans les passions de l'au-revoir.

Je voudrais tellement y être. Te revoir, ne serait-ce qu'un bref instant. Sentir ton odeur, ta peau contre la mienne.

Rien. Je suis seul. Idiot. A ressasser des souvenirs tel un vieillard grabataire. Je respire profondément et me relance dans une série de pompes, déversant toute cette colère pour refaçonner mon corps maltraité.

Jenny ne tarde pas à revenir, les bras chargés de deux paquets remplis à ras-bords de produits divers dont je ne reconnais pas toutes les étiquettes. Elle pose les paquets à terre, devant moi, alors que je m'assois en tailleur, en nage, et plus affamé qu'à son départ.

— Voilà de quoi tenir.

— Peut-être une heure ou deux !

Elle lève les yeux au ciel en se déshabillant :

— De rien !

Je lui décoche un grand sourire et pars à l'exploration des cookies espérés. Elle m'en a pris deux boîtes, dont mes préférés aux noix de pécan. Je m'y attaque immédiatement. Tout en grignotant les gâteaux, je contemple tristement les murs blancs.

— Cette planque manque de fenêtres.

— C'est une bonne planque, justement parce qu'elle n'a pas de fenêtres, me répond-elle, sans quitter son écran des yeux.

— Cela permet aussi d'observer.

— Inutile de surveiller, si personne ne sait que tu es là.

— De toute façon, nous ne resterons pas ici longtemps. Si tout se passe bien.

— J'ai confiance ! Tu ne vas pas faire deux fois la même erreur.

Là elle s'est retournée et me fixe avec attention. Sérieuse. Je lui réponds tout aussi sérieusement :

— Jamais je ne me laisserai reprendre. Jamais.

Je me sens mal rien qu'à cette idée. Me retrouver de nouveau dans cette situation de faiblesse, à ne pas savoir si cet instant sera mon dernier, dépendre totalement du bon vouloir d'un autre, ne plus être en contact avec personne.

Comment ai-je pu être si idiot ?

John vient interrompre mon apitoiement, revenant avec un gros sac noir à la main. Du revers de ma manche, j'efface rapidement les larmes qui trahissent mon désarroi et colle un sourire forcé sur mes lèvres.

Il me perce à jour en deux secondes et s'accroupit à mes côtés :

— Ça va ?

— A ton avis ?

Maladroitement, il me donne une tape sur l'épaule. Ne sachant trop que dire, il se met à me faire l'inventaire de ce qu'il a ramené :

— Lunette de vision nocturne. Tournevis. Taser. Gants.

— Et la tenue ? Tu as pu voir pour la faire teindre ?

— Regarde plutôt.

Liant le geste à la parole, il extrait le dernier objet de son sac, ma tenue de Mage désormais d'un noir total, exactement la même teinte que celle de mon moi futur/passé ou je ne sais quoi. En tout cas, peu importe de quand il vient, il a eu bien raison de me donner cette idée. Cela rend bien mieux que le gris pâlichon initial.

— Le Tailleur a eu du mal à créer un mélange que le tissu absorbe, m'explique-t-il.

— Tu as été voir un mec qui s'appelle le Tailleur ?

— Pas bien original.

— Enfin, son boulot est meilleur que son nom, ça valait vraiment la peine.

— Heureusement, vu le prix ! Il m'a demandé l'autorisation de travailler dessus, je pense que nous aurions tout intérêt à concevoir quelques autres exemplaires de ces merveilles.

Je ne peux m'empêcher de sourire. Il veut surtout un exemplaire pour lui ! Espérons juste que son Tailleur soit quelqu'un de confiance. Je décide de taire ma réserve et abonde dans son sens :

— Bonne idée. Bon, revoyons les détails une dernière fois.

Chapitre 18

Nous sommes dans un boyau technique et marchons en tentant de faire le moins de bruit possible. Le même indic qui nous a obtenu le plan de la Mairie nous a bien prévenus : il y a du monde partout. Le bâtiment est surpeuplé, des bureaux ont été coupés en deux, des couloirs transformés en archives et le moindre espace accueille des fonctionnaires.

Fort heureusement, ayant été agent d'entretien dans ce labyrinthe administratif pendant des années, il connaît la place et a pu nous donner des astuces. Si tout se passe bien, nous devrions pouvoir aller jusqu'aux appartements du Maire sans croiser quiconque.

Sauf que voilà, même si personne ne nous voit, on peut nous entendre. Seule une mince paroi nous sépare des employés qui travaillent sans aucune idée de ce qui se trame.

Et il faut que cela reste ainsi car si quelqu'un donne l'alerte, nous sommes faits. En plein territoire ennemi, les chances de réussir à nous échapper sont minces, voire inexistantes.

Au début, je voulais y aller seul. Inutile de mettre la vie de mon ami dans la balance. Je pense également que j'avais moins de risque de faire du bruit par moi-même. John m'a finalement convaincu de m'accompagner, car même s'il n'est pas passé par les mêmes épreuves que moi, la perte de son ami et coéquipier l'a affecté. Il en veut pratiquement autant que moi à Mc Connan.

Pratiquement.

J'imagine qu'il veut aussi m'éviter de faire une bêtise. Nous en avons discuté longuement, je veux aujourd'hui en finir avec la menace que cet homme de pouvoir colérique et tout-puissant présente. John reste persuadé que des solutions plus diplomatiques sont possibles.

Comment peut-il l'envisager après tout ce qu'il m'a fait ? Ce qu'il nous a fait ?

Je lui ai promis d'essayer de discuter. Alors je vais le faire. Je n'ai juste pas promis que j'allais essayer longtemps.

Nous arrivons finalement à un embranchement. A la lumière d'une lampe frontale, je vérifie notre trajectoire, confirmant que nous sommes au bon endroit. Il nous faut déboulonner une grille, pour traverser le couloir qui nous sépare des toilettes à partir desquelles le chemin sera à nouveau sécurisé. Avec précaution, je commence la manœuvre, guettant d'éventuels bruits de pas. Après m'être assuré que nous sommes bien seuls, je repousse la grille que je retiens grâce à une courroie. Doucement, je la dépose au sol. C'est le moment critique où nous ne devons pas nous faire prendre.

Je m'extrais de la gaine, tout en jetant un œil inquiet à droite et à gauche. Des boîtes de rangement nous masquent d'une plus grande salle où j'aperçois quelques personnes concentrées sur des écrans. De l'autre côté, le couloir tourne vers une destination inconnue.

John sort à son tour. Alors qu'il se relève, je remets la grille en place et me dépêche de revisser les boulons.

— C'est par là.

Je montre à mon acolyte une porte grise. Il m'interroge en haussant les épaules. Je ne sais pas. Nous nous plaçons de part et d'autre, inquiets qu'aucun signe n'indique des toilettes. A son signal, je clenche la porte, prêt à réagir à un éventuel comité d'accueil.

Il n'y a rien. Juste des piles de papiers qui s'entassent dans une pièce carrelée, donc les sanitaires ont été arrachés. Je referme la porte et abaisse le loquet.

— J'espère que tu ne prévoyais pas de pause pipi !

John sourit à pleines dents, très fier de sa blague. Je lui retourne son sourire, bien que j'aie un peu de mal à me détendre.

La mission. Rien d'autre ne compte pour le moment.

Je ressors le plan et vérifie la localisation de notre sortie. Juste en face. Manque de chance, elle se trouve derrière un immense mur de cartons et de boîtes diverses qui monte jusqu'au plafond.

En silence, nous commençons à ôter ce qui bloque. L'idée de ne pas trop bouleverser le rangement pour ne pas nous faire découvrir est vite oubliée devant le capharnaüm, il n'y a aucune logique, des papiers de plusieurs périodes s'entremêlent, des plans, des feuilles de paie, des notes de frais, des brochures et même un jeu de carte !

Nous nous contentons très vite d'empiler au mieux les archives, évitant simplement que ça ne s'écroule, pour que nous ne soyons pas engloutis par une avalanche de papier.

Je suis triste en voyant ce gâchis.

Dans mon monde. Ou peut-être est-ce que je dois dire : à mon époque ? Disons simplement là-bas.

Là-bas, donc, le papier y est si rare ! Recyclé, encore et encore, il disparaît peu à peu, alors que nous n'avons plus les ressources pour produire les fibres appropriées. L'écrit est toujours bien là, sur les ordinateurs, les ardoises et tableaux noirs. Mais le papier. Le vrai papier. Ce n'est qu'une question d'années avant que les dernières feuilles ne s'étiolent et disparaissent.

Et nous sommes là, submergés par des milliers de pages, écrites sans aucun but. Archivées. Puis oubliées.

Enfin, la bouche apparaît, bien plus étroite que la précédente, promettant une progression difficile. Je dévisse la plaque, puis passe l'avant du corps à l'intérieur pour une rapide reconnaissance. Comme prévu, cela monte peu après. Je ressors pour confirmer mon observation :

— Va falloir se faufiler. C'est étroit.

— On n'a pas le choix, répond John. Allez, dernière ligne droite !

J'acquiesce en recalant quelques documents qui menacent de chuter.

— Je vais te laisser passer devant, tu ne pourras pas te retourner pour fermer. Faudrait pas que tu nous bloques en restant coincé.

— Traite-moi de gros, s'offusque-t-il !

— Tu es plus grand que moi, ne dis pas le contraire ! Si Monsieur veut bien se donner la peine …

D'une gracieuse courbette, je lui indique l'entrée. En grommelant, il remonte son sac, le callant comme il faut au milieu de son dos, et il disparaît dans l'ouverture. J'entends racler et pester à demi-mot.

— Chut…

J'observe, accroupi, par l'ouverture, attendant qu'il atteigne la phase montante pour le suivre. Petit à petit, à force de tortillements et de glissements, il réussit enfin à faire passer ses épaules par l'ouverture, le reste du corps suit ensuite sans difficulté. Ses pieds disparaissent finalement, alors que j'entends de petits bangs sourds dans le mur.

Il monte.

Dernière étape : le bureau du Maire. John sait que, de là, une porte dérobée cachée derrière une bibliothèque permet d'accéder à l'appartement privé du Maire où il doit paisiblement dormir à l'heure actuelle.

Après avoir fermé la trappe, je me contorsionne à l'embranchement, encore surpris que le grand John ait réussi à se faufiler. Je n'avais vraiment pas vu ça aussi petit.

Avec quelques hématomes supplémentaires aux coudes et aux genoux, je passe et débute l'ascension. En prévision de cette montée, nous avons prévu des crochets qui s'incrustent dans le mur et nous créent des escaliers temporaires. Cela marche bien, c'est juste pénible et long, surtout lorsqu'on essaie de grimper discrètement.

Nous escaladons ainsi quatre étages, fidèles à nos instructions, pour retrouver un corridor similaire, aussi étriqué que sale, qui nous amène jusqu'à une salle de repos. Notre contact a estimé que nous devrions être tranquilles étant donné l'heure tardive.

Il a raison.

Nous sommes seuls lorsque nous émergeons, sales et en nage, dans une pièce avec quelques chaises, une table, de quoi se réchauffer à manger, un frigo, un évier... Comme à peu près partout dans ce bâtiment, des cartons ont également été entreposés sur tout un pan de mur.

John se précipite vers l'évier et se passe la tête sous l'eau, nettoyant ses mains, ses cheveux, sa nuque, se rinçant la bouche et le nez. L'eau qui en ressort est noire. Dès qu'il a fini sa toilette, je l'imite, soulagé de me débarrasser de toute cette crasse.

J'imagine si quelqu'un était entré à ce moment ! Quels piètres assassins nous aurions faits, à ne plus assurer nos arrières, trop occupés à profiter de la fraîcheur de l'eau ! Surtout que l'eau fait un sacré boucan sur le métal de l'évier !

Reprenant un peu de sens pratique, je mets une chaise derrière la poignée pour bloquer la porte. Je n'entends rien, notre toilette est passée inaperçue. Je m'assois, ayant bien besoin d'un moment de répit, alors que John, lui, s'est lancé dans une exploration des placards. Je ne pense pas avoir un seul muscle qui ne me fait pas souffrir.

J'accepte de bon cœur la boisson énergétique et les gâteaux qu'il a trouvés. Il s'assoit en face de moi en attaquant une friandise.

   — Bon, ça s'est plutôt bien passé constate-t-il.

J'acquiesce :

   — Oui. Il ne nous reste plus qu'à rejoindre Monsieur Mc Connan.

   — Après avoir mangé.

Même si j'ai hâte d'en finir, je dois l'avouer. Je meurs de faim. Encore ! Les efforts de cette soirée athlétique ne m'ont pas épargné et je me sens capable d'avaler tout un régiment de cookies !

   — Je présume que le Maire ne va pas s'enfuir.

Nous nous répartissons ce que John a trouvé, finissant avec soin ce que chaque employé a imprudemment laissé en espérant le retrouver le lendemain. Seuls nos maxillaires en train de mâcher se répondent pendant les minutes qui suivent.

C'est repu que nous nous glissons hors de la salle de repos, non sans avoir auparavant correctement refermé la grille et masqué les traces de notre passage, remettant les paquets – vides – dans leurs placards. Il va y avoir des déçus !

L'étage est désert, seule la lumière blafarde des veilleuses éclaire les vastes couloirs, bien moins encombrés que ceux des étages inférieurs. Sans doute aucun, nous nous dirigeons vers le bureau du Maire, ce dernier étant, en toute simplicité, fléché à l'aide de pancartes dorées où son nom est écrit en grands caractères noirs. Le sol est maintenant revêtu de moquette, et nous défilons devant une galerie de portraits : maires précédents et quelques illustres membres de leur famille, chef de la police, responsable de la santé publique, professeurs… L'homme est modeste et apparaît régulièrement, posant fièrement tel un Empereur conquérant en différents endroits du Dôme !

Sans surprise, deux policiers sont de faction devant le bureau. Déjà moins que la dizaine qui stationne devant l'entrée en bas du bâtiment.

Nous nous replions à quelques bureaux de là et nous nous synchronisons à voix basse.

— Je les connais. Ce sont de bons gars.
— Promis, on ne leur fera pas de mal.

Nous sortons les tasers prévus à cet effet. Maintenant, il nous faut nous approcher suffisamment d'eux pour agir avant qu'ils ne donnent l'alarme.

Heureusement, ils ne sont pas particulièrement observateurs, confortablement assis dans le canapé du bureau, plus concentrés sur leur partie de cartes que sur ce qu'il se passe autour. Sans mal, nous arrivons jusqu'à la porte du bureau.

J'interroge John du regard.

Prêt ?

Il hoche de la tête. C'est parti. Je lance le décompte de la main. 3. 2. 1.

Il se précipite à l'intérieur, je le suis immédiatement. Alors qu'il va sur celui qui est le plus éloigné, je prends logiquement celui qui est le plus proche. En même temps, nous les neutralisons et, comme il me l'a montré, j'empêche ma victime de crier tout en l'électrocutant. Ils s'écroulent dans nos bras. Délicatement, nous les posons sur le canapé, menottés et bâillonnés, au cas où ils reviendraient à eux avant que notre affaire soit terminée.

Il ne se dresse plus qu'une simple porte entre lui et moi.

— Nous y sommes.

Je me sens étrangement calme à quelques instants de régler mes comptes.

John récupère le pass d'un des policiers et nous entrons. Nous découvrons un intérieur stylé, alliant avec goût l'ancien au moderne, dans des tons rouges et noirs. J'avance avec précaution sur le parquet qui craque malgré tout. Je n'ai fait que quelques pas quand la lumière s'allume brusquement et nous fait sursauter.

A l'instinct, nous dégainons nos armes et reculons, collés l'un à l'autre, prêts à réagir.

Personne.

La lumière semble s'être allumée automatiquement. Et en effet, après de longues secondes d'immobilité, l'obscurité revient.

L'appartement est calme. Personne n'a été réveillé.

— On n'a pas le choix… On n'a rien pour contrer ça.

John a raison. Il faudrait pouvoir désactiver à distance les détecteurs, sauf que nous n'avons rien pour le faire à distance. Sauf si…

— Attends, j'ai peut-être une idée !

Je rallume ma frontale et, tout en évitant les mouvements brusques, je balaie les murs, recherchant le fameux petit boitier. Sans trop de difficulté, je le trouve face à nous, dans le coin de la porte. Je laisse ma lampe-torche braquée et tente un pas.

Rien ne se passe.

— Bien joué !

— Merci. Cela fera toujours moins de lumière.

John se relève et va jusqu'à la pièce suivante. Il suit mon exemple et éblouit le détecteur de sa lampe. Nous avançons ainsi, laborieusement. Après avoir visité la cuisine, deux chambres vides, une salle-de-bain, un bureau, une salle de sport, des ronflements nous guident vers notre but.

Il est là.

Alors que John se concentre sur la lampe du couloir, je me prépare à entrer. Il va falloir agir vite. Nos regards se croisent. La main sur la poignée.

Je suis prêt. Il l'est aussi.

Sans un bruit, les gonds coulissent. Je ne peux que remercier le Maire et sa famille pour tout le soin apporté à la qualité de cet appartement. Ils nous facilitent grandement la tâche.

Les ronflements restent réguliers. Il n'a rien entendu. Je m'approche du lit, il est seul. Si vulnérable.

J'ai à ce moment envie de l'étouffer dans son oreiller et de régler définitivement le problème.

Rien ne m'en empêche.

Avant que je ne passe à l'acte, John prend la décision pour moi et l'assomme d'un coup bref et précis, m'éloignant du lit de notre cible.

> — Nous avons cinq minutes avant qu'il ne se réveille. Je m'occupe de lui.

Alors que le compte à rebours s'égrène, je fais rapidement le tour de la pièce pour vérifier s'il n'a pas d'armes cachées ou de moyen de contacter l'extérieur. Par précaution, je lui prends tout ce qui ressemble de près ou de loin à un communicateur et l'enferme dans un tiroir. Puis je ferme les volets de toutes les pièces pour plus d'intimité.

John de son côté l'a installé comme il faut sur une chaise, menotté et bâillonné, après avoir vérifié qu'il n'a rien sur lui. Lorsqu'il émerge, il est paniqué, ses yeux vont frénétiquement de John à moi, et il tire sur ses liens, essayant sans succès de faire céder les menottes. Cet égarement ne dure pas et il reprend bien vite son self-contrôle.

Il me fixe de ses yeux furibonds.

Je me lance, soutenant son regard :

— Vous m'avez refusé ce droit de parler en m'emprisonnant. Alors vous m'excuserez pour ces manières un peu cavalières, je vais parler, et vous ne pourrez cette fois m'en empêcher. Soyons bref. Il est hors de question que je vous laisse continuer à enfermer cette ville dans l'immobilisme. Nous allons développer ce sérum. Que ce soit avec, ou sans votre aide. Soyons clair, je n'ai pas besoin de vous, vous êtes une pierre sur mon chemin. Je n'ai même pas réellement envie d'être Maire. Juste, vous me gênez. Vous avez tué certains de mes amis. Votre hospitalité laisse vraiment à désirer. Avant de venir, nous avons débattu de votre sort. On m'a convaincu de vous laisser une chance, alors saisissez-là. Il n'y en aura pas d'autres. Dès ce soir, vous allez enregistrer une vidéo où vous reconnaissez votre erreur et déclarez m'apporter votre soutien. Je regagne ma liberté de mouvement, mes fonds, et vous, vous pourrez garder votre poste si vous ne me mettez plus de bâtons dans les roues. A défaut d'être des amis, nous arrêtons d'être des adversaires. Qu'en pensez-vous ?

Il maugrée quelque chose dans son bâillon. Je profite de cet instant, trop rapidement écourté par John qui lui ôte le morceau de tissu, non sans m'avoir jeté un regard inquiet. Est-il ici pour s'assurer que le Maire coopère ou pour m'arrêter ? Notre prisonnier crie plus qu'il ne parle pour nous répondre :

— Vermine. J'aurais dû vous tuer quand je le pouvais !

— Cela est logique de votre point de vue. Dois-je comprendre que votre réponse est non ?

Il part d'un grand éclat de rire et crache ses menaces :

— Bien sûr ! Vous m'êtes inutile ! Les équipes d'Ikeda travaillent jour et nuit à analyser votre sang. Ils réussiront bien avant votre équipe de bras cassés, si tant est qu'une solution existe.

— Alors nous allons devoir nous dire au revoir. Je n'ai pas besoin d'un nouvel ennemi.

Je sors mon pistolet et charge l'arme. Plus rapide que moi, John met la main sur mon poignet, le coup part et la balle s'encastre dans le mur.

— Non, Chris, non s'écrie John. Ne fais pas ça. Tu le regretteras toute ta vie.

— Je le regretterai si je ne le fais pas.

— Tu n'es pas prêt à vivre avec un meurtre sur les épaules.

— Tu ne me connais pas. Tu ne sais pas ce que j'ai déjà fait.

Le Maire, visiblement amusé par nos cas de conscience, se range bien évidemment à l'avis de John.

— Si j'étais vous, je ferais ce que votre ami vous dit, me conseille-t-il d'un ton mielleux. Au moment où je me suis réveillé, j'ai activé ma balise d'urgence. Des équipes d'intervention sont en chemin, je suis votre seule solution pour sortir d'ici en vie. Ils ne voudront pas négocier si je suis mort.

On n'a rien vu venir… Un implant sous-cutané certainement. Intelligent. Trop intelligent. Tôt ou tard, il va de nouveau renverser la situation à son avantage. Jamais je ne retournerai en prison. Jamais !

— Je ne veux pas continuer en vous sachant dans mon dos. Désolé. Vous aviez le choix.

Au moment où il comprend que je vais le faire, la panique passe dans son regard. Pour la première fois, il a peur. Vraiment peur. John tente de me désarmer. Cette fois, il est trop lent.

La balle part.

Le Maire s'effondre, touché entre les deux yeux. John me regarde, choqué, puis son regard presque hagard fait des allers-retours entre le corps sans vie du Maire … et moi.

— Pourquoi ?

— Tant qu'il restait en vie, il était une menace.

Ma voix est froide. Etrangement, je me sens libéré, vengé, calmé. Je peux désormais envisager l'avenir plus sereinement et reprendre ma quête en paix.

Je vais te retrouver, Gil. Je vais te retrouver.

Je nettoie mes empreintes sur l'arme, puis je la place dans sa main et tire dans le mur, derrière lui, à proximité du premier tir raté. J'arrange la scène pour laisser penser qu'il aurait pu rater ces deux tirs, et le détache.

John ne m'aide pas, me regardant faire, dégoûté. Je tente de me justifier :

— Tu sais très bien qu'il n'y avait pas d'autres solutions. Il n'aurait pas hésité, à notre place.

— Nous ne valons pas mieux que lui.

— Nos actes prouveront le contraire.

— J'espère franchement que tu as raison. Car ton mandat débute d'une bien sombre manière.

— Nous sommes venus en sachant très bien ce qui allait arriver.

— Nous devions le convaincre ! Il n'a jamais été question d'un meurtre !

— Par l'Archimage, arrête. Sois honnête avec toi-même, John, les chances qu'il change d'avis en quelques minutes étaient nulles. Je n'ai accepté de lui livrer ce beau discours que pour tenir ma promesse.

— Alors c'est ce que nous sommes maintenant ? Des assassins ?

— Lorsque les circonstances l'exigent. Combien de tes amis a t'il tués ?

— Trop. Mais il méritait un procès. Non d'être abattu tel un animal. Je ne me suis pas engagé dans la police que pour le salaire, je crois à tout ça, la loi, le respect de l'ordre. Et ça… ça. C'est mal !

— Un procès, qui se serait terminé par la peine capitale, devant l'étendue de ses crimes. Soit l'expulsion, si on se réfère aux lois locales. Je n'ai fait que gagner du temps, en évitant qu'il corrompe les juges ou les jurés, voire les deux, avec ses ressources infinies.

— Policier. Juge. Bourreau. Voilà ce que tu es ! Et tu dis vouloir changer les choses ? Ce n'est pas digne d'un gouvernement respectable.

— Il n'a eu que ce qu'il méritait. Chaque instant passé dans cette prison n'a fait que me conforter dans cette idée. Je ne pouvais plus vivre avec une épée de Damoclès au-dessus de la tête, attendant qu'il invente une nouvelle calomnie pour me réduire au silence. Ou me remettre en prison.

De grands coups portés à l'entrée nous annoncent que nous sommes proches du dénouement. Je n'ai plus qu'à espérer que ces policiers verront dans leur survie plus d'intérêt que dans le respect de la loi. S'ils sont tous aussi passionnés que John, cela s'annonce compliqué !

Je lance l'enregistrement sur une petite caméra, cachant l'appareil sous des dossiers du bureau. Je tiens à immortaliser ce moment que j'espère historique. John se recule en couverture, hors du champ de vision de la police, me laissant gérer la situation. Il n'a visiblement pas encore digéré toute cette affaire.

Une équipe d'assaut investit le couloir, et j'entends distinctement des pas dans les chambres voisines. Les hommes restent prudents et gardent une distance de sécurité avec notre pièce qu'ils ont sans mal identifiée comme le lieu où se rendre ; il faut dire que c'était la seule éclairée de l'appartement. Bien à l'abri derrière un grand bouclier de plastique transparent, un policier nous interpelle :

— Libérez immédiatement Monsieur le Maire ! L'immeuble est investi, vous ne sortirez jamais vivants d'ici si vous ne coopérez pas.

Calmement, j'avance afin qu'ils me voient dans l'encadrement de la porte, les mains levées, affichant un sourire.

Tout va se jouer dans les secondes qui suivent.

Malgré les enjeux, les mots me viennent naturellement. J'ai tellement préparé ce discours durant ma captivité, ressassant inlassablement ce que je brûlais de crier au monde. Aujourd'hui, je donne tout ce que j'ai si longtemps dû garder pour moi-même.

— Je suis Chris, l'étranger venu de l'extérieur. Eh oui, je suis en vie ! Le Maire a tenté de me faire taire, il m'a trainé dans la boue, je me suis relevé pour me confronter à lui. Je venais ce soir l'avertir des accusations que je comptais rendre publiques dès demain. Corruption. Abus de pouvoir. Torture… Il n'a pas supporté le choc et il s'est donné la mort.

Un brouhaha de panique passe dans les rangs des attaquants. Avant qu'ils ne prennent une décision qui pourrait être regrettable pour moi, j'enchaîne.

— Il vous a menti sur ma santé, j'en suis la preuve vivante ici même. Il vous a menti sur beaucoup d'autres choses, dont la plus importante, la possibilité de sortir de ce dôme ! Croyez-moi, par l'Archimage et tout ce qui vous est cher, si je le peux, vous le pouvez également ! Comme lui, vous avez certainement peur du changement, peur de perdre vos avantages. Alors que vous avez tout à y gagner, lorsque New City deviendra le nouveau centre du monde. Mes amis, aujourd'hui, vous avez une grande décision à prendre. M'arrêter ou me suivre. Si vous décidez immédiatement de me suivre, tout ce que vous avez pu faire sous les ordres du Maire Mc Connan sera oublié et vous serez parmi les premiers à sortir avec vos familles. Le Maire s'est suicidé, et il nous offre aujourd'hui un nouveau départ. Saisissez-le.

Les policiers se regardent, circonspects. Certains hésitent, je le vois dans leur attitude qui se fait moins menaçante. Malgré les canons de leurs armes toujours braqués, ils perdent de leur assurance et d'autres vont même jusqu'à les abaisser.

Je reste là, à leur merci. Confiant. J'ai foi en mes idées. Je suis intimement persuadé qu'ils ont tout à gagner à me suivre.

Est-ce que cela va suffire ?

Soudain, je les vois tous se raidir et porter la main à leur oreillette. Même si j'ignore qui leur parle, il est facile de deviner que ce nouvel interlocuteur tente de les retourner contre moi. Avec des arguments de poids à juger par leur réponse. Ceux qui étaient jusque-là restés de marbre à mes paroles changent de cibles et braquent ceux qui ont baissé ou abandonné leurs armes. Ils hurlent des ordres, les obligeant à rentrer dans le rang et à faire leur « devoir », sous peine de représailles. Les rares hommes qui m'étaient acquis reprennent leurs positions et l'écrasante majorité reporte alors comme un seul homme toute son attention dans ma direction.

Ils vont tirer !

Cela ne peut se terminer comme ça !

Mon instinct me crie de courir me mettre à l'abri avant qu'ils n'ouvrent le feu. Alors que mon honneur m'intime l'ordre de ne pas montrer ma peur.

Je dois rester fort. Si je ne réussis pas aujourd'hui, un remplaçant plus légitime que moi prendra la place du Maire et nous nous retrouverons exactement dans la même situation, sans ressources, sans appuis, à vivre dans la clandestinité, voire pire.

En un geste de défi, je relève ma capuche, me tenant droit, prêt à mourir s'il le faut, exactement comme toi et moi nous nous tenions face à la foule meurtrière devant le Refuge. Qu'ils voient que je n'ai pas peur, et qu'ils me rejoignent s'ils l'osent.

Le voile protecteur se relève automatiquement et c'est le signal que tous attendaient pour faire déferler l'enfer sur moi. C'est la fin…

Lorsque les balles me touchent, je tombe en arrière, soufflé par l'impact, la respiration coupée.

Est-ce que je vais de nouveau surgir pour me sauver ? Est-ce que j'ai même encore un avenir ? Etrange paradoxe que toute cette histoire, car si je meurs aujourd'hui, je n'existerai plus pour venir me sauver, dans la prison, pour venir mourir ici.

Les forces d'intervention avancent et entrent en force dans la chambre. Je les vois maîtriser John qui se rend sans résister, à genoux, les mains sur la tête. Des larmes roulent sur ses joues alors que deux hommes le font basculer avec rudesse et le maintiennent immobile, le visage écrasé contre le plancher.

Comment est-ce que je peux être témoin de ça ? Je devrais être mort.

Pourtant, je n'ai pas mal. Pas vraiment, je me sens juste oppressé aux points d'impacts. En m'appuyant sur un meuble renversé à mon côté, je me relève partiellement sur le coude.

— Il est en vie !

— C'est un magicien !

— Attention !

Ils hurlent des ordres confus et se replient à l'entrée du couloir. Une nouvelle rafale me touche, me repoussant contre le mur. Surpris, je porte la main à ma poitrine. Je ne saigne pas, ce n'est pas même déchiré !

Bien qu'aussi étonné que les policiers, je ne peux laisser passer une opportunité pareille. J'achève de me relever, heureux que la capuche cache mes émotions. En sécurité dans cette tenue qui me rend invincible, je me sens fort, puissant, menaçant.

— Par l'Archimage, vous faut-il d'autres preuves de ma puissance ? Si je peux survivre aux balles, ne me croyez-vous pas lorsque je vous dis que je peux vous permettre de sortir ? Venez à moi et réfléchissons dès maintenant au futur de cette ville. Avec vous en première place.

Quelques-uns accourent immédiatement, certainement ceux que j'avais déjà partiellement convaincus. Je m'écarte pour qu'ils se positionnent derrière moi et me replace en couverture.

— Libérez-le !

Dans la confusion, John a été abandonné dans la chambre. Il essaie de se relever malgré les menottes passées à ses poignets et ses chevilles, se tortillant tel une chenille maladroite. Vraiment pas l'image que mon bras droit doit donner à nos premiers hommes ! A mon ordre, l'une de mes nouvelles recrues s'empresse de se porter à son secours. Il coupe ses liens au couteau et l'aide à se relever. John me rejoint non sans avoir récupéré un fusil et un bouclier abandonnés dans la mêlée.

D'après l'air gêné de certains, il semblerait que la voix mystérieuse de l'oreillette continue à crier des choses. J'emprunte le matériel de l'un d'eux et une voix orageuse m'agresse les tympans.

— Qui est-ce ?

Le même qui a libéré John me répond. Ce gamin est prometteur.

— La chef de police, la sœur de Mc Connan.

— Je vois…

La guerre ne fait que débuter. Quelques retardataires courent vers nous, les mains levées. Nous les laissons passer. Désormais en nombre inférieur, les attaquants reculent et sortent de l'appartement contre l'avis de leur chef qui continue à vociférer sur tous les canaux. Voyant qu'une trêve semble déclarée, nous nous retirons de notre côté dans la chambre. Sur la cinquantaine déployée dans l'hôtel de ville, une trentaine de gars m'ont rejoint. Pas si mal pour cette première étape. Ne voulant pas les impressionner plus que nécessaire, je fais tomber la capuche et apparaît à visage découvert. Ils se massent autour de moi, attendant mes ordres.

— Sur combien d'hommes peut-elle compter ?

— Le dôme a dans les 1000 policiers avec les aspirants et les réservistes, me répond l'un d'eux.

— Alors nous devons les convaincre avant qu'ils n'arrivent.

Je récupère la caméra qui tourne toujours, n'ayant pas bougé, malgré les événements violents qui se sont déroulés. Je la branche sur l'ordinateur du Maire, accueilli par un fond d'écran où il apparaît en gros plan habillé en policier, trônant devant un char d'assaut. Je m'empresse d'ouvrir une autre fenêtre pour masquer son air fanfaron et visionne la vidéo, anxieux. Le son n'est pas parfait, et je passe hors cadre à de nombreuses reprises, notamment quand je tombe, réapparaissant par contre clairement aux moments importants.

Il faudra faire avec.

— Tu peux envoyer ça à un de tes amis ?

— C'est comme si c'était fait, me confirme John.

Mon ami semble avoir mis de côté nos différends sur la mort du Maire et il s'exécute sans broncher. Le Maire qui trône d'ailleurs toujours sur sa chaise au milieu d'une mare de sang. Je demande à mes recrues de lui accorder un repos plus respectueux et ils l'installent sur le lit, roulant et repoussant dans un coin le tapis ensanglanté. La pièce ressemble déjà plus à un QG respectable.

Après m'avoir demandé l'autorisation, quelques-uns partent en reconnaissance dans l'appartement, tandis que d'autres comptent nos munitions : le constat est plutôt positif. Nous avons un véritable arsenal de guerre et devrions pouvoir tenir un moment. Sauf, bien sûr, si nos adversaires arrivent avec toutes les forces disponibles. L'avantage, c'est qu'au moins, ils ne peuvent détruire ce bâtiment, puisque toutes les archives de la ville y sont entreposées.

John passe de son clavier au téléphone et semble préoccupé. Ne voulant pas le déranger dans cette tâche cruciale, j'allume la télévision pour voir si une chaîne parle de nous.

Rien pour le moment, seules les banalités de la nuit. Je laisse la première chaîne qui passe des photos de paysages sur fond de musique classique.

— Euh, Monsieur ?

C'est le jeune homme qui est parti au secours de John quelques temps auparavant.

— Un problème ?

— Ils ont quitté le niveau. Nous devrions établir des points de contrôle aux accès. Ascenseurs, escaliers….

— Excellente idée. Voici le plan de cet étage, vous devriez avoir toutes les informations pour verrouiller notre position. Je vous laisse prendre les choses en main. Votre nom ?

— Meyer. Hallan Meyer.

Je lui donne congé et l'observe dispatcher des gars aux deux ascenseurs, trois escaliers et quatre gaines d'accès en s'aidant du plan que je viens de lui donner, celui là-même qui s'est révélé si précieux pour entrer. D'après ce que j'ai compris, il prévoit d'en bloquer un maximum pour pouvoir contrôler les autres et ainsi réduire l'avantage du nombre, tout en plaçant des mouchards pour être avertis si l'ennemi essaie de nous contourner.

Heureusement qu'il a pris les choses en main, car cela dépasse totalement mes compétences en la matière. Autant du point de vue stratégie militaire qu'équipement de pointe ! John vient me rejoindre sur le canapé et s'approprie la télécommande pour monter le volume.

— Préparez-vous !

Et là, j'apparais sur l'écran plat. Le discours. Les tirs. L'entrée en force des policiers. Mon retour. Leur retraite désordonnée. A la fin, ils ont repris mes mots en grosses lettres rougeoyantes : « Venez à moi et réfléchissons dès maintenant au futur de cette ville ! », en ajoutant « Libérez la Mairie ! ».

— Et ça passe sur toutes les chaînes !

Sur son téléphone, un gars montre la même vidéo actuellement en train de passer sur la seconde chaîne, ainsi que la troisième, et la quatrième. Brièvement, la seconde chaîne réussit à reprendre l'antenne, avant d'être de nouveau coupée. Puis c'est au tour de la première, et ainsi de suite. Ne réfléchissant plus à leur sécurité, les contacts de John font le forcing et restent en ligne. Chaque nouvelle seconde passée en ligne augmente exponentiellement les risques de nous faire repérer.

Je sens qu'il est temps que je dise quelque chose d'intelligent. Je me lève et inspire à fond. Mauvaise idée, mes côtes me font toujours souffrir. Je transforme mon rictus en sourire, espérant donner le change, et commence à parler avant que le doute ne s'installe.

> — Nous venons de faire un premier pas vers la liberté de New City. Les prochaines heures seront décisives. Tous ceux qui possédaient du pouvoir sous l'ombre de la dynastie Mc Connan vont tout faire pour grappiller les miettes. Alors, nous n'allons pas nous barricader ici pendant que d'autres meurent pour nous dans les rues. Il faut prendre le contrôle total du bâtiment, avoir accès aux médias, nous assurer le soutien de la population et réduire à néant les tentatives de ceux qui vont vouloir nous barrer la route.

Alors que des tirs retentissent à l'extérieur, je conclus tout simplement :

— En avant !

Chapitre 19

La guerre civile a réveillé le dôme. A mon appel, les citoyens se sont soulevés en masse et la Mairie s'est trouvée encerclée. La petite trentaine de policiers en faction s'est vite rendue face aux milliers de manifestants prêts à tout, tout aussi armés qu'eux grâce aux nombreux militaires qui ont décidé de me suivre. De notre nouveau QG, nous nous sommes déployés pour occuper tous les organes officiels qui, à leur tour, sont tombés sans grande résistance. Plus notre mouvement grossissait, plus les choses étaient simples.

Finalement, en début de soirée, le premier adjoint et les membres du conseil ont accepté publiquement de me reconnaître, calmant ainsi les révolutionnaires et achevant la prise de contrôle du dôme.

Alors que les derniers manifestants sont en train d'être maîtrisés, une longue période de reconstruction s'annonce.

Et je n'ai aucune idée de comment bien faire les choses !

Comment traiter les hauts fonctionnaires qui n'ont pas été lynchés et sont actuellement sous haute protection dans les prisons de la Mairie ? Comment sauver cette ville, alors que les chiffres montrent un état de délabrement général ? Tout manque, ou va très bientôt manquer.

Du bureau du Maire, que j'ai décidé de réinvestir, j'observe la ville. Ma ville. Ils comptent tous sur moi. Je ne peux les décevoir.

— Alors c'est fait.

John vient me rejoindre. Il sent la fumée, le sang, la sueur.

— Oui…

— J'espère vraiment que tu sais ce que tu fais.

— Moi également. Ecoute, pour ce qu'il s'est passé…

— Je ne veux pas en reparler. Tu as pris ta décision seul, malgré nos avis, tu vivras avec les conséquences sans moi.

— Est-ce que tu vas, enfin, je veux dire, rester ?

— Où est-ce que je pourrais aller de toute façon ?

Il me donne une tape amicale sur l'épaule. Après un moment de contemplation silencieuse, je retourne m'asseoir au bureau et me sers un remontant d'une bouteille de je-ne-sais-trop-quoi trouvée dans un des tiroirs du bureau.

— Un verre ?

— Ce n'est pas de refus. Quel est le programme ?

— Repartir de zéro. Il faut moins consommer d'eau, davantage recycler les matières premières, réparer ce foutu dôme qui tombe en ruine. Et rapidement trouver une solution pour vous faire sortir de là avant que ça ne s'écroule.

— C'est si terrible ?

— Encore pire. L'Archimage nous en est témoin ! Où est Jenny ?

— Elle est en route. Elle transfère tout son matériel ici.

— Ici ? Où est-ce qu'elle va se mettre ? Tu as vu quand nous sommes arrivés, le bâtiment déborde déjà.

— Aucune idée.

Comme à son habitude, Jenny s'impose et trouve la solution sans même nous consulter, réquisitionnant les appartements luxueux des hauts fonctionnaires, soit l'intégralité de l'avant-dernier étage. Trop absorbée par son déménagement, elle ne nous adresse qu'à peine la parole lorsque nous descendons voir si elle a besoin d'aide, nous ignorant ouvertement. J'espère vraiment qu'elle est juste trop occupée, et non qu'elle m'en veuille pour la solution expéditive choisie pour régler le problème du Maire. Craignant ses remontrances, je ne m'attarde pas à ses côtés, suivi par John qui bat en retraite également, guère plus motivé que moi à l'idée de rester en compagnie de la scientifique ... vu son humeur. Cela tombe bien car je n'ai pas encore eu le temps de lui montrer ma dernière découverte, une grande carte de la région ultra-précise, imprimée sur un papier fin et brillant.

De retour dans le bureau, je la sors et l'étale par terre, recouvrant pratiquement tout le plancher.

— Alors voilà notre terrain de recherche ?

— Oui, cette carte couvre les deux cents kilomètres qui entourent le dôme. Tu n'imagines même pas l'enfer que cela a été avant de trouver quelqu'un qui puisse me renseigner. Personne ne sait réellement qui fait quoi ici, c'est dingue ! Du coup, après avoir erré dans des bureaux bondés, j'ai enfin trouvé un gars qui m'a expliqué qu'il y avait des machins dans le ciel qui lui permettaient d'avoir l'œil sur la région. Il a fait cette carte, il y a deux ans seulement, pour étudier la taille de la décharge et l'impact sur l'extérieur.

— Des satellites.

— Oui, voilà, ça. Si j'en crois les estimations que nous avons faites avec Jenny, mon Refuge doit se trouver par ici. Plusieurs de ces reliefs correspondent, entre ces deux fleuves. Même si la zone est vaste, le terrain est vallonné. Il suffit que je me mette en hauteur sur l'une de ces collines et que je repère quelque chose de reconnaissable et je pourrai retrouver mon Refuge. Je connais bien le coin, je me suis souvent échappé des demi-journées entières à l'aventure. Une élévation, une boucle de la rivière, un arbre, il ne me faut pas grand-chose…

— Tu es sûr que t'absenter en ce moment est une bonne idée ?

— Oui, car j'en ai besoin. Tu le sais, je n'ai fait tout cela que dans un seul but, avoir les moyens de rechercher Gil. Et là, enfin, pour la première fois, j'ai accès à ces ressources. Sauf que beaucoup de choses ont changé ! Je doute aujourd'hui. Je ne sais plus exactement si je cherche au bon endroit. Je dois en avoir le cœur net avant de continuer. Ensuite, ensuite tout ira mieux. Il n'y a que comme ça que je pourrai avancer.

— Essaie de faire ça discrètement au moins.

— Promis. Je suis certain que si demain je n'étais pas à mon bureau, tu seras parfait pour assurer l'intérim et repousser tout visiteur gênant pour 24 ou 48 heures.

Il acquiesce. Je le sens tendu, il veut certainement me faire changer d'avis et doit préparer mentalement toute une liste d'arguments valables. Pourtant, il se tait. Car il sait également que lorsque j'ai décidé quelque chose, rien ni personne ne peuvent me faire changer d'avis. Alors, de nouveau, il accepte de me laisser vivre avec mes choix, aussi mauvais soient-ils.

C'est donc sans prévenir personne que, juste avant l'aube, je réquisitionne un petit 4x4, avec des vivres, de l'eau et de l'essence, ma carte et une boussole. A travers les rues encore endormies, je file vers la seule sortie que je connais en espérant que le véhicule passera.

Le cadenas a été remis en place. Rien que je n'aie prévu. Je fais sauter la chaîne avec ma pince coupante et rentre avec le véhicule dans l'ascenseur. Je suis rassuré : la cage est juste assez grande, je peux même accéder aux boutons sans descendre. Cela a dû être pris en compte lors de la conception. Je remonte le couloir, passe par le sas de sécurité, puis accède à l'autre côté, goûtant comme à chaque fois avec délice l'air extérieur. Il faut vraiment que je voie ce qu'il se passe du côté des filtres dès que je rentre. Cette puanteur n'est pas normale, il faut trouver un moyen d'amener de cette fraîcheur à l'intérieur du dôme.

Je roule vers le nord, me guidant grâce au soleil qui pointe à l'horizon. Volant autant que roulant sur les déchets, j'avance rapidement, laissant ma ville et ses lumières. Il aurait été si simple de faire ça dès le début, de m'enfuir et de les laisser à leurs ennuis.

Ma ville.

C'est amusant comme en cette simple expression je symbolise tout l'attachement que j'ai développé pour ce dôme pourri et ses habitants désespérés. Non, je ne pouvais pas partir, tout comme je sais que je vais revenir très vite, quoi que je trouve là-bas.

La forêt s'étend maintenant devant moi. En me fiant à ma boussole et à mes souvenirs, je remonte l'orée du bois à la recherche de cette route qui m'avait mené jusqu'à la décharge. Pensant l'avoir trouvée, je roule là où j'ai dû marcher il n'y a pas si longtemps, recherchant une quelconque trace de mon passage. Bien que je ne trouve rien, je suis confiant, je vais dans la bonne direction et continue sans m'arrêter jusqu'à déboucher finalement sur la petite maison et son potager. En quelques heures seulement, je viens d'accomplir le même voyage qui avait failli me tuer, enfin, si je peux réellement mourir.

Ridicule !

Même si j'ai encore un moment avant que la nuit ne tombe, je choisis de prendre le temps et d'y faire halte jusqu'au lendemain. Je me désaltère au puits et passe les dernières heures de la journée à m'occuper du potager, heureux tout simplement de la simplicité de ma tâche. Les quelques chats qui vivent ici me regardent avec défiance, comme un intrus dans leur territoire. Lorsque j'accepte de partager avec eux quelques provisions, ils daignent me gratifier de petites attentions, s'installant sur mes genoux. Je les caresse. Doucement.

Pas d'humanité à sauver. Pas des milliers de citoyens qui comptent sur moi... Quelle ironie ! Toute mon enfance, j'espérais accomplir de grandes choses en tant qu'Unique et maintenant que cela m'arrive, qu'effectivement je suis investi d'une mission de la plus haute importance, voilà que j'aspire à plus de tranquillité. Et le comble, c'est que tout ce que je veux réellement m'a été ôté. Quelque chose que j'avais durant toutes ces années où je rêvais de mieux.

Toi.

Je me nourris de carottes et de navets, agrémentés de viande séchée provenant du dôme. Les légumes sont croquants, pleins de saveurs. On a perdu ça également là-bas. La saveur. Puis je m'endors en paix, d'un sommeil véritable comme je n'en ai pas goûté depuis longtemps, sous la bienveillance des étoiles qui me veillent par les trous du toit.

Libre.

Le matin, je suis reposé, frais et dispos. J'ai un petit moment de stress en imaginant tout ce qui pourrait se passer dans le dôme en mon absence. Et si, quand je revenais ils étaient tous morts suite à une brèche incontrôlable ? Et si un proche du Maire s'échappait et tentait un nouveau coup d'état à mon encontre ?

Je chasse ces idées noires. Il n'y a rien que je puisse régler dans l'immédiat. Juste profiter du beau temps, trouver le Refuge, s'il existe encore, puis rentrer au Dôme. Le jour où tu seras de nouveau avec moi, nous viendrons nous installer ici.

Ce sera parfait.

Heureux à cette idée, je passe une partie de la matinée à ranger la maisonnette et à faire l'inventaire de ce qu'il faudrait pour la réparer. Je note quelques traces d'entretien, les propriétaires précédents avaient fait du bon boulot. La prochaine fois, je viendrai avec des outils et peut-être mes amis pour m'aider… Ce serait merveilleux s'ils pouvaient sortir également.

Puis, espérant malgré tout pouvoir retourner au dôme avant la nuit, je me mets en route, retrouvant sans mal la traverse.

Désormais pressé d'arriver, je file à travers les arbres, avalant la distance, anxieux à l'idée de ce que je vais trouver. Le terrain se fait un peu plus difficile, m'obligeant à ralentir. Ce ne serait pas bien malin de casser la machine si loin du dôme. Enfin, je débarque sur cette même colline où je me suis réveillé.

Je n'ai pas une longue portée de vision et, à première vue, je suis tout aussi perdu qu'à mon réveil. Puis, en y regardant bien, je reconnais la forme d'une colline au loin. Sous un autre angle, cela pourrait coller.

Ce qui voudrait dire ?

Fébrile, je compare ma supposition avec le plan que je déchire en deux parties dans l'empressement. Je voyais cette rivière bien plus grosse que ce ridicule trait bleu. A part ça, oui, tout y est.

Bien sûr !

Excité d'avoir si facilement retrouvé le Refuge, je remonte dans le 4x4 et repars en trombe. Je décide de mettre de côté toute prudence, je fonce, sans vouloir penser aux conséquences, en plein jour, dans ma robe noire. Je masque mon visage derrière la capuche et son voile opaque et prépare, juste au cas où, un pistolet chargé sur le siège passager. Mes anciens voisins ne me font absolument plus peur, maintenant que je sais que ma tenue de Mage est capable d'arrêter les balles de fusils d'assaut.

Au fur et à mesure que j'avance, la solitude des lieux m'oppresse.

Il n'y a personne, aucune trace de vie humaine.

Des champs devraient se trouver sur ces collines. Et ce chemin, davantage d'ailleurs une sente créée par des animaux, aurait dû se transformer en route carrossable, il y a plusieurs kilomètres.

Où sont les laboureurs et les semeurs ?

Où sont tous les gens ?

Il n'y a personne. Personne. Personne.

J'arrive finalement devant la colline, qui ne présente qu'une pente herbeuse, là où aurait dû se tenir le porche menant vers les entrailles puantes du Refuge 42.

Ils ne sont pas là.

Pas encore.

Car il n'y a aucun doute, jamais personne n'a vécu ici. Alors, si les choses ne se sont pas encore passées, c'est qu'elles sont à venir.

Mais quand ?

Chapitre 20

Je suis rentré jusqu'au Dôme sans prendre garde au paysage, trop absorbé par la tempête sous mon crâne. Au lieu de me réconforter, ce voyage m'a fait explorer la vérité en pleine figure. Il était si simple de nier, de trouver une autre logique. Jusqu'à maintenant. Désormais, je ne peux plus aller contre l'évidence. Comment, sinon, expliquer l'existence d'un lieu dans un endroit qui n'a jamais connu l'installation humaine ? Je ne dois plus avoir peur de dire les choses clairement : je voyage dans le temps.

Est-ce que mon futur est déjà écrit ? Est-ce que je suis sur une route déjà toute tracée ? Car si je n'emprunte pas exactement ce chemin, est-ce que je serai en mesure de retourner me sortir de prison pour avoir un futur ?

Ai-je toujours un libre arbitre ? Si oui, que se passera-t-il si je décide de réagir différemment, d'accomplir quelque chose autrement ?

Si, par exemple j'avais sauvé ma mère... Est-ce que cela aurait changé mon passé, si son corps n'avait pas été retrouvé ? Pourquoi ne pas avoir essayé ? Est-ce que je dois me cantonner à reproduire ce qui a déjà été ?

Je file vers le Dôme, sans même un regard vers mon havre de paix.

Quel intérêt de réparer ce cocon de paradis, alors que tu n'es pas encore née ! Cette idée est dérangeante, malsaine. Je suis amoureux de quelqu'un qui n'existe pas encore, alors que je ne suis moi-même pas encore né.

A peine le sas s'est-il refermé que je me sens encore plus mal, écœuré par l'odeur et la saleté, oppressé par l'étroitesse des lieux.

Une prison. Juste un peu plus grande.

Sans prêter attention aux gardes surpris de me voir débarquer en pleine nuit, eux qui me croyaient sagement endormi dans mon appartement, je monte directement dans mon bureau.

Je ne peux tenir ma promesse de te sauver, tu es au-delà de ma portée. Alors je me rabats sur un autre engagement, celui-ci pris auprès de la population. Même si, j'avoue, je ne comptais pas le tenir initialement, n'y voyant là qu'un moyen égoïste d'atteindre mon but.

Je n'ai de toute façon rien de bien mieux à faire. Pour un moment.

Je me plonge dans les chiffres, sur la population, nos ressources, etc… et tente d'entrevoir un espoir.

John est surpris de me voir rentré lorsqu'il débarque quelques heures plus tard, étant lui-même arrivé particulièrement tôt.

    — Alors ?

    — Rien.

    — Comment ça rien ?

    — J'ai trouvé l'endroit, mais… rien. Le Refuge n'existe pas. Pas encore. Il n'y a personne et clairement aucune trace d'une quelconque habitation humaine à cet endroit.

    — C'est impossible.

    — Aussi invraisemblable soit-elle, je ne vois qu'une explication, que je me suis donné moi-même d'ailleurs. Il faut réfléchir à « quand », non à « où ». Ce qui veut dire que je cherchais quelqu'un qui n'est pas dans cette époque.

    — Oh… C'est…

    — …compliqué. Oui. Il faut que j'en parle avec Jenny dès qu'elle sera calmée. Je n'ai pas le courage de me confronter à elle. Pas maintenant.

Je prends un instant de réflexion. Puis continue.

    — Il faut rester positif, j'ai le temps de sauver ce dôme maintenant. Au strict minimum une centaine d'années… Certainement beaucoup plus.

    — Hein ?

— Je suis parti du Refuge à l'été 118 de mon calendrier…
Et j'ignore totalement ce qu'il s'est passé avant. Ce qui
fait que mon Refuge pourrait tout à fait n'être fondé
que dans 1000 ans !

— Outch !

— Heureusement, il semblerait que je ne vieillisse pas.
Alors comme je disais, j'ai le temps.

Sauf si j'arrive à remonter le temps une nouvelle fois. Ce qui
ne semble pas aussi facile à réaliser. J'ai essayé au moins dix
fois dans la matinée. Rien ne se passe. Que je sois couché,
assis, debout, dans le noir, les yeux fermés… Rien.

Même que la scène doit être particulièrement cocasse pour un
observateur extérieur !

J'en suis arrivé à la conclusion qu'au-delà de la position, ce
qui compte vraiment, c'est mon état émotionnel. A chaque
fois, je me trouvais dans une situation dangereuse. L'incendie,
où je me suis en fait doublement sauvé. Puis la sortie de
prison. Les deux auraient pu être fatales. Cela n'est malgré
tout pas systématique, j'ai failli mourir le soir où nous
sommes montés dans l'appartement du Maire, et pourtant je
suis resté sur place, alors que j'ignorais encore que ma tenue
arrêterait les balles.

N'étant pas d'humeur particulièrement suicidaire ce matin, je
n'ai pas pu confirmer l'hypothèse. J'ai de toute façon plus
urgent à entreprendre dans l'immédiat que de m'amuser avec
mes pouvoirs ou de risquer ma vie.

J'ai le temps. Un luxe dont ne peut se targuer le dôme. Si mes
calculs sont bons, la ville a atteint depuis longtemps un point
de non-retour. A ma grande honte, je remarque également
que la famille Mc Connan n'avait pas fait un si mauvais
boulot.

Dès l'après-midi, un grand recensement est lancé, tous les
citoyens sont invités à remplir un questionnaire précis sur
leur âge, leur lieu d'habitation, leur famille, leurs
compétences… La participation est immédiate, les citoyens

sont enthousiastes et, pour un temps, la ville retrouve sa joie de vivre.

Jenny ne me parle plus en privé depuis cette nuit où j'ai dû prendre une terrible décision et mettre définitivement fin à la dynastie Mc Connan. Le jeune garçon que j'étais est mort pour elle. Je suis désormais son patron, à qui elle se contente de faire ses rapports hebdomadaires.

Espérant qu'elle me pardonne, je viens souvent dans son laboratoire, à l'étage juste en dessous, restant malgré tout à distance respectueuse. Cela m'apaise de la voir travailler.

Elle ne m'adresse pas la parole. Et je ne la dérange pas.

Un mois passe.

En nous fondant sur les résultats, nous passons plusieurs semaines à réattribuer à chacun un logement approprié et un travail en accord avec ses compétences.

Il se révèle que la ville supérieure n'est pas si surpeuplée, loin de là. Il suffit juste de mieux répartir l'espace. Ce qui d'ailleurs correspond au plan initial des architectes, jusqu'à ce que certains nantis ne prennent des libertés en assemblant des étages entiers pour se créer des suites aux dimensions aberrantes dans la situation actuelle. Malgré les tentatives d'intimidations de certains, nous détruisons systématiquement ces modifications et normalisons les appartements.

Avec même un peu de place pour voir venir !

Pour montrer l'exemple, je mène la même politique dans tous les bâtiments officiels, la Mairie en premier lieu, m'installant un lit et une douche dans une simple pièce attenante à mon bureau que je ne quitte de toute façon quasiment plus. L'appartement historique du Maire accueille désormais trois familles.

Un second mois passe.

A situation exceptionnelle, mesures exceptionnelles. Pour gagner en efficacité, nous nous impliquons dans la vie économique en fermant toute activité inutile ou en fusionnant services et sociétés. Tous les avantages spécifiques sont annulés, l'argent réévalué, et les repas rationnés, pour éviter le gaspillage.

Peu à peu, grâce à ces changements, la majorité retrouve des espaces de vie acceptables, les travailleurs une activité et chacun mange à sa faim.

Faisant taire les mécontents. Au moins pour un temps.

Je sais que je n'ai pas le choix pour sauver le dôme. Les recherches de Jenny prennent du temps, nous allons peut-être devoir survivre plusieurs décennies avant qu'une solution ne soit trouvée.

Ces décisions ont été expliquées à tous, l'interprétation des chiffres rendue publique. Pourtant, il y a des contestataires, réfractaires aux changements et au bien commun. Ils refusent d'être convaincus.

Ça me frustre. Je n'arrive pas ignorer ces avis négatifs, à comprendre pourquoi ils s'opposent autant à ce qui est pourtant leur seul espoir de survie. Ne voient-ils pas que je n'ai rien à gagner à tout ça ? Cela m'empêche de m'endormir. Ombre insomniaque rôdant dans les couloirs.

Sans Jenny, ma compagne de discussions nocturnes qui m'apaisait, je travaille d'autant plus pour tenter de satisfaire tout le monde, jusqu'à tomber d'épuisement d'un sommeil sans rêves.

Un troisième mois passe.

Mon origine extérieure, ma position, mon mode de vie, mon intransigeance pour régler les conflits, créent un vide autour de moi. De moins en moins de personnes osent me parler. Même mes chefs de service s'emmêlent, bégaient et baissent les yeux en ma présence. C'est encore pire lorsque je suis en tenue, capuche remontée, tous s'écartent alors avec déférence, dans des pièces où l'on entendrait une mouche voler.

Ils me craignent.

Au final, seul John n'a pas changé, bien que ses responsabilités soient bien plus importantes, lui qui dirige désormais la sécurité intérieure du dôme. Il débarque à n'importe quelle heure dans mon bureau et nous parlons de tout et de rien. Il est toujours direct, n'hésitant pas à me dire ce qui ne va pas. Même si ça ne doit pas me plaire.

Le Tailleur, l'ami de John qui a teint ma tenue de Mage en noir, a réussi à créer des copies aux mêmes propriétés. John en réquisitionne quelques-unes pour son usage personnel en couleur grise, tandis que je remplis ma garde-robe de versions noires.

Un quatrième mois passe.

Aujourd'hui s'est terminé le procès des anciens dirigeants du dôme, tous des proches ou des membres de la famille du Maire Mc Connan. Avec le verdict que tous attendaient. Coupables. Ils ont endossé la responsabilité du fiasco de ces cinquante dernières années au nom des morts et des repentis, trop lâches pour assumer les conséquences de leurs actes.

Quelle perte de temps et de ressources !

Enfin, au moins, j'ai suivi cette fois les conseils de John. C'est lui qui m'a demandé de mener cette parodie de justice, de leur laisser le temps de se racheter, de changer d'avis et de se ranger à mes côtés. Assez justement d'ailleurs, il trouvait dommage de se priver de leurs compétences et de leurs expériences à la tête de cette ville. Cela a également permis de prouver que je sais faire preuve de patience quand il le faut.

J'ai essayé, vraiment. Ils ont eu de nombreuses opportunités et ils ont tout gâché, profitant de chaque occasion pour me critiquer publiquement, utilisant la barre de leur procès pour m'attaquer, au lieu de se défendre. Si je les remets en liberté, ils l'ont clamé, je le sais, ils vont mener un mouvement frondeur et me planter un couteau dans le dos dès qu'ils le pourront. Au sens propre s'ils en ont l'occasion.

Dans quelques heures, il ne restera plus rien du gouvernement Mc Connan. J'espère qu'il en sera de même également avec les protestataires.

J'erre à travers les couloirs, louvoyant entre des quantités phénoménales d'archives inutiles. Depuis que je suis en poste, j'incite les fonctionnaires à recycler tout ce papier gâché, je sais qu'ils essaient. A ce rythme, il faudra des années avant que les piles ne commencent à disparaître.

Comme souvent, mes pas me mènent jusqu'au laboratoire de Jenny. Deux policiers en faction me saluent et me tiennent la porte pour me permettre d'entrer. La quasi-totalité des bureaux est plongée dans le noir, quelques machines ronronnent, seul un bureau est pleinement éclairé tout au fond de l'allée.

Nous sommes bien loin du petit laboratoire de son ancienne maison.

Elle jette un regard dans ma direction, puis se remet au travail. Je m'assois à quelques bureaux du sien, dans la pénombre.

La sonnerie d'un appareil juste à côté de moi me fait sursauter. J'ai dormi trois petites heures. Jenny, qui se trouvait toujours à son bureau, se lève et se rapproche de moi.

— Tu m'aides ?

Je me redresse, étonnée qu'elle m'adresse la parole. Je m'empresse de venir la rejoindre pour prendre les gants qu'elle me tend.

— C'est lourd et chaud, fais attention.

Elle ouvre la porte du four. La chaleur étouffante me fait reculer d'un pas. Je reprends mon souffle, puis attrape le plat à l'intérieur. Elle me montre un dessous-de-plat sur la table devant elle sur lequel je m'empresse de débarquer la chose.

Une bonne odeur de chocolat se répand dans la pièce. Suspicieux, je regarde ce qui ressemble à un gâteau. Avec elle, il vaut mieux ne pas se fier aux apparences.

— Ça se mange ?

— Normalement, me répond-elle en souriant. Il était temps de faire la paix, non ?

— Je suis venu ici pratiquement tous les soirs. Pourquoi aujourd'hui ?

— Parce que je sais que tu en as besoin. La journée a été dure.

— Merci.

Nous dégustons le gâteau en silence. J'ai espéré qu'elle me reparle pendant des mois et maintenant, je ne trouve plus mes mots.

— Alors, quoi de neuf, Archimage ?
— Ne m'appelle pas comme ça...

Archimage. Je me hérisse.

— Tout le monde t'appelle comme ça dans la rue.
— C'est vrai ?

John l'a évoqué à quelques reprises, plus sur le ton de la plaisanterie qu'autre chose. Je ne pensais pas que c'était réellement devenu commun.

— Tu sors parfois ? me demande-t-elle, la bouche pleine.
— Bien sûr ! C'est juste que... je ne vais pas trop dans la rue. Tout le monde me reconnaît, il y a des attroupements à chaque fois. Je n'ai pas le temps pour ça.
— Ne te coupe pas des bonnes choses de la vie, Chris. C'est ce qui fait de toi un bon dirigeant : tu agis pour lutter contre les problèmes que tu as identifiés chez les citoyens. Comment peux-tu continuer à les aider, si tu ne sais pas ce qu'ils vivent ?

Je souris à pleines dents.

— Tu penses vraiment que je suis un bon dirigeant ?
— Ça va.
— Tu m'as manqué.
— Je sais.

Elle me décoche un petit clin d'œil et finit sa part de gâteau, ramassant les dernières miettes avec son doigt avec grand soin, afin de ne rien gâcher.

— Tu viendras avec moi demain, à l'exécution ?
— Si tu veux.
— Je n'ai pas envie de faire ça.
— Eux ont eu le choix.

Je repense au Maire. Lui également avait eu le choix. Est-ce qu'elle sait exactement ce qu'il s'est passé ce soir-là ?

154

— C'est pour ça que tu me pardonnes ce soir, à la veille de cette exécution ?

— Tu m'as montré qu'il y a encore de l'humanité en toi, m'explique-t-elle. C'est bien.

— Je ne suis pas devenu un monstre en pressant sur la détente, Jenny. Le Maire a eu le choix. Il a refusé. Je ne pouvais le laisser en vie et me créer un ennemi.

— John m'a raconté. Il a eu cinq secondes.

— Il n'aurait jamais cédé, même avec cinq ans. Cela devait être fait.

— Donc tu es bien entré chez lui en sachant que tu allais le tuer.

— Eventuellement. Je n'ai pas trop réfléchi, j'ai fait ce qui devait être fait. Nous...

— Ne nous intègre pas là-dedans, répond-elle avec véhémence. TU as fait ce choix. Ni John ni moi ne t'avons demandé de presser la détente.

Cette discussion commence à m'énerver. Je hausse le ton:

— Je ne pouvais le laisser continuer à nous menacer, à menacer notre projet. Je ne regrette rien.

— Tu n'as vraiment pas honte de ce meurtre ? Du coup d'état ? Tu n'as aucune légitimité. Tu fais certainement un meilleur Maire, sauf que lui, le peuple l'avait choisi. Toi non, à cause de toute cette violence !

— Alors organisons des élections. Par l'Archimage, personne n'osera s'opposer à moi !

— C'est exactement ce que je voulais dire.

Je me tais, mes mots ayant dépassé mes pensées. J'enfourne une énorme bouchée de gâteau pour m'acheter un délai de réflexion. Elle reprend :

— John a eu raison.

Je hausse à nouveau les épaules en signe d'interrogation, pas vraiment capable d'articuler quelque chose.

— En choisissant de ne plus revenir sur le sujet et de juste passer à autre chose. Je pense que nous devrions faire de même.

J'opine du chef. Oui. Cela semble le plus sage, si nous voulons rester amis. Je ne peux malgré tout m'empêcher d'avoir le dernier mot :

— Un dernier truc : tu es avec moi, que tu le veuilles ou non, Jenny. Je te connais, je t'ai observée, ces recherches représentent tout pour toi maintenant. Que ferais-tu pour les protéger ? En tout cas, moi, je suis prêt à faire ce qui doit l'être, et si je dois de nouveau sacrifier une personne pour en sauver des milliers, alors oui, je le ferai de nouveau. Même si je ne dois plus trouver le sommeil.

Elle ne répond pas, le visage impassible. J'avais oublié comme il était difficile de lire en elle, toujours si impeccable derrière ses petites lunettes.

Chapitre 21

Quelques heures plus tard, c'est aux côtés de mes deux amis que je me tiens sur l'estrade montée pour l'occasion. Nous sommes dans la cour de l'usine de retraitement des déchets, le seul endroit du dôme où une sortie est officiellement maintenue en état de fonctionnement, utilisée régulièrement par des équipes de nettoyeurs pour récupérer des matières premières à l'extérieur.

Ironiquement, c'est également là que sont menées les exécutions. La première à laquelle j'assiste.

Les condamnés, qui attendent à proximité dans un camion blindé, ont chacun reçu un sac avec des vivres et de l'eau, de quoi tenir quelques jours. C'est la tradition, m'a-t-on expliqué. Je trouve ça particulièrement morbide, quand l'on sait que la survie à l'extérieur n'excède pas les vingt-quatre heures. Ils n'auront certainement pas la force de s'éloigner de la ville et vont s'écrouler au milieu de la décharge. Par mesure de précaution, Jenny a proposé en dernière minute de leur implanter un petit traceur sous-cutané. J'avoue que l'idée qu'ils utilisent l'une de ces portes clandestines m'a traversé l'esprit et j'ai accepté.

Les douze coups de midi sont scandés par l'horloge automatique. La foule se tait et tous se tournent vers moi. J'ai endossé pour l'occasion mon habit d'ébène, n'ayant cependant pas remonté la capuche par respect envers les condamnés.

— Mes amis, nous sommes aujourd'hui réunis pour accompagner les derniers moments de ces hommes et de ces femmes. Devant vous, ils ont été reconnus coupables de trahison envers le dôme, le plus grand crime qui soit. Car la survie dépend de chacun et une seule personne peut suffire à engendrer une catastrophe mortelle. A cause de leurs fautes, le dôme est en danger. C'est chacun de ses habitants qu'ils ont trahi ! Conformément à nos lois, ils sont bannis avec effet immédiat. Ils ne pourront jamais revenir sous la protection du dôme.

Je n'aime pas ces allocutions publiques, où je me sens exposé. Si cet homme dégainait une arme, est-ce que j'aurais le temps de me mettre à l'abri ? A moins que ça ne soit ce grand gaillard là-bas ? J'ai confiance en John, je sais qu'il fait bien son travail et assure ma protection au mieux.

En plus, je porte ma tenue.

Pourtant… Il suffirait d'une balle bien placée. Entre les deux yeux, exactement là où j'ai tiré pour abattre le Maire.

Les applaudissements s'estompent, tous attendent. Ne voulant pas éterniser ce moment gênant, je fais un signe à la sécurité qui fait avancer le camion. Un à un, les prisonniers descendent et entrent dans l'ascenseur par petits groupes. Ils sont bâillonnés suivant mes consignes. Je suis plus que las de leurs bravades incessantes et je n'ai plus envie de les entendre se plaindre.

Il faut trois voyages pour les descendre tous, puis je prends le quatrième ascenseur, ayant décidé d'assumer jusqu'au bout mes responsabilités dans cette exécution. Hors de question que je signe l'ordre, puis que je ferme les yeux en attendant que cela se fasse.

Sans une secousse ni un bruit, nous rejoignons les tunnels à la propreté discutable.

Il y a beaucoup de monde dans cet espace clos, avec la vingtaine de gardiens, les quelques officiels qui sont descendus avec moi, sans oublier les journalistes et les curieux accrédités. John tente d'organiser ce flot humain et ordonne rapidement que les condamnés soient placés dans le sas. Par mesure de sécurité, les clés des menottes ne seront fournies que lorsqu'ils seront tous sortis.

Poussés sans ménagement, ils sont parqués dans le sas, à peine assez grand pour tous les contenir. Les concepteurs avaient prévu l'endroit pour sortir, éventuellement avec une voiture, non pour des situations pareilles. Loin des regards, je m'identifie et la procédure de décontamination s'engage.

L'un d'eux se tourne vers moi. Puis un autre. Dans une attitude de défi, ils me fixent.

Encore dix secondes pour sauver la vie de ces gens.

Je supporte leur regard sans broncher.

Le décompte s'égrène. A trois secondes, certains se mettent à paniquer. Trop tard. S'ils espéraient que je revienne sur ma décision au dernier moment et leur accorde une grâce, c'est bien mal me connaître.

La porte extérieure s'ouvre et leurs visages s'illuminent malgré leur peur, respirant pour la plupart pour la première fois l'air extérieur. Hagards, à petits pas à cause des entraves, ils titubent, comme ivres. C'est peut-être d'ailleurs ce qui leur arrive vraiment, leurs métabolismes n'étant pas habitués à une telle dose d'oxygène. Comme promis, John fait passer les clés. Maladroitement, ils se détachent puis disparaissent dans le couloir opposé, vers l'ascenseur extérieur qui les remontera jusqu'à la décharge.

De notre côté, la remontée est silencieuse, grave. Je m'engouffre immédiatement dans la voiture, ayant moins que jamais envie de prendre un bain de foule. Rentrés à la mairie, Jenny nous demande de l'accompagner jusqu'à son laboratoire sans nous donner plus de précisions. Elle nous emmène dans une pièce fermée que je ne crois pas avoir déjà visitée. Plusieurs écrans sont allumés avec des constantes vitales.

— C'est quoi ? interroge John.

Je compte rapidement le nombre de courbes. Vingt-deux.

    — Nos prisonniers. Tu n'as pas fait que leur placer un traceur, n'est-ce pas ?

    — Ils sont tous porteurs d'une version expérimentale du sérum, me confirme Jenny.

    — Tu te sers d'eux comme cobayes, s'indigne John. Et ils étaient d'accord ?

    — Bien sûr que non, rétorque Jenny.

John envoie voler une poubelle qui avait le malheur de se trouver à sa portée.

— Vous faites une paire magnifique, constate-t-il, aussi aveuglés l'un que l'autre par votre vision du futur. Appelez-moi quand vous aurez fini de jouer à vos petits jeux malsains. Je ne veux rien savoir tant que la sécurité du dôme n'est pas menacée.

Il sort sans nous laisser l'occasion de répondre.

— Pourquoi tu ne m'as rien dit ?

Il y a quelques heures seulement, je lui faisais la morale sur les choix difficiles à faire, alors qu'elle était certainement déjà en train de planifier tout ça ! En fait, elle m'avait pardonné simplement parce qu'elle en était arrivée à la même conclusion. A la même situation. A devoir faire quelque chose de mal pour notre projet.

— Parce que je sais que tu n'aurais pas accepté.

— Par l'Archimage ! Je n'y crois pas ! Tu m'as reproché pendant plusieurs mois d'avoir tué le Maire, d'avoir eu recours à des moyens extrêmes, alors que tu fais exactement la même chose, en 22 fois pire ! En plus, tu donnes l'opportunité à mes ennemis de continuer à me nuire !

— C'est pour ça que je leur ai mis un traceur. S'ils s'éloignent trop, ou tentent de rentrer dans la ville, nous les arrêterons.

— Et s'ils réussissent à l'ôter ?

Même si je n'ai aucune cicatrice, je ne peux m'empêcher de tendre le bras, lui montrant là où, pendant quinze années, se tenait mon identificateur du Refuge.

— Impossible sans chirurgie, assure-t-elle. La batterie tiendra bien plus longtemps qu'eux.

— Je veux que tu ne bouges pas de cette pièce tant qu'ils ne sont pas morts ; s'ils font quoi que ce soit de suspect, tu m'avertis immédiatement, je vais les abattre moi-même s'il faut !

— D'accord, d'accord.

160

L'idée que ce chapitre de l'histoire du dôme n'est pas totalement clôt me stresse. J'espérais ce soir m'endormir plus sereinement en sachant tous mes ennemis, en tout cas la majorité, maîtrisés. Pour le moment, ils vont tous plutôt bien, comme me l'explique Jenny.

> — Les premières heures n'ont que peu d'impact sur l'organisme, même si le sujet est définitivement contaminé après quinze minutes d'exposition.

Rappelé par le devoir, je m'absente peu après, laissant les écrans aux bons soins de la scientifique. Mon esprit reste malgré tout avec elle, je n'écoute que d'une oreille inattentive le rapport de cet ingénieur venu m'expliquer les découvertes de son équipe d'agronomes qui a réussi à créer un maïs nécessitant encore moins d'eau que la version précédente. Je leur demande plus de tests sanitaires avant une mise en production.

Puis John passe en coup de vent m'avertir que des manifestations ont éclaté peu après notre départ de l'usine de retraitement des déchets. Une dizaine de fauteurs de trouble sont sous les verrous, prêts à remplir un peu plus notre prison déjà surpeuplée. Ce qui pose d'ailleurs un souci grandissant sur l'utilisation de nos ressources limitées. Cette discussion nous met à chaque fois mal à l'aise. Que faire des prisonniers, alors que chaque volume d'eau ou d'air purifié est si précieux ?

Armés d'une collation récupérée à la cantine de la Mairie, je convaincs John de m'accompagner pour manger avec Jenny en début de soirée. Elle accueille notre nourriture avec joie et s'empresse de commenter les résultats.

> — J'ai injecté du sérum à dix-huit d'entre eux. Les quatre non traités, les témoins, sont là-bas.
> — Je vois que tu n'as pas choisi au hasard.

Se trouvent dans la liste ceux qui étaient au plus près du Maire : conseillers, procureur, responsable de la police…

— Quitte à choisir, je préfère que ce soit lui qui s'en sorte. Numéro 1. David Mc Connan. Le neveu du Maire. Tout juste dix-huit ans.

Un gamin embrigadé par une famille totalitaire. Il a failli craquer, jusqu'à ce que je ne sais trop qui lui dise je ne sais trop quoi et le mure dans un silence boudeur jusqu'à la fin de l'audience.

— Et comment ils s'en sortent ? demande John.

— Ils font quoi ?

Je ne peux m'empêcher de m'inquiéter. Elle me montre un écran derrière moi où les points figurent. Ils sont immobiles, groupés à moins d'un kilomètre du dôme.

— Ils sont proches…

— Ils ne se sont pas éloignés beaucoup, explique Jenny. Ils ont marché une petite demi-heure et ont abandonné. A priori, l'un d'eux, 15, s'est blessé, ses constantes ont brutalement chuté. Ils se sont arrêtés sur place, puis ils ont mangé, certains dorment. Les quatre témoins commencent à donner des signes de faiblesse, ils n'iront pas plus loin. 1 à 3 vont très bien. Comme 7 et 12. Les autres, le bilan est plus mitigé, le Fléau prend juste plus de temps à se développer.

— Je ne peux pas, conclut John en sortant. C'est au-dessus de mes forces que de regarder ces gens mourir à petit feu au nom de la science.

Jenny et moi restons seuls. De nombreuses questions me viennent à l'esprit.

— Ils ont la même capacité à se régénérer que moi ?

— Oui, sauf que dans tous les tests que j'ai réalisés en laboratoire, je n'arrive pas en stabiliser les effets, qui s'estompent avec le temps.

— Donc, ils vont mourir ?

— Certainement. Sauf si quelque chose dans l'organisme humain stabilise l'ensemble. C'est mon premier test grandeur nature. Au fait, tu avais raison.

— Sur quoi ? J'ai souvent raison.

Elle fronce du nez en ma direction, comme si elle allait me tirer la langue.

— Je n'aurais pas dû être aussi dure envers toi après le Maire. Je suis moi aussi prête à tout pour mener à bien ce projet.

— Je sais.

Je m'installe confortablement en prévision de la longue nuit qui s'annonce, une pile de dossiers à côté de moi pour m'occuper. Je veux avoir lu tout ça pour le lendemain, afin de pouvoir répondre au mieux aux préoccupations de l'usine de plastique, car j'ai une réunion avec ses dirigeants dans la matinée. Un véritable casse-tête, lorsque le composant principal, le pétrole, est en rupture totale et que la demande ne faiblit pas.

15 meurt le premier, affaibli par son accident. Puis 19 à 22 suivent, sans surprise. Lorsque je dois laisser Jenny au matin, 4, 8, 16 et 11 vivent leurs derniers instants, la plupart des autres étant affectés à des degrés divers. Je repasse autant que possible entre deux rendez-vous, courant dans les escaliers sous le regard étonné de mes administrés. Tous tombent, les uns après les autres. En début de soirée, il ne reste malheureusement plus en vie que les quatre sujets les plus prometteurs depuis le début : 1, 2, 3 et 7.

Maintenant, les jours de 2 et 7 sont comptés, alors que 3 va très bien. Paul Sliders, âgé de vingt-et-un ans, un cousin très éloigné du Maire. Il travaillait dans une fonderie du sous-sol ; bon vivant, il était de toutes les virées et s'impliquait dans divers petits trafics. En fait, militaire entraîné, il espionnait pour le compte de sa famille et faisait remonter les informations glanées avec ses soi-disant amis. Sans doute l'un des gars responsables du plus d'arrestations d'opposants, à en juger par son efficacité.

— La formule est différente pour lui ?

— Oui, formule B, j'ai testé différents dosages également. Il a reçu une dose massive contrairement à 5 qui avait une dose modérée. Il était plutôt mignon lui aussi.

— Ce n'est pas très éthique de choisir ses sujets en fonction du physique !

— Ne me parle pas d'éthique.

Je me renfrogne. Que répondre ? Nous sommes actuellement en train d'étudier des humains, transformés en cobayes contre leur gré. Elle n'a même pas remarqué qu'elle vient de me blesser, elle continue sans quitter des yeux les moniteurs.

— Il réagit très bien, ses niveaux sont tous parfaits, comme pour 1. 2 et 7 sont légèrement infectés, comme s'ils venaient de sortir depuis une ou deux heures.

— Ils se remettent en marche.

— Ah oui, effectivement. Ils avancent lentement. Ils n'ont certainement pas envie de rester là où sont morts tous les autres.

— Ils ont vraiment une chance de pouvoir survivre ?

— Dur à dire. Ils ont passé les 72 premières heures critiques. Je ne suis jamais allée aussi loin. Ils risquent actuellement plus de mourir de facteurs extérieurs, lâchés dans cette nature qu'ils ne connaissent pas. Il va falloir qu'ils trouvent à manger, à boire, un abri correct pour la nuit.

Je confirme. Malgré ma bonne santé, marcher dans cette jungle de déchets est dangereux.

2 et 7 survivent quatre jours supplémentaires, peu à peu rongés par le Fléau, le sérum ayant arrêté de faire son effet. Quant à 1 et 3, ils ne semblent que légèrement infectés. Le principal souci, à mon avis, c'est qu'ils sont bêtement restés à proximité du dôme, et qu'ils sont à court d'eau et de vivres. A moins qu'ils ne se soient blessés.

Ou malades.

Soudain, le traceur de Paul disparaît. Je bondis de ma chaise, repoussant brusquement mon assiette.

— Il est où cet enfoiré ?

— C'est impossible, s'exclame Jenny.

Jenny pianote et affiche différents écrans de contrôle. Pourtant, la réalité est bien là : il ne reste plus que David ! Puis soudain Paul réapparaît. Ses constantes bondissent, différentes de ce qu'elles étaient quelques secondes auparavant.

Ces individus ne peuvent rester dans la nature.

— Il faut que j'aille voir ce qu'il se passe, je vais les chercher.

— Attends, me demande Jenny, je te branche sur leurs traceurs. Surtout, fais attention à ne pas te faire voir du dôme. Je préfère garder secrète notre tentative.

— Il fallait penser aux risques avant de jouer.

Elle ne relève pas et me tend une petite fiole avec des grains métalliques à l'intérieur.

— Tiens, voilà un traceur pour toi. Pas besoin de te l'injecter, je l'ai activé, tu peux le garder dans ta poche. Sur cette tablette, tu peux voir tout le monde... Enfin, vous trois. Tu es le 23. Tu vois où ils sont, et où tu es.

— Merci. Avertis John que l'on aura peut-être besoin de lui. Même s'il ne va pas aimer ça.

Quelques minutes plus tard, armé et en tenue de Mage, je suis en route à bord d'un des 4x4 prévus pour l'extérieur. Même s'il aurait été plus rapide de passer par la même entrée que les prisonniers, je fais le détour par le sous-sol et réutilise mon entrée secrète. La discrétion avant tout.

Il faudrait que je trouve quel bâtiment se trouve au-dessus, afin de m'arranger éventuellement un accès direct. A réfléchir. Surtout que cela risque aussi d'attirer l'attention.

Une fois sur place, je n'ai cette fois pas besoin de détruire une nouvelle chaîne, ayant fait installer un verrou relié au système global de sécurité. Comme d'ailleurs sur toutes les autres sorties que nous avons pu identifier. Quand je pense que de tels points stratégiques ont été laissés pendant longtemps accessibles aussi facilement ! Je me demande parfois comment un drame n'est pas arrivé plus tôt.

De même, les ascenseurs sont réparés. Je me sens plus en sécurité dans ces cages qui ne brinqueballent plus.

Il fait merveilleusement doux en cet après-midi. L'hiver se termine et les premières feuilles poussent dans la forêt qui veille sur la ville. Quelques rares plantes réussissent à se frayer un chemin à travers les déchets de l'humanité, profitant de chaque centimètre de terre saine. Je vérifie mon pistolet dans la poche, place un fusil armé sur le siège passager, puis me mets en route.

Bien que j'aie une vague idée de l'emplacement de nos deux survivants, l'appareil de Jenny se révèle bien utile. Je fonce droit sur eux.

Je me doute qu'ils m'ont déjà entendu ou vu venir, alors je ne cherche pas à me cacher. Et eux non plus a priori, car leurs traceurs restent immobiles.

A une dizaine de mètres d'eux, je sors de la voiture, le pistolet à la main.

— Je sais que vous êtes là. Venez, je vous accorde l'amnistie, vous pouvez revenir sous le dôme.

Après plusieurs longues secondes, l'un d'eux vient à ma rencontre. Je jette un œil à ma tablette. C'est Paul :

— Il est trop tard pour ça. Cette saloperie a déjà commencé son œuvre. Au moment où nous avons mis un pied dehors, nous étions condamnés.

— Jenny pourra vous aider.

David avance avec prudence la tête hors de sa planque. Voyant que je n'ai a priori toujours pas tué son compagnon, il s'extrait.

— Comme si avoir tué le Maire puis nous bannir ne suffisait pas, s'indigne David ! Il a fallu que nous devenions vos cobayes !

Difficile de dire le contraire. Je reste toujours étonné que Jenny soit allée aussi loin au nom de la science.

— Un abus de pouvoir, certes, qui a cependant sauvé vos vies.

J'avance de quelques pas, afin de pouvoir mieux voir leurs visages. Bien qu'amaigris, ils semblent en bonne santé.

Je leur souris. Ils restent imperturbables.

Soudain, une plaque qui semblait stable cède sous mon poids, découvrant un assemblage dangereux de rebuts métalliques. Tout l'édifice entre eux et moi commence à s'effondrer.

Ils sourient, amusés.

Un piège !

Alors que je tente d'éviter de tomber dans ce fatras de pics tordus, ils récupèrent des boîtes de conserve lestées et me bombardent. Je riposte en tirant à l'aveugle dans ma chute, les ratant de plusieurs mètres, étant à vrai dire plus concerné par la fosse. Dans un ultime effort, je me jette loin du trou, m'écrasant contre des déchets. Ma tête frappe quelque chose de dur, ma cheville craque sous l'impact et je perds conscience du monde qui m'entoure, des bulles noires emplissant tout mon champ de vision. Ils se jettent sur moi, je tente de me débattre. Sans succès. Ils me rouent de coups, je reperds un instant connaissance, pour finalement me retrouver nez à nez avec le canon de mon arme que braque Paul.

D'un ton cassant, David commence :

— Ah ah, on fait moins le malin maintenant !

Paul s'approche, me dominant de toute sa hauteur.

— Je vais être direct. Votre produit craint. Il ne permet pas de survivre vraiment dehors. Par contre, il a quelques effets secondaires sympathiques… Je me suis retrouvé ailleurs. Savais-tu qu'il y avait ici une grande prairie vierge de toute présence humaine ?

Voilà où il était lorsqu'il a disparu… Je ne commente pas sa découverte, nul besoin de lui avouer que je possède les mêmes dons. Il continue :

— Je ne sais pas si c'est le passé, le présent, une réalité alternative. En tout cas, je vais tenter ma chance de remettre à zéro toute cette merde ! Et en finir avec toi, et tous tes ridicules amis. Où est-ce que vous êtes allés après votre passage télévisé ? Vous avez réussi à nous semer dans la voiture.

— Jamais.

Il sourit, triste.

— Alors je vais repartir plus loin dans le passé, alors que ce ne sont encore que des gamins innocents. Je n'ai aucune envie de tuer des gosses. Est-ce qu'ils auront la possibilité de grandir et de vivre un peu ? En tout cas, ils ne seront pas là lorsque tu arriveras dans cette ville.

Je reste muet. Tout en soutenant mon regard, Paul frappe du pied dans ma cheville blessée. Je hurle de douleur et me replie sur moi-même.

— Si dans deux minutes tu n'as pas avoué, m'explique Paul, je retourne en 2077 tuer Jenny au berceau ! Puis ensuite, ce sera au tour de John !

— Votre plan est idiot. Si vous la tuez, je peux travailler avec quelqu'un d'autre qui pourrait ne pas vous utiliser comme cobayes !

— Sauf si je me préviens de venir t'accueillir ce jour précis à l'extérieur du dôme, continue Paul. 20 secondes.

— Vous pourriez changer tout le passé. La mort de Jenny pourrait avoir des conséquences désastreuses.

— C'est un risque à prendre ! 10 secondes, dit Paul en me narguant.

Je ne peux mettre la vie de la jeune femme en danger. Elle a déjà tant donné pour moi.

— C'est bon, nous étions dans une arrière-boutique. Une vieille tarée qui vend des t-shirts au sous-sol. Je n'ai aucune idée de l'adresse exacte. Pas loin de là où vous m'avez rattrapé dans la ruelle.

Cela me laissera un peu de temps s'il cherche du mauvais côté !

— Excellent, jubile Paul ! Nous étions si proches ! J'y vais. Reste ici avec lui.

Paul ferme les yeux. Prenant mon courage à deux mains, malgré la douleur et le risque de me faire abattre, je me relève au moment où il se concentre et je me jette sur lui, en pensant très fort au dôme lors de sa fondation en me fondant sur les quelques photos trouvées dans les livres d'histoire, alors que tout était encore propre et neuf... Et Jenny pas encore née.

Le paysage autour de moi devient flou…

Chapitre 22

Lorsque les choses se stabilisent, je me retrouve au milieu d'une rue ; une camionnette est arrêtée de travers et un automobiliste se précipite à ma rescousse.

> — Oh mon dieu, je ne vous ai pas vu ! Ne bougez pas, j'ai appelé les secours, ils arrivent.

Paul doit être dans les parages, il faut impérativement que je le trouve avant qu'il n'accomplisse son sombre dessein ! Tremblant, je retombe en retenant un hurlement de douleur.

Je frappe le sol de mon poing fermé. J'ai si mal.

Une sirène de pompiers se rapproche de nous. Une ambulance, en fait. Des hommes en blanc me récupèrent et m'emmènent malgré mes faibles récriminations.

Ils me piquent. Un calmant. Je ne sens plus rien.

Je ne peux lutter…

A mon réveil, je me trouve dans un lit d'hôpital. Au plafond est inscrit en larges lettres noires « salle de réveil ». Je palpe ma jambe, une grosse attelle la maintient en place.

Deux infirmières se penchent à mon chevet.

> — Il est déjà réveillé !
> — Monsieur, vous avez eu un accident. Vous êtes à l'hôpital. On a dû vous opérer en urgence. Vous avez une cheville cassée et un genou luxé. Tout va bien, vous allez vous remettre. Vous comprenez ce que je dis ?

J'acquiesce en opinant de la tête.

> — Comment vous appelez-vous ? Vous n'êtes encore dans aucune base.

De peur de dire une bêtise, je décide d'opter pour la solution la plus simple. Je prends un air perdu.

> — Vous ne vous rappelez plus ?

Je hoche la tête. Elles se regardent, suspicieuses. Je ne dois pas être le premier à tenter cette magouille pour effacer un passé peu reluisant. Qu'importe, si, comme je l'espère, je suis revenu à la fondation du dôme ! Alors qu'ils cherchent dans leurs bases, ils ne trouveront rien sur moi.

Peu après, un brancardier vient me monter dans une petite chambre coquette. Ce que je vois par la fenêtre me rassure, je suis dans le passé, aucun doute à en juger par l'état des bâtiments. Je me trouve à l'Hôpital central, en plein centre de la ville supérieure, juste à côté de la Mairie. Les gens semblent heureux, il règne une véritable énergie positive dans l'équipe qui s'occupe de moi.

Dans la soirée, un policier passe recueillir ma déposition. Malgré ses conseils, je décide de ne pas porter plainte contre l'automobiliste, l'affaire en reste donc là. Le pauvre homme vient d'ailleurs me remercier dès le lendemain matin avec une boîte de chocolats. S'il savait que je n'ai certainement été qu'effleuré par lui, la plupart de mes blessures venant d'un combat survenu cinquante ans plus tard… Difficile de se faire à l'enchaînement des événements, lorsque le temps n'est plus linéaire. J'évite cependant de rentrer dans les détails, profitant simplement des friandises avec joie. De vrais chocolats. Un luxe dont je n'ai pas souvent pu profiter par le passé.

De nouveau, je guéris incroyablement vite et je n'ai qu'une envie lorsque les drogues arrêtent de faire leur effet : m'enfuir. Si Paul décide de s'en prendre à la mère de Jenny, il pourrait faire de gros dégâts à la ligne temporelle.

Je ne peux rester en convalescence plus longtemps.

Une fois l'hôpital endormi, je fracasse mon plâtre contre le bidet des WC et m'échappe en claudiquant, après avoir entouré un drap bien serré autour de mon pied pour le maintenir en place. Il n'est pas encore tout à fait remis, mais je vais devoir faire avec. J'emprunte les habits d'un de mes voisins de chambre, les passant par-dessus ma tenue pour me fondre plus facilement dans la masse, et m'échappe de l'hôpital.

En ce début de soirée, la ville est reluisante, brillante. Les murs sont d'un gris brossé impeccable, il n'y a pas de publicité, rien qui ne dépasse dans les rues à la propreté exemplaire. Les arbres sont florissants et les étoiles brillent à travers le dôme translucide. Même l'air a une autre odeur, presque acceptable.

La marche est longue, avec un pied en vrac, jusqu'au sous-sol. Il me faut plusieurs heures et de nombreuses haltes pour enfin y parvenir, épuisé, et découvrir que ni le magasin, ni la maison de Jenny n'existent encore. A la place, des rangées de grands entrepôts dans un sous-sol encore entièrement dédié au fonctionnement de la ville.

Je me cache à proximité, pratiquement là où je suis apparu, et observe les allées et venues. Seuls quelques véhicules de service passent parfois dans la rue. Dans la lumière des phares de l'une d'elle, je remarque quelque chose qui brille dans le caniveau. Je m'y glisse avec discrétion et trébuche sur le fusil de Paul, à moitié tombé dans une bouche d'égout !

Est-ce que sa mère travaillait là avant d'y habiter ? Je n'ai jamais parlé de son passé avec elle. J'ignorais même qu'elle était née en 2077. Il faudra que je pense à lui demander son anniversaire si nous nous retrouvons.

Rien ne bouge. C'est une perte de temps, Paul n'est plus dans les parages. Je m'apprête à partir, quand un bruit me fait sursauter. D'instinct, je me baisse. Ayant sur le coup oublié ma cheville blessée, je perds l'équilibre et tombe en arrière.

Ce qui me sauve la vie.

Un poing s'écrase juste au-dessus de ma tête contre le mur de brique.

Sans réfléchir, je tire derrière moi. Hors de question de subir une nouvelle déculottée !

A la lumière des coups de feu, je vois Paul tomber à genou. Il me regarde, étonné, se tenant le ventre. Je me relève en m'aidant du mur, claudiquant.

— Je t'avais dit que c'était une mauvaise idée.

Je tire une dernière fois, dans la tête, l'achevant. Il s'écroule. Jenny est sauve.

J'entends des pas menus derrière moi. Je me retourne, prêt à tirer. Je stoppe immédiatement mon geste en croisant le regard d'une gamine qui détale en hurlant. Je cache mon arme derrière mon dos. Trop tard, le mal est fait. Elle a dû assister à toute la scène. Je dois rentrer rapidement chez moi maintenant, avant qu'elle n'ameute quelqu'un et que je sois arrêté en flagrant délit de meurtre.

Je me concentre, voulant réapparaître exactement là où je suis parti.

Rien.

Je dois revenir dans la décharge pour régler son cas à David, puis rentrer. Il y a tant à faire dans la ville. Je ne peux pas rester coincé en 2055 !

Rien ne se passe.

Mes foutus pouvoirs sont bloqués ! Pourquoi est-ce que Paul pourrait se téléporter à volonté, alors que je me coltine des pouvoirs erratiques qui ne servent à rien !

Des sirènes s'approchent. La police n'a pas tardé. Pourquoi sont-ils aussi zélés ? Finalement, je regrette mon excès de prudence, à avoir voulu revenir autant dans un passé aussi lointain. En 2100, par exemple, jamais ils ne seraient descendus au sous-sol !

Avec difficulté, je pars dans la direction opposée. C'est peine perdue avec ma cheville. Je n'ai fait qu'une dizaine de mètres et déjà je suis encerclé. Des voitures sort une troupe de gars en uniforme, armés. Ils hurlent des ordres incohérents et m'éblouissent d'un énorme phare.

— Les mains en l'air !
— Ne bougez plus !
— Lâchez votre arme !

Je me rends sans opposer de résistance.

Puis la machine judiciaire s'enclenche, me retrouvant du côté des accusés, après avoir été il y a si peu de temps du côté des juges.

Dans cette même salle. Ces mêmes fauteuils. Juste à 50 ans d'écart.

Les preuves présentées contre moi sont accablantes. Ils ont des images de caméras de surveillance, mes empreintes sur l'arme du crime, du sang de Paul sur mes vêtements, ma présence à côté de la victime... Je ne cherche même pas à nier et j'avoue, au grand dam de mon avocat. Ayant le triste record du premier homicide avec préméditation du dôme depuis sa fermeture, deux semaines auparavant, les juges sont impitoyables, ils veulent faire de mon cas un précédent, la peine de mort. Je les comprends. Je ferais exactement la même chose si j'étais à leur place.

C'est alors que je me rappelle d'une histoire lue il y a longtemps, dans la sécurité de la maison de Jenny, lorsque je faisais mes premières recherches sur l'Archimage. J'étais tombé un peu par hasard sur le profil du Magicien, un assassin qui avait été banni du dôme... en 2055. Cela ne peut être une coïncidence.

Je rentre alors dans le personnage, moi qui avais jusqu'à présent essayé de me faire discret pour ne pas perturber la ligne temporelle. Qui suis-je pour contrarier ce qui s'est déjà passé ? Je déclenche une bagarre généralisée en hurlant mon pseudonyme et attaque un gardien durant la promenade. Du coup, je suis jeté à l'isolement, uniquement ressorti pour mon procès, où je profite de l'occasion pour agresser verbalement le maire Mc Connan, premier du nom, un beau jeune homme plein d'espoirs.

Finalement, après deux jours d'audience, et un speech final où je demande à quitter cet « endroit infernal, ne voulant pas mourir dans une boîte avec tous ces cons », le verdict tombe. Laconiquement, le juge m'annonce que ma demande va être entendue : je suis banni du dôme.

Je le remercie chaleureusement et lui demande quelques vivres, ainsi que la possibilité d'emporter mes affaires. Il me les accorde volontiers, pressé de se débarrasser de moi. Le lendemain, je suis jeté sans concessions par le sas de l'usine de retraitement, me retrouvant au milieu d'une plaine herbeuse des plus agréables, sous un soleil de printemps.

Heureux de ne pas avoir à retraverser la jungle de déchets, je sais déjà exactement où je vais me réfugier en attendant d'être en mesure de rentrer. Là où je ne pourrai ni commettre des bévues ni m'impliquer trop tôt.

Dans la maisonnette de la forêt.

J'économise avec soin ma nourriture et mon eau, me préparant au voyage de quatre ou cinq jours qui m'attend, et je pars de la cité sans me retourner, sachant qu'elle sera là à mon retour, quoi qu'il arrive.

Chapitre 23

J'ai tout fait pour rentrer chez moi. Matin et soir, en tenue de Mage, capuche relevée, armé d'un bâton pointu, accroupi, prêt à bondir, je me concentre sur cette fichue décharge de 2105. L'endroit où je suis tombé dans l'embuscade, me focalisant sur David qui m'attend. Prêt à le maîtriser dès que j'apparais.

Rien.

Je suis bloqué. Inutile. Dans une époque où je ne peux rien faire sans mettre en péril le futur. Je ne peux pas retourner au dôme pour le moment, même si je trouve une porte pour m'y glisser, étant fiché dans les bases de données de la police. Si jamais je me fais prendre ou reconnaître, il ne leur faudrait pas longtemps pour me renvoyer en prison, voire pire. Sans compter toutes les questions que ma survie à l'extérieur ne manquerait pas de poser.

Je m'interroge sur ce qui m'est arrivé, et surtout sur ce qui ne m'est pas arrivé. Pourquoi est-ce que le sérum de Jenny m'assure une survie illimitée, alors qu'elle ne réussit qu'à faire de nos cobayes des voyageurs temporels ?

Je me demande également pourquoi le profil du Magicien n'est pas réapparu lorsque je suis arrivé pour la première fois au dôme. Enfin !! Ce que je pensais à l'époque être la première fois ! Est-ce que mon âge a, du coup, exclu son profil de leurs recherches ? Ou est-ce que John et Nick ont détruit les échantillons avant qu'une analyse ADN ne soit effectuée ? Dans tous les cas, je ne compte pas laisser un passé si honteux relié à mon existence et je compte bien faire disparaître l'intégralité des dossiers du Magicien, sitôt retourné à mon époque. Même si je fais peu de cas de ma réputation au sein du dôme, cela pourrait malgré tout offrir une carte maîtresse à de potentiels adversaires.

Lassé de mes échecs, j'en viens à tenter quelques expériences extrêmes. Si effectivement il faut que je sois dans une situation stressante pour que cela marche, je n'ai plus qu'à en déclencher une.

Je m'affame. Sans succès.

Alors j'oublie mon bon sens et me mets volontairement en danger, montant aux arbres sans harnais, attaquant avec mon bâton une meute de chiens qui rôde depuis un moment autour de ma maison... Forcément, je suis blessé et plus d'une fois ! Je me maudis, moi et mes idées géniales, lorsque je dois ensuite me recoudre sans aucun analgésique et que je me vide de mon sang dans la neige. Je passe quelques jours terribles, j'ignore encore comment j'ai pu survivre à de pareilles blessures, dans de telles conditions climatiques. Pourtant, j'ai vaincu la fièvre et je me suis remis.

Stoppant les expériences suicidaires avant de vraiment y passer, j'accepte le fait que je risque de rester ici pour un moment. Ce qui a accessoirement grandement amélioré ma qualité de vie.

Les saisons se succèdent, le potager me donne de quoi manger correctement, je fignole mes techniques de chasse et de pêche, je me couds de nouveaux habits. Complétant ce que j'ai trouvé dans la maisonnette avec des rebuts du dôme.

Les saisons deviennent des années. Je me fais quelques amis à poils, des chats errants venus chercher pâtée et logis le temps de l'hiver, et qui décident finalement de rester, une fois les beaux jours revenus.

Je suis en paix avec moi-même, résigné, comme un naufragé sur son île qui sait que, de toute façon, un bateau passera à un moment. Pourtant, je n'abandonne jamais, essayant chaque matin. Mon bâton est désormais ferré d'une lance, et j'ai également créé un couteau avec un morceau de métal particulièrement aiguisé.

Jusqu'au jour où cela fonctionne.

Après une nuit un peu trop courte, passée à observer des étoiles filantes, je me livre à mon rituel matinal sans aucune conviction.

Bam.

J'apparais en plein milieu de la décharge, juste derrière David. Ce dernier vient a priori de nous voir disparaître, il regarde vers l'endroit où je me tenais et affiche un air bête. Avant qu'il ne me remarque et tente de s'enfuir dans le temps, je frappe et lui tranche la gorge.

Je détourne les yeux alors qu'il se vide de son sang à mes pieds. Quel gâchis ! Vingt-deux morts à cause du sérum. Dont deux de ma main.

Un assassin, c'est tout ce que je suis. Quatre personnes. J'ai déjà tué quatre personnes…

Combien d'autres vont devoir tomber ?

Autant qu'il le faudra pour te sauver, Gil.

Je chasse mes remords, pressé de retourner aux choses sérieuses, après ces années de retraite forcée. Je tire le corps sans vie de David jusqu'au véhicule qui m'attend, puis démarre. Bien que le moteur soit encore chaud, je cale après quelques mètres. Pourtant je sais conduire depuis que je suis assez grand pour toucher les pédales. Je me concentre à nouveau, oubliant que ce matin encore tout ce que j'avais à faire pour la journée consistait à arracher quelques mauvaises herbes, et je repars en direction du dôme.

John m'attend de l'autre côté du sas de décontamination. Il est venu seul, sans ses habituels gardes. J'apprécie. Je le sens trépigner pendant tout le processus de décontamination et il m'assaille de ses questions dès que la porte s'entrouvre :

— Oh sapristi, qu'est-ce qu'il t'est arrivé ?

Je sens la tension dans sa voix. Je réalise que mon apparence laisse clairement à désirer. Même si j'ai ma tenue de Mage, j'ai du sang sur mes habits sales et crottés, le visage masqué sous une grosse barbe. Je ne me rappelle même pas quand je me suis rasé la dernière fois.

— On en discutera plus tard. Il faut que je montre ça à Jenny.

Je lui montre le paquet à l'arrière dans lequel se trouve le corps de David. Il s'abstient de tout commentaire, bien qu'un peu de sang s'en échappe, et monte à mes côtés. Le retour jusqu'à la Mairie est silencieux. Après autant de temps passé seul, je ne ressens aucun besoin de parler. Surtout, je ne sais comment aborder le sujet.

Jenny nous attend dans le garage, au sous-sol où nous nous sommes rendus directement.

Ses yeux s'agrandissent d'étonnement lorsqu'elle me voit descendre du véhicule.

— Qu'est-ce qu'il s'est passé ?

— Ah, s'exclame John ! Voilà exactement la question que je me pose !

— Montons dans un endroit où nous ne risquons pas d'être gênés.

Même s'il n'y a pas grand monde dans le souterrain en cette fin d'après-midi, je n'ai aucune envie que quelqu'un apprenne que Jenny a mis au point un sérum permettant de voyager dans le temps. Une équipe est en train de démonter un vieux camion visiblement en fin de course, tandis que de l'autre côté un gars frotte pour nettoyer je ne sais trop quoi sur le pare-brise.

Je récupère une bâche et John vient m'aider à entourer le cadavre. Du sang s'est accumulé au fond du coffre. Etant donné ce qu'il est possible d'y trouver, il est hors de question de laisser une preuve.

— Il faut nettoyer ça.

Mais John ne comprend pas cet excès de prudence.

— On a peut-être d'autres discussions à avoir avant ?

Jenny vient à mon secours :

— Non, il a raison.

— Bon, très bien, je m'en occupe, dit John, blasé…

Il va déranger les ouvriers à proximité qui lui indiquent où trouver des produits d'entretien. Nous passons les quelques minutes suivantes à récurer le véhicule au sable pulsé, abusant des produits chimiques pour nous assurer que toute analyse est impossible.

Dans l'ascenseur, je ne peux que constater ce qui inquiète mes amis. Je suis plus musclé, plus bronzé. Et plus chevelu ! Cela me choque, alors que j'ai pourtant assisté à cette lente transformation. Cela doit faire étrange pour eux qui ne m'ont quitté que quelques heures.

— Combien de temps pour toi, me demande Jenny ?

— Quatre ou cinq ans.

— C'est terrible…, s'offusque John.

— Moins que 50. Je m'étais résolu à devoir attendre jusque-là pour vous retrouver.

— Il faut immédiatement que je fasse des examens, que je voie comment ton corps a réagi à une si longue exposition au Fléau.

Le médecin reprend le dessus. J'avais oublié comme elle se cachait derrière sa blouse dès que quelque chose la touchait. Maladroitement, je tente de la rassurer.

— Je vais bien.

Pendant que Jenny va installer le malheureux sujet 1 dans son laboratoire, je m'absente pour me laver. Ma tenue de Mage a vraiment souffert de cette longue escapade campagnarde. Heureusement, le Tailleur a réussi à en créer des copies, je peux jeter cette tenue que je n'ai pratiquement pas quittée pendant des années. Je préfère une version neuve, capable d'arrêter les balles.

Une douche, un coup de tondeuse, des vêtements propres. Je me sens renaître

Mes amis m'attendent dans mon bureau. Ils discutent à voix basse. Ils se taisent lorsque je rentre. Jenny me tend un verre. Je n'ai jamais été très friand des alcools forts et pourtant j'en savoure chaque gorgée.

— Alors, tu vas te résoudre à nous raconter ?, s'impatiente John.

Je souris à mon ami. Son franc-parler me manquait.

— Paul a découvert qu'il pouvait voyager dans le temps, comme moi. Sauf que lui ça a l'air de bien mieux marcher. Ils se sont mis dans l'idée que, s'ils nous tuaient avant notre coup d'état, alors ils pourraient changer les derniers mois et retrouver leurs positions. Il m'a fait avouer où nous nous trouvions après l'interview sur Canal Un. Sauf que j'ai empêché son voyage temporel et je l'ai emmené bien plus loin dans le passé, en 2055, l'époque de la fondation du dôme. Là, je l'ai tué, sauf que je n'ai pas pu rentrer, donc je me suis retrouvé accusé de meurtre. Pour m'en sortir, je me suis arrangé pour me faire expulser du dôme, et j'ai attendu. Quand finalement j'ai pu revenir, j'ai tué David, craignant qu'il ne se téléporte je ne sais quand. Fin de l'histoire.

Mon auditoire reste sans voix. Je rajoute donc deux petits points tant que j'y pense.

— John, il faudra faire disparaître intégralement toutes les informations concernant le profil du Magicien en 2055.

— Ça marche, me confirme John.

— Jenny, hors de question que tu testes de nouveau ce sérum. Nous ne pouvons nous permettre d'avoir des fous se promenant dans notre passé ou notre futur, et changeant allégrement des choses. Et il faut trouver pourquoi mes pouvoirs ne marchent que ponctuellement !

— D'accord, d'accord, répond Jenny d'une voix distante. Tu sais si Paul a été enterré ?

Je lève les yeux au ciel. Comme à son habitude, elle n'a écouté que ce qui l'intéressait.

— J'ai été condamné pour son meurtre. Donc non, ils ne m'ont pas trop tenu au courant. Il doit bien y avoir un cimetière, non ?

Encore quelque chose dont je ne me suis encore jamais occupé. Où vont les personnes décédées dans le dôme ?

— Oui, même si la plupart des gens se font incinérer, m'apprend-elle. Moins cher. Je vais me renseigner.

— Et t'as fait quoi pendant cinq ans dans la forêt à part de la muscu, me demande John ?

— Survivre...

Chapitre 24

J'avais eu du mal à me remettre de ma précédente isolation, après ces mois passés en prison ; cela se révèle encore plus difficile cette fois. Autant d'années à vivre en solitaire, sans ne rien devoir à personne. A part mes chats. Au-delà des responsabilités, ce qui est le plus stressant, c'est l'impossibilité d'être seul. Totalement seul. Dans le dôme surpeuplé, même en fermant la porte de mon bureau, je sens tous ces êtres humains qui rôdent autour de moi, leurs bruits, leurs odeurs. Cela m'oppresse. Je me sens épié. Observé, enfermé.

Le ciel est si loin derrière la crasse du dôme !

Malgré tout, je me force à être calme en toutes circonstances, car je ne peux laisser croire que quelque chose a changé. Personne ne doit savoir. Personne ne doit même se poser la question. Je dois être le même qu'hier. Même si des années ont filé pour moi .

Je reprends les choses en main, réapprenant à vivre en communauté, me cachant autant que je peux derrière ma capuche de Mage que je porte en toute occasion désormais.

Fort heureusement, je découvre que ma mémoire également est capable de guérir vite. A peine quelques lignes d'un paragraphe lues et c'est l'ensemble du document qui me revient.

L'ampleur du désastre imminent me refrappe en plein fouet. Le dôme se porte mal et nos mesures ne font que retarder l'échéance.

Le temps. Encore et toujours lui. Nous est compté.

Jenny a fait un grand pas en avant dans ses recherches en comparant les effets du sérum sur chacun des sujets que nous sommes allés récupérer à l'extérieur. Dans sa morgue improvisée, elle dissèque nos vingt-et-un cobayes. Elle n'a malheureusement pas pu remettre la main sur le corps du sujet 3. Paul a dû être incinéré ou ses os jetés dans une des fosses communes de cette époque, depuis longtemps scellée bien loin sous terre.

Comme souvent lorsque j'ai la tête remplie de chiffres et que j'ai besoin de faire autre chose, je vais la rejoindre. Après quelques banalités, la discussion revient une nouvelle fois sur mon incapacité à revenir pendant toutes ces années.

Je veux comprendre.

— Toujours aucune piste sur la raison de ma défaillance ?

— Il ne faut pas voir ça de cette façon. L'objectif est de permettre de survivre dehors, ce que tu fais parfaitement. Le déplacement dans le temps n'est qu'un effet secondaire.

— Et avoir les deux n'est pas possible ?

— Une chose après l'autre. Une fois le dôme en sécurité, je verrai ce que je peux faire pour toi.

— Et si tu me redonnais une dose de sérum ?

— Pour surcharger ton organisme ? Très mauvaise idée.

Comme à son habitude, Jenny me sort un tas d'explications que je ne comprends qu'à moitié, prouvant d'après elle que j'ai atteint l'équilibre parfait, alors que je pense à tout ce que je pourrais réaliser si ce don était mieux maîtrisé.

Ce soir pourtant, je n'ai pas besoin d'aller la rejoindre dans son antre pour débattre sur mon cas. Elle m'attend dans le garage au moment où je rentre d'une promenade extérieure. Le seul endroit où je peux respirer.

Immédiatement, je sais que quelque chose ne va pas, elle a cette petite mimique des mauvais jours. Inquiet, je me gare à la va-vite et la rejoins en courant. Elle me sermonne avant que j'aie eu l'occasion de lui demander ce qui la préoccupe.

— Cela fait une heure que j'essaie de te joindre !

— J'ai éteint ma radio. J'avais besoin d'être seul. Je suis prudent, Jenny. Je ne me suis pas beaucoup éloigné.

— Je sais, j'ai mis un traceur dans ta voiture.

Je lève les yeux au ciel. Enfin, je ne peux lui en vouloir de tenir à moi.

— Il y a un souci ?

— J'ai réussi, Chris. Je sais comment stabiliser le sérum.

Je n'y crois pas. Elle me sort ça comme ça, d'un ton anodin, limite triste. Alors qu'elle vient de trouver la solution à ce qui pourrait être le plus grand défi moderne de l'humanité !

— Par l'Archimage !

— Oui… Sauf que la solution ne va pas te plaire. Je ne trouve pas comment créer un sérum capable de n'imposer qu'un très léger déphasage temporel, suffisant pour assurer une régénération correcte, sans pour autant créer des surhommes immortels et capables de voyager dans le temps. Il ne faudrait pas longtemps avant que quelqu'un nous bousille la trame temporelle.

— Euh. Oui, et donc ?

— La meilleure solution pour stabiliser le sérum consiste à l'intégrer à un niveau cellulaire, dès la conception. L'injection, comme nous l'avons faite sur nos vingt-deux sujets adultes, est trop violente, trop soudaine. L'organisme ne peut intégrer un tel changement, ce qui entraîne des déphasages spectaculaires. Et mortels. Je pourrais peut-être arriver à quelque chose, lentement, à très petites doses, en me basant sur la formule utilisée sur David et qui semblait particulièrement stable. Cela prendrait des années sans que le résultat final ne soit assuré. Cela est ingérable à l'échelle du dôme : je ne peux pas monitorer correctement une population entière. Ce serait prendre une trop grosse responsabilité. Je ne veux plus de bombes à retardement pour l'histoire.

— Cela veut dire que j'ai promis aux gens du dôme de pouvoir sortir, alors que ça ne sera jamais le cas ? Seuls leurs enfants le pourront ?

— Oui. Enfin, la première génération devra être prudente, ils ne pourront supporter une exposition trop prolongée.

— Je... je vais avoir besoin de temps pour réfléchir à tout ça.

Je me dirige vers l'ascenseur, elle me suit à quelques pas, acceptant mon silence. Quelques personnes nous rejoignent. J'évite leur regard, maintenant que je sais qu'ils vont mourir ici.

Elle me quitte finalement pour rejoindre son laboratoire et je finis l'ascension jusqu'au sommet. Seul comme toujours. Mon bureau est vide, froid. La grande ville endormie s'étend sous mes fenêtres. Autant de personnes qui comptent sur moi. Qui ont cru en mon optimisme idiot.

Dans la matinée, je convoque John et Jenny.

— Bon, je présume que tu es déjà au courant ?

John hoche la tête. Il a également eu une nuit difficile à en juger par ses cernes.

— Jenny, combien de temps avant de pouvoir commencer à traiter la population ?

— Deux semaines, me répond-elle en souriant.

— John, il va falloir s'organiser. Pour le moment, nous allons présenter l'opération comme une mesure de précaution, un vaccin contre je ne sais quoi. Nous allons tâcher de retarder au maximum la mauvaise nouvelle.

— Il faut s'attendre à des questions, prévient John. La période de grâce est terminée et nous avons de plus en plus de contestataires.

— Alors, nous les ferons taire.

Cela est sorti sans que j'y réfléchisse. J'inspire un grand coup à fond pour le calmer avant de continuer :

— Ecoute, John. Je sais que tu ne voyais pas les choses comme ça lorsque tu m'as demandé mon aide. Tu espérais pouvoir aider le dôme et sa population, rendre leur vie meilleure. Manque de chance, nous allons leur pourrir la vie afin, si tout se passe bien, de donner une existence normale à leurs descendants.

— Il n'y a aucun espoir pour eux, demande-t-il ?

— Pour une poignée de personnes tout au mieux, lui répond Jenny. Trop de contrôles, de mesures à faire, de risques.

J'interromps immédiatement la jeune femme.

— Cela augmente également la durée de vie ?

— C'est un des effets secondaires que je tente de limiter pour la version stable, me confirme-t-elle.

— Si je te demandais de ne pas le limiter pour certains ?

— Hum…

Elle semble calculer quelque chose rapidement dans sa tête avec de continuer :

— Oui, je présume que je peux.

— Alors je veux que vous deux soyez traités.

— Cela peut être dangereux, tente d'argumenter Jenny. Je vais avoir besoin d'être en pleine possession de mes moyens pour la première génération.

— Il est impensable de se lancer là-dedans sans vous. C'est ma condition. Non négociable. Je vous veux à mes côtés aussi longtemps que possible. J'ai besoin de vous !

John, le sourire aux lèvres, conclut cette discussion difficile avec son habituel optimisme :

— Des siècles à devoir te coltiner mes conseils que tu t'évertues à ne jamais suivre. Je ne pensais pas rencontrer un jour quelqu'un d'aussi fan !

Chapitre 25

Jenny a rapidement créé une formule stable et édulcorée de son sérum, que nous avons donnée à l'ensemble de la population par les conduits d'aération. Pour des raisons évidentes d'efficacité. Cela est passé totalement inaperçu, ce qui nous a permis de repousser l'annonce désagréable concernant le futur des habitants.

Après quelques mois, les premiers enfants ont commencé à naître.

Des jumeaux.

Au début j'ai pensé à une coïncidence. Franchement, quelques dizaines d'enfants nés par paire. Est-ce que cela est une fatalité ?

Puis les naissances se sont enchaînées.

Encore des jumeaux.

Uniquement des jumeaux.

Les médias ont commencé à s'emparer de l'affaire, enchaînant les reportages sur ces bébés ayant un lien privilégié, faisant les mêmes gestes, au même moment, commençant et finissant les phrases les uns des autres.

La population s'est inquiétée. Nous avons publié de faux rapports pour les calmer, incitant les médias à passer à autre chose.

Ce qu'ils ont fait. Pour un temps.

Ces naissances multiples ont aggravé le problème de la surpopulation du dôme, drainant les ultimes ressources de la communauté mourante, à mesure que les enfants grandissaient.

Il y a eu des morts par asphyxie à cause de pannes à répétition dans les recycleurs d'air, d'autres à cause de contaminations dans la nourriture par je ne sais trop quelle bactérie. Des contestataires, criant à la manipulation et devenant de plus en plus violents, s'attaquaient aux bâtiments officiels, plaçant des bombes artisanales un peu partout qui n'épargnaient personne et grossissaient le nombre de décédés.

Une tragédie.

Du temps gagné également.

A force de passer mon temps à lire des rapports alarmants, j'en suis venu à la conclusion terrible que si nous voulions réussir à avoir une première génération capable de sortir, nous devions assurer encore au moins quinze ans d'existence sous le dôme. Chaque année gagnée augmentant considérablement nos chances en gonflant les rangs de nos pionniers.

Ce qui en l'état ne va pas être possible. Nous avons tout au plus 4 ou 5 ans devant nous. Dans le meilleur scénario possible.

C'est à partir de ce jour que l'enfer a débuté pour moi, et que je m'embarquai dans de macabres équations mathématiques, chaque double naissance nécessitant des ressources que je dois récupérer ailleurs.

Je n'ai pas le choix.

J'ai essayé de retarder l'échéance, me disant que nous pouvions trouver une solution. Les chiffres me criaient le contraire.

Ce 10 octobre 2110, je suis devenu celui que j'ai toujours été, celui que le monde détestera à jamais.

L'Archimage.

J'ai convoqué John dans mon bureau, rien que lui, car je sais que cela va être une discussion difficile. Mon ami arrive rapidement, intrigué par cette convocation. Nous passons tellement de temps ensemble que la plupart du temps, je n'ai pas besoin de le faire venir, il suffit que je patiente quelques heures avant qu'il ne débarque dans mon bureau.

Sauf en cas d'urgences ou de mauvaises nouvelles.

Sans introduction, à peine la porte refermée et l'intimité de notre discussion assurée, j'entre dans le vif du sujet.

— Nous sommes trop nombreux, la nouvelle génération ne pourra survivre dans ces conditions.

— Cela fait des années que je t'entends dire ça, et pourtant nous sommes toujours là.
— Chaque année les choses empirent. Nous consommons plus que nous ne produisons et la fertilité accrue empire les choses. Nous n'arrivons plus à produire assez d'électricité, d'air, d'eau potable...
— Est-ce que mes gars peuvent aider ?
— En fait, oui...

Je lui tends une tablette, où s'affiche une liste de plus de 10 000 noms.

— Qu'est-ce que c'est que ça ?
— Jenny et moi avons calculé qu'il fallait sacrifier 5% du dôme pour gagner 10 ans.

Il change de couleur à mon annonce, son regard choqué va de moi à la liste.

— Tu ne peux pas sérieusement envisager ça.
— Non, je ne peux pas. Mais je le dois. Chaque jour, nous consommons trop de ressources par rapport à ce que nous réussissons à recycler ou à créer. Ces enfants, notre espoir, doivent grandir, ils ne pourront être autonomes si le dôme s'effondre alors que ce ne sont encore que des bébés.
— Tu es bien pire que Mc Connan...

J'encaisse sans broncher. John continue à vider son sac.

— Alors c'est ça que tu planifies depuis ce bureau ? La mort de tes concitoyens ? Tu n'es qu'un putain d'assassin, un meurtrier de masse, un fou. Je ne peux pas te laisser faire ça, Chris, je ne peux pas.
— Tu vas me laisser faire, et même m'aider.

Il balance la tablette sur mon bureau.

— Aucune chance.
— Par l'Archimage, John, crois bien que cela ne me plait pas plus qu'à toi. J'ai dû choisir tous ces gens, les mettre sur cette liste. Un par un. Ces gens sont morts de toute façon ; si nous ne faisons rien, tout le monde va y passer !

— Toujours les mêmes excuses. La fin justifie les moyens. Tu te rends compte que c'est également ce qu'ont fait tous ces criminels de guerre, ces dictateurs, qui ont entaché l'histoire de sang en éradiquant des populations entières ?

— Je ne le fais pas par plaisir, John. Ni par idéologie ou pour une quelconque raison farfelue. Je le fais car il faut le faire. Les 95% de la population restante pourront vivre, la nouvelle génération sera assurée.

— Et dans 10 ans, si nous sommes encore à court de ressources, alors nous retournerons faire une nouvelle purge.

— Non, nous devons juste passer un cap. Dès qu'ils seront suffisamment âgés, les jumeaux quitteront le dôme, ils s'installeront dans des Refuges, ce qui permettra d'y accueillir les nouvelles générations. Au fur et à mesure des années, la population non immunisée se réduira, le dôme sera alors tout à fait capable d'assurer leur survie jusqu'à leur mort. Dans 100 ans, le dôme ne servira plus à rien.

— Je suis désolé, Chris, je ne peux pas faire ça. Je ne peux pas.

Je m'attendais malheureusement à une telle réaction. Je m'y étais préparé, espérant que mon ami comprenne l'urgence de la situation. Alors qu'il franchit la porte de mon bureau, je sors une arme de poing.

— John. Je ne peux pas te laisser repartir.

Il se retourne, et je vois de l'incompréhension dans son regard. Rapidement remplacée par de la rage.

— Qu'est- ce que tu fous ?

— Je ne peux me permettre que la nouvelle se répande. Si tu n'es pas avec moi, tu es contre moi.

Il esquisse un mouvement vers son pistolet que je sais sur son côté, sous le bras gauche. J'arme, prêt à tirer s'il le faut. Tout en espérant au plus profond de moi-même qu'il ne va pas me forcer à le faire.

— John ! Par l'Archimage, s'il te plait ! John ! Ne fais pas
ça.

Il hésite, calculant ses chances. Il en arrive à la même
conclusion que moi, il n'a aucune chance. Je suis plus jeune et
rapide, entraîné, prêt à tirer. Il lève les mains. J'appuie sur
l'interphone qui me relie à la sécurité extérieure tout en
gardant mon ami à l'œil.

— J'ai besoin de vous ici.

Deux hommes en uniforme de policiers entrent. Ils sont
étonnés par la scène qui se déroule sous les yeux, il leur faut
quelques secondes pour saisir ce que cela implique et
désarmer puis menotter John.

— Monsieur Powel est temporairement démis de ses
fonctions. Emmenez-le dans l'une des prisons du
second sous-sol. Bâillonnez-le et assurez-vous qu'il ne
parle à personne. Et faites venir Meyer
immédiatement.

Je n'ai qu'une confiance limitée en ces hommes qui, je le sais,
aiment leur commandant. Je n'ai malheureusement pas le
choix. Les choses doivent se passer ainsi. Dès ce soir. Je vais
déjà tant perdre, je ne veux pas en plus devoir tuer mon
meilleur ami. Enfin, mon ancien meilleur ami.

Meyer ne tarde pas à arriver, ce jeune homme qui a été le
premier à me rejoindre lors de mon coup d'état contre Mc
Connan. Il est monté en grade depuis, épaulant souvent John.
Il se met au garde à vous et attend mes ordres.

— Meyer. Est-ce que vous êtes prêt à tout pour la survie
du dôme ?

Il n'a pas un instant d'hésitation lorsqu'il répond :

— Bien sûr, Monsieur. Quels sont vos ordres ?

— Quelque chose doit être accompli. Notre survie en
dépend. Je vais avoir besoin de vous.

Il ne sourcille pas lorsque je lui expose les faits : nous devons
sacrifier une portion de la population pour sauver la majorité.
Même si sa loyauté me touche, je suis en même temps gêné de
le voir si aveuglement accepter ma version. Je sais qu'il

n'existe pas d'autres solutions, je sais que j'ai raison, que les faits sont là, mais si je mentais ? Il serait prêt à sacrifier autant d'innocents juste sur ma parole ?

— Cela doit être exécuté vite, proprement et aussi discrètement que possible. La population doit penser à des accidents. Nous devons impérativement éviter les émeutes ou toute violence inutile, nous cherchons à sauver le dôme, non à précipiter sa chute.

— Vous pouvez compter sur moi. Nous aurons besoin d'aide, je connais quelques personnes, ils se font appeler les Aspirants.

— J'ai lu des rapports à ce propos. Ils pensent que je suis une sorte de dieu ou un truc comme ça. Vous pensez que nous pouvons leur faire confiance ?

— Ils sont prêts à tout en votre nom, ils espèrent devenir des Mages, comme Powel ou Mademoiselle Jenny. Servir l'Archimage, pouvoir sortir sans limite, vivre plus longtemps…

Des Mages. Oui, c'est logique. Tous les éléments de mon futur se mettent en place. Je me rends alors compte que je viens également aujourd'hui de fonder ce qui deviendra la terrible Milice !

Qui d'autres que des fanatiques, prêts à tout pour m'impressionner en espérant recevoir le sérum ? Qui d'autres que des fanatiques pour accomplir les basses besognes ?

— Très bien. Voici vos ordres.

Je glisse la tablette des condamnés entre les mains du bourreau, puis je le laisse effectuer son devoir, intimant l'ordre strict à la police de ne pas intervenir pour le moment.

Des milliers de personnes sont donc mortes. Au nom de la survie du plus grand nombre, mes nouveaux missionnaires ont mené une grande purge silencieuse. Empoisonnant la nourriture des plus âgés. Stoppant les arrivées d'air des quartiers contestataires. Assassinant les penseurs dans leurs lits.

Pour des millions qui vont pouvoir revivre à l'extérieur.

2110. L'Ordre de l'Archimage est né dans le sang.

A partir de ce jour maudit où j'ai sacrifié mon âme pour les autres, je me suis trouvé entraîné dans une spirale infernale. Malgré l'efficacité mortelle de la Milice, les habitants se sont révélés moins aveugles que je ne l'espérais, ils ont rapidement rejeté nos communiqués officiels et une révolte massive a éclaté.

Beaucoup de gens des deux bords sont morts pour rétablir l'ordre.

Du chaos est né un nouvel ordre, instauré dans la peur et la répression par une Milice possédant tous les droits. Dont celui de tuer. Répression après répression, en quelques semaines, le dôme s'est transformé en une immense prison, les habitants se sont réfugiés dans leurs appartements pour n'en plus sortir que pour chercher à manger.

Nous avons malgré tout sauvé 85% de la population. Et gagné bien plus de temps au dôme qu'il n'en fallait pour permettre à la première génération de grandir, puis de sortir.

Même si je n'ai tué personne de mes mains, je suis responsable du plus grand génocide de ces cinquante dernières années. J'ai décidé qui devait vivre ou mourir, puis j'ai laissé faire, tout en restant bien à l'abri dans ma tour d'ivoire. Je ne peux que tenter de me consoler en me disant que, grâce à cela, nous avons gagné les années manquantes pour mener à bien notre sauvetage.

Cela m'aide à dormir.

Parfois.

— Bonsoir John…

Je garde toujours mon ami dans sa cellule, pour sa propre sécurité. Je ne veux pas qu'il s'oppose à moi, qu'il rejoigne je ne sais quel groupuscule de résistance que nous écraserions sans aucun mal.

Je ne veux pas qu'il meure.

Pourtant, j'aimerais tellement qu'il comprenne, qu'il accepte. Il n'y a rien qu'il puisse faire. Alors, aussi régulièrement que je peux, je viens le voir.

Il ne me répond pas. Je lui lance les menottes qu'il passe à ses poignets, résigné. En silence, il avance devant moi. Je garde une certaine distance, et j'ai une arme dans ma poche au cas où il tenterait quelque chose.

Enfin, si je peux tirer.

Je sais qu'il aimerait prendre l'air, voire même peut-être faire un tour à l'extérieur, lui qui est maintenant traité avec succès par Jenny. Par mesure de sécurité, je préfère cependant ne pas quitter le sous-sol.

Il m'emmène jusqu'à l'un des hangars du niveau, une vaste salle meublée d'étagères remplies à ras bord de caisses. Il s'assoit contre l'une d'elles, toujours sans décrocher un mot. Je suis face à lui, à une distance raisonnable.

— Tu as peur de moi ?

Je sursaute à sa question. Je ne m'attendais pas à ce qu'il accepte de me reparler ce soir.

— Je suis prudent. Me tuer est la seule solution pour stopper tout ça.

— J'en suis incapable, tout comme tu ne pourrais pas tirer avec ce flingue caché dans ta poche.

Je sors l'arme, un sourire triste aux lèvres.

— Tu as raison, je ne sais même pas pourquoi je l'ai prise. Alors quoi ?

— Nous sommes dans une impasse.

— Non, tu as toujours ta place à mes côtés. Accepte la situation, s'il te plait. Nous avons besoin de toi. Meyer est très motivé, mais il n'a pas ton expérience. En plus, je n'ai plus personne pour venir m'interrompre tout le temps dans mon bureau.

Il sourit. Comme s'il repensait à quelques-uns de ces bons moments que nous avons partagés. Puis la dure réalité le ramène dans le présent.

— Je ne peux pas cautionner ce massacre, Chris. Je ne peux pas rester là, quand tu tues ces innocents au nom d'une équation obscure.

— C'est terminé, John. Le dôme est sauvé désormais.

— Combien ?

— Trop… Beaucoup trop. Les choses ont dégénéré. C'est pour ça que j'ai besoin de toi, plus que jamais. Tu peux améliorer les choses, ramener la sécurité. La Milice a besoin d'un leader.

— La Milice ?

— Oui, les Aspirants ont fusionné avec la police, enfin ce qu'il en reste, ils se sont trouvé un nouveau nom plus représentatif. La Milice de l'Archimage.

— Tu t'es allié avec ces fanatiques ?

— Il me fallait des exécutants qui ne posent pas de questions. Les policiers ont réagi comme toi, je les ai laissés de côté autant que possible, puis ils se sont occupés à gérer les débordements. Enfin, à tenter.

— Un sacré bordel.

— Oui. Ton gars, le Tailleur, il a conçu un nouvel uniforme pour les Miliciens. Il s'est inspiré de la technologie de ma tenue pour leur faire une armure intégrale blanche brillante, ainsi peuvent-ils sortir sans risque. Ils vont nous être utiles pour accompagner les premiers Jumeaux avec les Mages.

— Les Mages ?

— Toi. Jenny. Hallan, Ted, Fanny... Des adultes totalement immunisés.

— Jenny a commencé à en traiter d'autres ?

— Une dizaine en tout, nous avions besoin de trouver un levier pour nous assurer une obéissance aveugle. Les Aspirants obéissent en espérant devenir un Mage. Immunité totale. Durée de vie augmentée. Qui dit mage, dit tenue de Mage. Ça ne te manque pas ?

— Pff. Je n'ai jamais été matérialiste.

— Le tissu en est pourtant très doux. Sans oublier que ça arrête les balles, rappelle-toi.

— Pourquoi crois-tu que j'ai demandé au Tailleur d'en faire d'autres ?

Il se relève, en grimaçant, bougeant ses jambes pour faire circuler le sang. Il me fixe, comme s'il essayait de lire au plus profond de moi, et me pose une question à laquelle je ne m'attendais pas :

— Tu es vraiment prêt à me refaire confiance ?
— Et toi ?
— J'ai pleine confiance en ta volonté de bien faire les choses. D'un certain point de vue, je comprends. Même si ça m'arrache la gorge de dire ça, je comprends pourquoi tu as fait ça. Je ne peux juste pas y participer. Mais je ne peux pas non plus t'arrêter.
— Tu n'as plus à m'arrêter. C'est fini. Nous devons aller de l'avant maintenant, nous assurer que tout cela n'ait pas été fait en vain.
— Alors je pense que j'ai pris suffisamment de vacances.

Je serre mon ami dans mes bras. Le lendemain, il réapparaît à mes côtés et je le réinstaure dans ses fonctions. Il prend le commandement de la Milice, secondé par Meyer, qu'il accepte en tant que second malgré leurs points de vue différents.

Dès lors, le seul et unique objectif a été de maximiser la population capable de sortir, le jour où le dôme lâcherait, en ne gardant que les hommes et les femmes en bonne santé, capables d'avoir des enfants.

Les Jumeaux sont enlevés très tôt à leurs familles, élevés selon nos préceptes, en communauté, apprenant à nous craindre et à nous respecter. Nous ne voulons pas qu'ils connaissent leur histoire, les détails morbides de ce que nous avons dû faire pour eux. Les livres d'histoire omettent donc le présent, établissant avec la fondation des Dômes, un nouveau calendrier, un nouveau futur.

Il est préférable que l'humanité reparte sur une copie blanche. Qu'ils me haïssent, peu me chaut, je suis au-delà de toute rédemption. Pour le reste, j'espère qu'ils saisiront cette nouvelle chance offerte, sans rancœur du passé.

Contrairement aux adultes sensibles au Fléau, enfermés pour servir de poules pondeuses, les enfants sortent régulièrement, pouvant profiter d'environ vingt-quatre heures de liberté, avant de devoir retrouver un endroit sain pour régénérer leurs cellules agressées.

Les plus jeunes ne vont pas très loin. Ils ont pour tâche de récupérer tout ce que le dôme a rejeté dans sa périphérie immédiate. Grâce à l'énorme quantité de matériaux collectés, nous commençons à construire les premiers éléments nécessaires à la construction des Refuges. Les usines de recyclage tournent à plein régime pour sortir des poutrelles de métal, employant tous les adultes non impliqués dans la procréation.

Au fur et à mesure qu'ils grandissent, les Jumeaux gagnent en confiance. Lorsque les premiers ont une dizaine d'années, nous nous rendons compte qu'il est plus que temps de les éloigner du dôme, avant qu'ils ne cherchent à interférer, à connaître leurs parents ou à comprendre ce qu'il se passe réellement. J'accompagne les premiers groupes avec mes Mages. Ensemble, nous identifions les endroits où implanter des Refuges et la construction débute.

Le premier Refuge représente un réel défi, avec des enfants trop petits pour réellement aider, des Mages trop peu nombreux et des adultes limités par leurs combinaisons, nécessitant de faire des allers-retours réguliers entre le chantier et le dôme pour véhiculer la matière première et se remettre du Fléau.

Heureusement, avec les années, les choses s'améliorent. Chaque nouveau Refuge devient un camp de base pour le prochain, tandis que nos ingénieurs conçoivent de petits dômes portatifs, de grosses tentes assurant suffisamment de protection pour pouvoir partir d'un dôme ou d'un Refuge pendant plusieurs semaines.

Désormais adultes, mes Jumeaux se répandent sur le monde, s'éloignant Refuge après Refuge du dôme et de ses sombres secrets.

Dehors, bien que toujours sous notre contrôle strict.

Paranoïaques à l'idée qu'un voyageur temporel se découvre, nous sommes partout. Chaque individu est équipé d'un traceur synchronisé sur son ADN qui lui donne toutes les autorisations dont il a besoin et nous fait remonter toutes les informations nécessaires : état de santé, localisation, stress…

Même moi… car Jenny a fort judicieusement posé une question un jour. Moi qui porte la plupart du temps une capuche en public, qui pourra justifier de mon identité si aucun Mage de mon proche entourage n'est encore en vie pour me reconnaître ? Qui pourrait empêcher un imposteur d'endosser ma tenue ?

Alors je m'y suis plié. La boucle est bouclée, un traceur est revenu dans mon avant-bras. Même si mes autorisations sont désormais illimitées et ma position gardée secrète.

Pour le moment, aucun incident majeur n'est à déclarer. Juste quelques petits malins qui se sont échappés de leurs Refuges, croyant pouvoir vivre hors de nos lois. Des idiots ! Comme s'ils pensaient que notre logiciel de surveillance ne détecte pas tout comportement sortant de la routine ! Ceux qui n'ont pas découvert d'informations compromettantes sont amnistiés et rejoignent leurs groupes. Les autres qui ne sont pas morts du Fléau finissent enfermés avec leurs géniteurs pour enfanter. Leur curiosité assouvie malgré les conséquences.

En complément, des caméras quadrillent le dôme et chaque Refuge, dès le premier tunnel creusé. Des Mages accompagnent chaque nouveau groupe de Jumeaux et nous formons des Responsables pour être nos yeux et nos oreilles, avec la promesse utopique de pouvoir entrer dans la Milice s'ils sont justes et attentifs. Des opérateurs surveillent jour et nuit chaque écran. Tandis que d'autres surveillent les opérateurs.

Et je veille sur tous, depuis mon bureau.

Chapitre 26

Je suis là, fidèle à mon poste, comme chaque nuit, en cette quinzième année de l'Ordre de l'Archimage, observant la ville de ma fenêtre depuis ce qui est désormais le plus haut bâtiment de la ville, lorsqu'une sonnerie dérangeante me sort de ma rêverie. Je ne connais pas ce bruit. J'ouvre plusieurs tiroirs du bureau. Rien. Non, le bruit vient de derrière moi.

Là, sur une commode, je m'aperçois que le vieux téléphone que je pensais ne servir qu'à la décoration est en train de sonner !

Qu'est-ce que c'est encore que ça ?

Je prends le combiné et, circonspect :

— Allo ?

— L'Archimage, je présume ?

Comment me connaît-il ? Cette intrusion m'horripile, je réponds donc sèchement :

— En personne. A qui donc ai-je l'honneur ?

— Aki Ikeda. Je suis le dirigeant du dôme japonais, et je parle au nom de tous les autres dômes.

— Et qui vous donne cette autorité ?

— Leurs dirigeants ! Nous vous avons observé, Archimage, nous savons que vous avez trouvé un sérum pour battre le Fléau. Nos termes sont simples : partagez votre formule avec nous ou nous viendrons la prendre par la force !

— Si vous pensez que vos menaces me font peur ! Le Japon est très loin. Nous nous sommes bien gardés d'interférer dans les affaires des autres dômes jusqu'à présent ; ce serait aussi bien que rien ne change.

— Vous devriez rendre une petite visite à votre centrale nucléaire. Je suis certain que vous voudrez me rappeler après.

La communication stoppe net. Plus inquiet que je ne le laisse paraître, je quitte mon bureau immédiatement, pour aller me rendre compte par moi-même. La Mairie est quasiment vide désormais. Quel besoin de faire de la paperasse pour une population condamnée ?

En chemin, j'appelle John pour le tenir informé.

— Qui est Aki Ikeda ?

— D'après ce que nous avons dans nos bases, c'est un vieux monsieur de quatre-vingt-dix ans. Il est né à l'extérieur, a financé une grande partie de la construction sur des fonds personnels et a toujours dirigé son dôme.

Il m'envoie sur ma tablette la photo d'Ikeda alors âgé de quinze ans, lors d'une conférence de presse organisée par sa société, une grosse compagnie de biotechnologies qui aurait, d'après les dires du journaliste, des implications dans les premières attaques chimiques.

— Les dômes sont en contact ?

— Plus depuis des années. Plus de satellite pour assurer le relais des communications internationales. Après, peut-être par des lignes enterrées, si j'en crois ce téléphone. Mais je n'ai jamais rien lu à ce propos dans les archives ; et ce n'est pas comme si nous pouvions demander au Maire Mc Connan.

Forcément...

Je roule sans craindre la circulation. Il n'y a plus personne dans les rues de toute façon. Je ne peux que constater les stigmates des destructions récentes. Immeuble après immeuble, nous récupérons systématiquement les composants du dôme pour créer nos Refuges et améliorer les bâtiments conservés pour la population restante.

John me rejoint en chemin avec un détachement de Mages et de Miliciens. Comme si je risquais de me faire attaquer. Cela fait longtemps que personne n'a essayé de me tuer.

La centrale nucléaire se situe au centre de la ville, assurant la couverture en électricité de l'ensemble du dôme. Sa sécurité est depuis longtemps au centre de toutes nos préoccupations, étant l'un des maillons faibles de notre architecture. Un dysfonctionnement et c'est la fin du dôme, voire l'irradiation de toute la région à proximité.

Est-ce que les Jumeaux sont déjà assez loin pour survivre à une catastrophe nucléaire ?

Les opérateurs de la station sont surpris de nous voir débarquer, Mages et Archimage, tous habillés de nos tenues inquiétantes. Gris pour eux. Noire pour moi. Encadrés de Miliciens en armures d'un blanc brillant. Seul John apparaît, visage découvert. Même s'il porte la tenue de Mage à laquelle il a droit plus que quiconque, il ne la revêt que pour la protection qu'elle offre, refusant de l'utiliser comme un moyen de se cacher.

Je me dirige vers l'officier en charge.

— Rien à signaler ?

— Euh, non, Archimage, me répond-il en bredouillant. Tout va bien.

— Vérifiez. Et revérifiez encore si vous ne trouvez rien. Il me faut des techniciens connaissant bien les lieux pour accompagner mes Mages en inspection.

Il s'exécute sans sourciller, soulagé d'avoir une bonne raison de s'éloigner de moi. Je reste, pour ma part, au Centre de commandes, derrière les caméras, et laisse les opérations se dérouler. Je n'ai confiance en personne. Peut-être qu'Ikeda n'a pas pu encore mettre sa menace à exécution, me poussant à réagir, pour pouvoir accéder à cet espace ultra-sécurisé.

Finalement, après de longues heures de recherche, un technicien relève quelques chiffres anormaux et nous découvrons qu'une sonde de chaleur a été trafiquée. Rien d'alarmant encore, les niveaux sont loin d'être critiques. Cela aurait été tout autre chose dans quelques jours si personne n'avait rien remarqué.

Nous repassons au peigne fin les installations, y consacrant toute la journée, puis la journée suivante. Rien d'autre n'est heureusement détecté. Le technicien consciencieux est récompensé par une place au sein de la Milice, promotion qu'il accepte avec une joie immense sous le regard envieux de ses collègues, tandis que des questions sont posées aux autres. Nous n'arrivons malheureusement pas à avoir une réponse, ne pouvant les pousser trop avant dans leurs retranchements. Ce n'est pas comme si nous avions encore beaucoup de techniciens, nous avons besoin de chacun d'entre eux.

L'affaire en reste donc là. Pendant que John s'assure qu'il n'y a pas d'autres surprises dans les autres bâtiments-clés de la ville, je retourne à mon bureau. Alors que je rentre dans la pièce, le téléphone sonne.

En plus, il m'espionne !

— Arrêtez immédiatement ce petit jeu avec moi !

— Oh, oh, Archimage, voyons. Je ne voulais que porter assistance à un autre dôme.

— Nous savons parfaitement ce que vous faites. Alors ne vous cachez pas derrière de faux semblants.

— Très bien, nous aussi savons ce que vous faites. Vous avez trouvé une solution au Fléau et vous avez massacré tous les habitants qui n'avaient pas d'utilité dans votre petit plan.

— Nous n'avions pas d'autres choix.

— Je croyais que nous ne nous cachions plus derrière de fausses vérités ! Lorsque j'ai averti les autres dômes, ils ont été offusqués d'apprendre que vous gardiez cette découverte pour vous. Vos Jumeaux vont de plus en plus loin, alors que nous restons murés derrière nos dômes également vieillissants.

— Croyez-moi, cela vaut peut-être mieux. Vous ne voudriez pas avoir à faire les mêmes choix.

— C'est à moi d'en décider ! Vous avez 24 heures.

Et il raccroche. Fébrile, je rejoins Jenny en courant et débarque dans son laboratoire, l'interrompant en plein petit déjeuner.

— Tu veux un café ? Tu as une tête affreuse.

— Oui, je veux bien…

Tout en sirotant la boisson chaude qui n'a que le nom de café, je lui explique l'ultimatum de l'autre dôme.

— Il est hors de question que je lui livre le sérum. Même avec la formule édulcorée à inhaler, ils pourraient aisément réussir à en recréer une version injectable. Avec tous les effets secondaires qui en découlent.

— Et si nous le leur amenions ?

— Moins dangereux, car ils n'auraient pas le produit pur. Ils pourraient malgré tout deviner une bonne partie de la formule. Non, non, nous ne pouvons pas laisser des savants étudier notre sérum.

— S'ils ne l'ont pas déjà fait.

— Comment ça ?

— Il a parlé de nos Jumeaux qui allaient de plus en plus loin. Ils les surveillent. Au dernier rapport, il n'en manquait pas ; ce qui n'empêche pas qu'ils ont peut-être pu récupérer du sang de l'un d'eux.

— Alors ils deviennent un souci. Nous devons les stopper avant qu'ils ne nous stoppent.

— Comment ?

Elle me regarde avec un regard lourd de sous-entendus.

— Tu sais très bien comment.

— Non, non, non. Hors de question d'avoir encore des morts inutiles sur la conscience ! Nous voulons sauver l'humanité, bordel ! Pas continuer à tuer tous ceux qui se mettent en travers de notre chemin.

— Alors explique-moi comment nous allons leur faire comprendre que nous ne pouvons pas partager le sérum ? Ils ne peuvent peut-être pas sortir, cela ne veut pas dire qu'ils sont inoffensifs. A priori, ils ont été capables de saboter notre centrale et ils suivent tes mouvements. Ils ont des espions ici, sous le dôme, malgré le contrôle que nous exerçons.

Jenny... quelle descente aux enfers à mes côtés. Elle qui s'offusquait de la mort du Maire en vient aujourd'hui à envisager l'annihilation totale d'un autre dôme au nom de notre survie. Je m'en veux de l'avoir embarquée là-dedans. Pour une fois, j'ai envie d'essayer autre chose. Au pire, nous pourrons toujours nous rabattre sur la méthode expéditive.

— Je vais leur donner le choix.

— Alors tu devrais le faire vite, avant qu'ils ne passent à la vitesse supérieure.

Je prends la matinée à préparer des affaires puis, vingt heures avant l'ultimatum, je décolle dans l'un des gros avions militaires remis en état pour surveiller les Jumeaux. Même si je désirais initialement y aller seul, John m'a convaincu qu'un déploiement de force aiderait à la négociation. Ce sont donc au final quinze personnes qui partent ; même mon ami a insisté pour m'accompagner malgré les risques.

Il a pris mes plus fidèles partisans, tous immunisés contre le Fléau. A plus ou moins long terme, selon le moment où ils ont commencé à profiter du traitement. Mais bien assez pour nous assurer une entrée fracassante par la grande porte.

Pour la première fois, le pilote pousse les limites de l'appareil et nous passe en vitesse supersonique. J'avoue ne pas être bien à l'aise durant tout le voyage à cette allure et je suis heureux d'atterrir trois heures après sur un aéroport fort heureusement encore suffisamment en état pour nous accueillir.

L'air est différent dans cette partie du monde, cette grande île qui m'a toujours émerveillé avec ses histoires de samouraïs et d'honneur. Quelques miliciens restent en faction pour protéger notre avion et nous nous mettons en route avec le plus gros de la troupe dans nos habituels 4x4 embarqués en soute.

Une petite heure jusqu'au dôme japonais.

Très vite, une vive lumière apparait à l'horizon et nous guide vers les dômes. Ici, pas de décharge ou d'énorme dôme. Juste un essaim de mini-dômes greffés les uns aux autres. Voilà qui est intelligent, plutôt que de se replier comme New City, cette population s'est étendue et a su prospérer.

J'espère vraiment que son dirigeant saura faire preuve de bon sens.

Nous sommes encore à plusieurs kilomètres, quand d'autres véhicules viennent à notre rencontre. Ils roulent en mode d'interception et se trouvent bientôt à notre niveau. Avant que les choses ne s'accélèrent, je rappelle mes instructions à mon escorte.

— On évite la confrontation au maximum. Nous sommes ici avant tout pour discuter !

Les véhicules s'arrêtent à bonne distance et nous bloquent le passage. En sortent des hommes armés en combinaison intégrale. Forcés de nous arrêter, mes Mages se placent en couverture, deux devant moi, deux derrière moi. J'ouvre ma portière, John me tient le bras. Surpris par ce geste inattendu, je lui serre la main, et lui souris alors que j'abaisse ma capuche.

— Tout va bien se passer.

— Cela n'a pas toujours été le cas, me rappelle John.

— A plus ou moins long terme, je m'en suis toujours sorti.

Il lâche prise.

— J'aimerais parler à Ikeda San. Dites-lui que l'Archimage le demande.

Comme s'ils m'attendaient, ils ne montrent aucune hésitation et m'indiquent une place libre dans l'un de leurs véhicules.

Je monte, laissant le soin à John de prendre les mesures qui s'imposent. Si jamais cela s'avère nécessaire…

Mon escorte m'amène jusqu'au premier dôme, en périphérie. Nous passons par un sas de décontamination similaire au nôtre. La comparaison s'arrête malgré tout là, car la ville n'a rien à voir avec New City. Tout est comme neuf, propre, bien entretenu, rangé. L'air est sain. Les habitants semblent heureux.

Aussi beau que notre dôme en 2055 !

Invraisemblable. Surtout pour un pays sensible aux tremblements de Terre qui a dû faire face à plus de crises que tous les autres dômes. Je n'ose imaginer les choix qu'Ikeda a dû faire pour assurer un tel niveau de vie actuel à ses habitants.

Nous arrivons rapidement à destination, une bâtisse hors du temps, digne du Japon médiéval. Mon escorte m'accompagne jusqu'à un petit salon où nous patientons moins d'une minute avant que ne s'ouvre la grande double-porte ornée d'une tête de dragon. Un vieil homme, aussi petit que sec, en sort. Il est habillé d'un kimono simple, blanc.

Je me lève et le salue, inclinant le buste comme je l'ai vu faire dans des films à la télévision.

— Ikeda San.

— Archimage.

Il vient jusqu'à moi et me serre la main. Je lui rends sa poignée de main, me sentant du coup un peu ridicule d'avoir voulu suivre maladroitement sa tradition.

— J'apprécie votre venue.

— Nous avions beaucoup trop à discuter pour le faire par téléphone.

— Prendrez-vous un rafraichissement ?

Il m'invite à entrer dans la pièce attenante qui se révèle être un vaste bureau. De grandes fenêtres donnent sur l'extérieur. Une vue imprenable sur le dôme et, loin derrière, tous les autres petits.

Je me sens presque chez moi.

— Avec plaisir.

Nous nous installons sur des coussins, autour d'une table basse. Il me sert une boisson chaude, du thé sans doute. Je n'en avais jamais bu. Même si je préfère mon traditionnel café, le goût frais mêlé à la chaleur du liquide est agréable.

— J'espère que tout est rentré en ordre dans votre centrale.

— Vous connaissez déjà la réponse.

Il acquiesce.

— Nous avons été impressionnés par votre ascension, jeune homme. La façon dont vous avez évincé ce porc de Mc Connan fut magistrale.

— Vous nous espionnez depuis longtemps ?

— Suffisamment. Nous ne savions pas que penser de vous, alors nous sommes restés discrets.

— Jusqu'à aujourd'hui.

— En effet, je voudrais comprendre votre but, Archimage.

— Sauver la population de New City.

— Et l'humanité ?

— Cela va de pair. Les dômes sont tous condamnés, à plus ou moins long terme.

— Comme vous avez pu le constater, notre dôme va parfaitement bien.

— Jusqu'à ce qu'une défaillance ne fasse s'écrouler votre belle organisation. Que se passerait- il si votre centrale avait un souci ?

Il sourit à ma pique.

— Nous pensions que vous bluffiez avec votre sérum. Puis nous nous sommes dits que votre dôme exploserait avant que vous ne soyez prêts. Pourtant, vous survivez, vous prenez les décisions qui s'imposent, même si elles sont difficiles. Maintenant vos Jumeaux se répandent sur le monde.

— J'ai vaincu le Fléau.

Je reprends une gorgée de thé avant de continuer.

— A un prix élevé. Seuls les enfants nés après le traitement pourront ressortir. Il n'y a rien à faire pour ceux déjà nés.

— Ce n'est pas vrai. Vous m'en avez amené la preuve. Vos Mages.

— Il existe en effet une possibilité, longue et dangereuse. Impossible à mettre en place à l'échelle d'une population.

— Expliquez-moi.

— Cela demande une lente adaptation, beaucoup de contrôles. Lors de nos tests, nous nous sommes rendus compte que le sérum présente quelques effets secondaires… gênants. Nous devons être prudents.

— Sous quelle autorité ?

— La nôtre. C'est notre création. Notre responsabilité.

Il hoche la tête.

— Que proposez-vous ?

— Les Jumeaux ne viendront jamais installer de Refuges à moins de 50 km d'un dôme. A titre d'observateur, vous accepterez deux Mages dans votre gouvernement. Ils seront libres d'aller et venir où ils le désirent dans le dôme. En échange, nous vous proposons d'accueillir des jeunes gens qui veulent offrir à leur descendance une nouvelle vie. Nous ne serions pas contre des dons de sperme ou d'ovocytes également, pour améliorer notre mixité génétique. Enfin, deux personnes de chaque dôme pourront être traitées et devenir des Mages tous les cinq ans. Sans aucune garantie de résultat.

— C'est inacceptable.

— Ce sont nos conditions. Passez le message à vos amis et laissez-les se faire leur idée. Nous sommes peut-être moins avancés technologiquement que vous, nous ne pouvons pas espionner de l'autre côté de la Terre. Mais nos Jumeaux sont plus libres que vous ne le serez jamais. Toutes les ressources de la Terre sont à notre portée sans devoir nous cacher. Alors réfléchissez à ça avant de nous attaquer. Un petit trou dans votre dôme et vous êtes finis.

— Je vous aime bien, Archimage. Vous avez la force de vos convictions.

— Je vous apprécie également, Ikeda San. Votre dôme est florissant et j'aimerais que le nôtre ait eu un dirigeant aussi éclairé que vous. Il serait dommage que l'une de vos dernières décisions précipite sa chute.

Je me lève, étant persuadé que mon discours a fait son effet.

— Vous savez comment me joindre si vous acceptez mes termes. Une dernière chose : si quelque chose arrive à mon dôme, cet accord est nul.

— Je vous souhaite un excellent voyage. Avez-vous récemment fait vérifier le logiciel qui gère les ventilateurs ? J'ai entendu dire qu'il pouvait se dérégler avec le temps.

— Merci du conseil.

Il me raccompagne jusqu'à la porte et me regarde partir. J'espère que ce vieillard saura prendre la bonne décision. Il a prouvé par ses résultats qu'il était prêt à tout pour la survie de son peuple. Contrairement au Maire Mc Connan qui ne voyait que son avantage, et qui ne me prenait pas au sérieux, Ikeda doit être capable de faire des concessions.

Seule une personne m'accompagne, un chauffeur. Je reste silencieux en sa compagnie. Revenu auprès de mes compagnons, je m'éloigne un instant en compagnie de John. Il me brandit un appareil photo.

— Nous les tenons !

— Comment ça ?

— Leurs dômes tombent en ruine.

Il me montre plusieurs clichés et le constat est affligeant. Contrairement au dôme que j'ai visité, tout est dans un état de délabrement avancé. Un miracle que les habitants profitent encore d'une protection contre le Fléau.

— Quel bluffeur… J'ai visité un dôme impeccable.

— C'est bien le seul.

— Donne-moi ça.

Sans écouter ses récriminations, je lui prends son appareil et retourne vers la voiture qui m'a ramenée jusqu'ici. Le chauffeur me regarde, étonné. Enfin, la chauffeuse, je n'avais pas remarqué qu'il s'agissait d'une femme jusqu'alors.

— Donnez ça à Ikeda San. Nous savons.

Elle semble hésiter un moment… Sa voix est métallique, transformée par le casque qu'elle doit porter pour survivre ici dehors.

— Emmenez-moi avec vous.

Impossible. Qu'en penserait Ikeda ?

— La meilleure façon de venir est de faire qu'Ikeda reçoive ça. Quel est votre nom ?

— Nui Ono.

— Je me rappellerai de votre nom.

— Merci Archimage.

Sur le chemin du retour, dans l'avion, j'ordonne une vérification du logiciel des ventilateurs qui se révèle effectivement défectueux. En enquêtant un peu, entre l'attaque de la centrale et ce nouveau dysfonctionnement, mes informaticiens me confirment ce que je craignais : un énorme satellite surpuissant est braqué sur nous. Ils m'assurent pouvoir le mettre hors d'état de nuire ; ce que je valide immédiatement. Qu'ils en prennent le contrôle, le détruisent, ou le fassent s'écraser, peu importe. Je veux juste pouvoir rentrer dans mon bureau sans qu'un foutu téléphone ne sonne.

Malheureusement, ils n'ont pas fini de neutraliser l'indésirable espion quand nous rentrons. A peine suis-je assis dans mon fauteuil, un verre à la main que la sonnerie retentit. En essuyant le liquide que je viens de renverser sur ma jambe, je réponds.

— Oui ?

— J'accepte votre offre.

Je me détends.

— Bien. Et les autres ?

— Hum… je n'ai pas encore exactement parlé de votre offre aux autres. Combien de personnes pouvez-vous accueillir ?

— Quelques milliers.

— C'est que je ne voudrais pas que vous deviez refuser certains de mes volontaires.

— Je vois. Alors discutons, nous avons des détails à régler.

Chapitre 27

Avec l'aide d'Ikeda, l'Ordre prend une envergure internationale. Grâce aux ingénieurs dépêchés par les autres dômes, trop pressés de se rendre indispensables, notre dôme profite d'une nouvelle jeunesse et d'extensions sur le modèle du dôme japonais. Notre population s'agrandit. Chaque année, des centaines de jeunes jumeaux naissent, peuplant des Refuges que nous construisons aussi vite que possible avec l'aide des autres dômes. Chaque départ est l'occasion d'accueillir de nouvelles personnes pour encore plus de naissances.

A l'extérieur, la seconde génération arrive, nouvel espoir de l'humanité aux deux parents traités. Ces bébés présentent une meilleure résistance au Fléau, une formule plus stable, plus efficace, directement métabolisée par les organismes de leurs géniteurs.

Bien que très rares, quelques erreurs apparaissent, des Uniques. Malformés, instables, ils sont pour la plupart non viables et meurent avant terme. Quelques exceptions survivent malgré tout et grandissent.

Uniques. Comme moi. Avec une grande capacité de régénération. Presque immortels.

J'ai donné à chacun sa chance de rejoindre les Mages, tout en les faisant surveiller de près. Je me suis bien gardé de leur expliquer qu'ils peuvent potentiellement manipuler le temps. Au moindre doute, à la moindre rébellion, je me suis arrangé pour qu'un accident arrive, alors qu'ils partaient loin du dôme pour une quelconque mission.

Je ne peux me permettre d'avoir des ennemis aussi dangereux, aux capacités hors normes.

Jenny n'a toujours pas réussi à trouver comment j'ai pu voyager dans le temps. D'ailleurs, aucun de nos Mages ou Jumeaux n'a montré une telle capacité depuis notre sujet numéro 3. Malgré mon insistance, Jenny se refuse à refaire des expérimentations à ce sujet, principalement si j'en suis le cobaye. Elle a trop peur de casser le fragile équilibre de mon corps et les quelques tests pratiqués sur les Uniques rebelles n'ont rien donné.

L'idée de devoir retourner me sauver des geôles de la prison du Maire m'obsède. Mon présent dépend d'un événement qui ne s'est pas encore passé !

Si je ne réussissais jamais plus à retourner dans le passé ?

Si je me faisais prendre ?

Si j'arrivais trop tard et si je mourais dans cette petite pièce ?

Nous avons fêté les vingt ans de l'Ordre de l'Archimage. Puis les trente ans.

Encore une fois, ces questions m'ont réveillé à l'aube. Le soleil pâlichon apparaît à peine derrière la crasse du dôme, baignant dans une obscurité malsaine. Je m'assois sur mon lit, une simple couchette dans une pièce de 10 m² attenante à mon bureau. Il n'y a ni décorations, ni objets personnels. Rien que quelques dossiers par terre, une douche sonique à moitié cachée derrière un rideau et un portant avec des habits, la quasi majorité étant des tenues d'Archimage.

J'ai tout donné au dôme. Ma vie ne se définit plus que par mon engagement à sa survie.

Je me traine jusqu'à la douche, regrettant ces anciens modèles à l'eau dont parlent les livres. Je n'en ressors pas moins propre. J'endosse une de mes tenues, remonte la capuche et pars à travers les couloirs encore déserts de la Mairie.

J'ai soudain envie de revoir cette pièce où le Maire m'avait emprisonné. A contrecœur, je suis déjà revenu plusieurs fois dans cette geôle sinistre. Là où j'ai enfermé mon meilleur ami pour sa propre sécurité.

Quelle ironie. Imposer aux autres ce que j'ai enduré.

Pas étonnant que je ne trouve plus le sommeil.

Au deuxième sous-sol, la lumière crue s'allume au fur et à mesure que j'avance entre la longue rangée de portes identiques.

Il n'y a personne actuellement dans ces cellules. Cela n'est plus nécessaire. La population du Dôme, vieillissante, est bien trop occupée par la création des Refuges. Les Jumeaux sont loin, endoctrinés dès le plus jeune âge à me craindre. Les Miliciens et les Mages m'idolâtrent.

A la dixième porte, je m'arrête, et ouvre. L'intérieur est aseptisé, un relent de produits chimiques agresse mes narines. Je remonte le voile de ma capuche.

Je reste assis là un moment. Autour de moi, le bâtiment se réveille et j'entends le bruit de l'ascenseur, une porte qui claque, quelques éclats de voix.

Qu'est-ce que j'espérais ? Même en me concentrant, je n'arrive plus à voyager dans le temps.

Lassé, je quitte cet endroit qui me rappelle de bien mauvais souvenirs. Je passe par la cantine avant de remonter. Comme toujours, le silence se fait dans la salle. Qu'importe, je suis habitué à cette réaction. Ils s'arrangent pour ne pas regarder dans ma direction, me jetant des regards furtifs dès que possible.

Depuis longtemps maintenant, lorsque je porte ma tenue d'Archimage, je m'assure de rester à l'abri de mon voile. Seuls mes Mages connaissent mon visage. Et c'est tant mieux ; car, ainsi, je peux ressortir en toute discrétion et me fondre dans la foule.

Je récupère la nourriture prestement préparée par la cuisine et retourne manger dans mon antre. A l'abri derrière la porte fermée, je déjeune, seul.

Dans le courant de l'après-midi, un petit homme en costume défraichi vient se présenter à la porte. Attiré par son attitude étrange, je l'ai observé un moment par la caméra, avant qu'il n'ose se présenter aux Miliciens en faction devant ma porte. Il porte une boite d'archives que mes gardes sont en train de fouiller.

N'y ayant vu a priori rien d'alarmant, ils me contactent via l'interphone.

— Archimage. Cet homme dit avoir trouvé des affaires qui vous appartiennent.

Ils se postent face à la caméra et me présentent l'intérieur du carton. Je reconnais sans mal mon vieux sac. Ne pouvant cacher mon enthousiasme, je me rue sur le bouton pour leur répondre :

— Faites-le entrer !

Le pauvre homme transpire à grosses gouttes. Il met ses mains dans les poches, puis les ressort et les plaque sur son pantalon trop large pour lui, alors qu'un des gardes m'amène le carton. Pas de doute, ce sont mes affaires.

— Où avez-vous trouvé ça ?
— Dans un coffre au sous-sol 2, bureau 16, caché derrière des piles d'archives que nous venons de terminer de classer.

Comme quoi, ma demande de ranger tout ce bordel accumulé dans la Mairie était une bonne chose.

— Il y avait autre chose dans ce coffre ?
— Non, rien que ça, m'affirme-t-il. Nous sommes venus vous voir immédiatement, lorsque nous avons vu votre sceau. Nous n'avons touché à rien.

J'ai comme un doute. Le sceau est plutôt discret, il a très certainement fallu retourner quelques documents pour le voir. Même si j'avoue prendre parfois plaisir à embêter ce genre d'idiot, j'évite de lui faire une remarque, je ne voudrais pas qu'il fasse une crise cardiaque.

— Merci beaucoup pour m'avoir ramené ces affaires. Vous faut-il quelque chose ?
— Non, répond-il hésitant. Enfin oui… mais je ne sais pas si…
— Demandez toujours.
— Quand le temps sera venu, j'aimerais pouvoir mourir à l'extérieur.
— Très bien. Vous aurez l'autorisation.
— Merci…

L'homme est raccompagné hors de mon bureau, et je me retrouve seul avec mes souvenirs. Religieusement, je prends une à une ces quelques reliques d'une autre époque. Ton ruban et le petit caillou de notre dernier rendez-vous. Mon vieux couteau. Ma paire de dés. Mes vêtements élimés.

Oh Gil !

Ce ruban, la seule trace qui me reste de toi. Qui n'existe pas encore et devrait naître, si mes calculs sont bons, dans environ 70 ans, à l'occasion du centenaire de l'Ordre.

Si seulement je pouvais de nouveau me désynchroniser de la trame temporelle et te revoir ! Ne serait-ce qu'un instant.

Cela ne marche plus depuis des années et j'ignore si un jour cela reviendra.

Je dépose avec soin ton ruban sur le pied de ma lampe, enlevant la poussière de ma main tremblante.

Mes dés m'ont manqué également. Seuls souvenirs de mes parents. Je joue avec eux comme j'en avais pris l'habitude, les faisant rouler entre mes doigts. Les premiers gestes sont maladroits, puis je reprends le rythme.

Même si je ne ressens plus depuis longtemps le besoin de les serrer lorsque je stresse, je les range à leur place, dans la poche qu'ils n'auraient jamais dû quitter. Le couteau et le caillou vont rejoindre le ruban, puis je jette le sac et les habits dans la penderie.

Mes premiers objets personnels dans cette pièce déprimante. Pour la première fois depuis longtemps, je remarque tous ces détails. La peinture qui s'effrite. Les joints de la fenêtre qui noircissent. Une tache d'humidité. Correspondant a priori avec la douche que j'ai fait installer dans ma chambre.

Je soupire. Tout tombe en ruine ici.

La journée se déroule mollement sans autre événement. Puis la nuit vient, avec ses cauchemars qui me réveillent. Je passe discuter un moment avec Jenny qui, pour une fois, est fatiguée. Elle s'endort debout, alors je la presse d'aller se coucher. Je la borde et la regarde s'endormir. Elle est si paisible.

Trop fatigué pour travailler, pas assez pour dormir, j'erre dans la Mairie et mes pas m'amènent, sans vraiment réfléchir, au sous-sol 2. Bureau 16. Le coffre est là, béant ; des archives sont encore entassées contre l'un des murs. C'est donc là que mes affaires sont restées si longtemps loin de moi. Machinalement, je reprends mon ancien tic de manipuler mes dés dans ma poche.

Comme nous étions insouciants à cette époque.

Je donnerais tout pour te revoir un bref instant, Gil.

Je ferme les yeux, essayant de me remémorer ce jour où je t'ai vue pour la première fois. Vraiment vue. Tu étais plus âgée de deux ans et nous n'avons jamais été dans les mêmes ateliers. Je ne t'avais pas remarquée, et toi tu faisais partie de la foule des grandes qui snobaient les petits. Jusqu'au jour où ta sœur et toi êtes venues nous montrer vos créations en bois. A l'époque, je dois te l'avouer, je suis tombé amoureux de vous deux. Impossible de vous différencier. Comment l'aurais-je pu ? Vous étiez si semblables, si parfaites, avec votre grande natte blonde et votre air hautain.

Et, sans que je comprenne comment, cela fonctionne...

J'ouvre les yeux, mon souvenir est remplacé par des images bien réelles. Je suis dans le Refuge, notre Refuge, au fond de la salle de classe. Les enfants sont juste à quelques mètres de moi, absorbés par votre présentation. Avant que quelqu'un ne me remarque, je me glisse, silencieusement, derrière un coffre à jouets.

Vous êtes aussi jolies que dans mes souvenirs. Moi, j'ai l'air beaucoup plus idiot que je ne m'en souviens, à vous regarder béatement, la bouche entrouverte. A peine 6 ans et déjà sous le charme.

Prenant le risque d'être découvert, je reste jusqu'à la fin, buvant tes paroles. Mon moi enfant est si mignon à poser des tas de questions, juste pour grappiller quelques minutes.

Finalement, vous vous en allez, emmenant avec vous vos créations de bois. Le professeur du jour, qui s'était d'ailleurs assis au fond de la pièce juste devant moi, se relève en me faisant sursauter. Il ne remarque rien, alors qu'il revient vers l'avant et nous demande ce que nous en avons pensé. Je. Enfin, moi petit garçon. Je ne participe pas, déjà en train d'échafauder des plans pour vous revoir. Je sais qu'à peine la classe terminée, je vais courir jusqu'à votre dortoir pour vous espionner et en apprendre plus sur vous.

Nos familles allaient malheureusement partager plus que je ne pouvais l'imaginer à cette époque.

Quelques enfants commencent à décrocher du cours. Distraits, ils regardent un peu partout. Ce n'est qu'une question de minutes avant que l'un d'entre eux ne me repère. Il est temps de rentrer. Je me concentre sur l'heure et la journée exacte où je suis parti et réapparait dans le bureau 16.

Rien n'a changé.

Le coffre est ouvert. Les archives sont en vrac contre le mur.

De retour en 2140.

Je sors précipitamment du bureau, manquant de renverser un fonctionnaire matinal. Je m'engouffre dans l'ascenseur, ne pouvant rester en place alors qu'il monte patiemment jusqu'à l'avant-dernier étage.

Jenny doit m'aider à comprendre.

La jeune femme émerge à peine d'une longue nuit et est en train de déguster un grand café devant une revue, lorsque j'entre en trombe.

> — Oulah, tu as vu un fantôme, me demande Jenny ?
> — Presque, j'ai de nouveau pu me rendre à une autre époque !
> — Oh ! C'est génial ! Quand ?
> — Dans le futur, j'ai revu Gil, notre première rencontre lorsque j'avais 6 ans.
> — C'est un peu malsain.

Je baisse les yeux, honteux. C'est vrai que présenté comme ça… La gêne ne m'arrête pas longtemps, je dois comprendre.

> — Pourquoi maintenant ?
> — Aucune idée. Quelque chose a changé ?

— Non. Enfin, si hier un gars m'a ramené mes anciens objets. Mes dés, un ruban, un caillou et un couteau.

— Tu as un de ces objets sur toi là ?

— Mes dés…

Je réalise alors que durant toutes ces années où je me suis trouvé bloqué je n'avais plus mes dés. Je sors les deux précieux cubes de ma poche, Jenny les prend avec délicatesse.

— Je vais mener quelques analyses.

Alors qu'elle se plonge dans ses écrans, je tente de me rendre utile, juste pour avoir une bonne raison de rester aux alentours. Je refais du café, nettoie les miettes de son petit-déjeuner, range les papiers éparpillés un peu partout. Puis, je m'installe finalement sur le bord d'une table avec ma tablette, compulsant sans grande conviction quelques dossiers.

Après d'interminables heures d'attente, les résultats tombent. Jenny vient s'asseoir en face de moi, tenant telle une relique entre ses deux mains jointes l'objet de toutes les attentions.

— Tes dés ne sont pas faits en bois, c'est un élément que je ne connais pas, que je n'ai jamais vu auparavant. Que personne n'a jamais référencé. C'est aussi léger que le bois, et aussi dur que le métal.

— Ce sont eux qui me permettent de voyager ?

— Je n'ai aucune explication. Accepterais-tu que j'active plus de données sur ton traceur ? Tu pourrais avancer de quelques minutes et je pourrais récolter des données utiles.

— Depuis le temps que tu veux pouvoir me localiser avec, avoue !

Je désactive les sécurités de mon traceur et mes signes vitaux apparaissent bientôt sur un des écrans du laboratoire. Bien que n'étant pas un expert dans le domaine, je ne peux qu'être impressionné par les valeurs affichées. Y'a pas à dire, malgré mon grand âge, je suis en forme !

Elle calibre les échelles pour que les pics ne sortent plus de l'écran, puis me donne le top du départ.

Je me concentre, le noir, puis tout réapparaît autour de moi.

L'horloge a avancé de dix minutes. J'ai manqué de précision. Jenny se précipite vers moi. Elle tremble. Je la serre contre moi.

— Ça va, je suis là.
— J'avais dit quelques minutes ! Je te croyais de nouveau perdu.
— Je suis là.

En cet instant, seuls dans ce grand laboratoire, nous nous sommes un bref instant abandonnés l'un à l'autre. Oubliant mes responsabilités, mes engagements, elle se blottit contre moi et je cède, l'embrassant, un rapide et fougueux baiser bien vite interrompu par la jeune femme qui me repousse et un silence gênant.

— Je suis désolé Jenny. Je ne sais pas ce qui m'a pris.
— Je ne t'en veux pas. Au contraire, j'ai plutôt apprécié. Mais tu as Gil.
— Je sais, je l'aime, je l'aime tellement. Alors que je ne réussissais pas à me rappeler son visage il n'y a encore que quelques jours. Et pourtant, elle n'est même pas encore née. Je l'attends depuis si longtemps.
— Nous ne pouvons pas. Notre histoire est vouée à l'échec. Nous savons tous les deux comment cela finira, Gil et toi.
— Je sais. Je…

Ne trouvant les mots, je fuis le laboratoire, loin de mes sentiments, emmenant mes précieux dés retrouvés. De retour dans mon sombre bureau, cherchant quelque chose à faire pour ne pas penser à mes erreurs, je décide de ne pas attendre plus longtemps pour me sauver de ma cellule de prison.

John. J'ai besoin de son aide. Le policier habite un petit appartement quelques étages en dessous, dans l'un des nombreux bureaux réhabilités lors de notre première grande campagne de logements.

Je frappe à sa porte, il ne tarde pas à venir m'ouvrir, en vieux jogging et tee-shirt troué. Il semble visiblement surpris de me voir, je réalise alors qu'il doit être bien tard. Ou tôt.

— Désolé, je te dérange ?

— Oui, enfin, non, ce n'est pas grave, entre.

Il me tient la porte et me laisse le passage. L'intérieur est fonctionnel, comme l'homme.

— Tu veux boire quelque chose ?

J'acquiesce. Il nous sert deux verres d'un liquide ambré, sorti d'une grosse bouteille ronde. Où est-ce qu'il a bien pu trouver ça ? Je trempe les lèvres avec circonspection, c'est sucré et plutôt fort.

— Pas mauvais, n'est-ce pas ? Le Refuge 31 a trouvé des restes de vignobles et tu goûtes leur première cuvée.

— Tu pensais le garder pour toi ?

— Je t'ai fait envoyer une bouteille ce matin.

Maintenant qu'il le dit, je me rappelle effectivement avoir vu un paquet sur mon bureau lorsque je suis passé en coup de vent dans la journée.

— Désolé, j'ai eu l'esprit occupé aujourd'hui. Ça remarche.

— Hein ?

Il m'a presque coupé la parole. Etonné, je comprends pourquoi lorsqu'il m'indique de la tête sa chambre. Je lui réponds avec un petit sourire amusé. C'est bien qu'il y ait au moins l'un d'entre nous qui trouve un avantage personnel à toute cette situation.

— Nui, tu peux venir ma chérie ?

Une jeune femme asiatique apparaît en petite tenue, enveloppée dans un grand drap. Si mon ami ne l'avait nommée, il m'aurait été difficile de reconnaître la garde qui avait voulu venir avec nous lors de ma première visite auprès d'Ikeda. Contrairement à John et moi, elle a vieilli et quelques mèches blanches commencent à apparaître dans ses cheveux d'ébène.

— Excusez-moi, Archimage. Je vous laisse immédiatement.

Elle s'incline devant moi, gênée au possible par la situation. John semble de son côté partagé entre agacement et curiosité. Je décide d'intervenir :

> — C'est moi qui vous dois des excuses, Nui. S'il vous plait, pourriez-vous nous laisser seuls ? Nous n'aurons besoin que de quelques instants, John et moi.

Elle retourne dans la chambre et revient rapidement, habillée d'une simple tenue de citoyen. Puis Nui adresse un petit signe discret à John, s'incline devant moi et sort.

> — Tu es avec elle depuis longtemps ?
> — 10 ans.
> — Par l'Archimage ! 10 ans ?!
> — Je ne voulais pas t'embêter avec ma vie privée. Tu as déjà bien assez à réfléchir avec le dôme, Gil. Et Jenny.
> — Jenny ? C'est si évident que ça ?
> — Bien sûr, vous allez bien tous les deux. Le même esprit logique à la con où 100 valent mieux qu'1.

Je baisse les yeux.

> — Nous nous sommes embrassés tout à l'heure. Puis elle m'a repoussé.
> — Pas facile d'aimer un homme quand l'on sait qu'il te trompera avec une autre qu'il a aimé et aimera.
> — Oui. Enfin. Bon. Je n'étais pas venu te parler de ça. Mes capacités temporelles. Ça remarche !

Je sors la paire de dés.

> — Ce sont eux les catalyseurs. Un employé a retrouvé mes affaires au fond d'un coffre de Mc Connan et j'ai réussi à retourner dans une autre époque.
> — C'est super. Cela fonctionne comment ?
> — Je n'en sais rien. Enfin, peu importe, je veux me faire sortir immédiatement de la prison, à l'époque de Mc Connan. Cela me pèse depuis trop longtemps. Est-ce que tu peux me configurer une carte d'accès pour ouvrir ma cellule ?
> — Bien sûr, nous avons l'historique de tous les codes, il suffit de trouver la bonne date.

— Trois jours avant la mort du Maire.

— Je ne peux pas le faire d'ici, retournons au bureau.

— Ta femme va me détester.

— Elle te déteste déjà.

— Super…

Nous retournons jusqu'au centre de sécurité où travaille John. En quelques minutes seulement, il me charge l'intégralité des codes d'accès de la bonne période, m'ouvrant toutes les portes de la Mairie, et quelques milliers de crédits au cas où.

Les choses se passent à merveille pour une fois, presque sans accroc.

Je me téléporte directement juste à côté de la prison, là où je sais qu'aucune caméra de sécurité ne peut me prendre en action. Déguisé en policier, je sais que le garde à l'entrée me laissera passer sans poser de questions, lorsque je lui annoncerai être venu chercher le prisonnier de la cellule 16. Ma carte me donne un accès total à ce niveau, j'ouvre la cellule et me vois, pitoyable, flottant au milieu de ma tenue devenue bien trop grande pour mon corps amaigri.

— Debout. Il est temps d'arrêter de dormir !

Je sais que cette phrase m'agace au plus haut point sur le moment, pourtant je ne me vois qu'à peine esquisser un mouvement de la main.

Quelle pitié. Je me prends dans les bras sans aucun effort. J'entrouvre un peu la chemise de mon uniforme pour me/lui permettre de sentir la tenue de Mage en dessous. Puis je sors de la Mairie par une des sorties secrètes, évitant soigneusement les caméras de sécurité.

Quand je pense que ce sauvetage m'a fait faire des nuits blanches !

Je me rends à la chambre qui nous a servi de planque, tout en haut d'un grand immeuble plutôt en bon état, à quelques pâtés de maison de la Mairie. J'entre sans frapper, et je me retrouve nez à nez avec trois personnes, deux enfants et une femme d'âge mur.

— Restez où vous êtes !

La femme attire derrière elle les enfants et me menace ridiculement avec la lampe de chevet. Cet entretien a dû bien se terminer, car je me rappelle la lumière tamisée que cette même lampe produisait à mon réveil.

— Je ne vous veux aucun mal. Mon ami a besoin d'un endroit où se reposer.

— Ce ne sera pas ici, déclare-t-elle d'une voix qu'elle essaie de garder calme.

— Cela doit être ici.

— C'est chez nous maintenant !

— Permettez-moi d'y rester une semaine, puis vous pourrez revenir. Voilà de quoi vous dédommager.

Je lui tends ma carte d'accès. Elle la prend avec suspicion :

— Y'a combien là-dessus ?

— Suffisamment. Ecoutez, soit vous prenez cet argent et partez, soit je vous fais partir. Dans les deux cas, nous allons rester un petit moment ici. Alors prenez vos affaires, et laissez-nous la chambre.

Elle s'exécute à contrecœur, et emmène tout ce qu'elle peut, laissant la pièce pratiquement vide. A part la lampe et les quelques meubles.

Comme dans mon souvenir.

Parfait.

J'installe mon moi jeune sur le lit et m'assieds à son chevet. Puis j'attends. M'ennuyant à mourir, je tente de faire un petit bond dans le futur.

Je dors toujours.

Quel idiot de n'avoir pas prévu de montre dans cette pièce !

Je baille, hésitant à prendre le risque de zapper de nouveau le temps. Si je débarque en plein milieu du salon avec Jenny et moi, cela risque de faire tache ! Alors je prends mon mal en patience, n'ayant rien d'intéressant à faire, sauf de surveiller la lente respiration de ma version juvénile !

Finalement, après ce qui me paraît une éternité, j'ouvre les yeux.

— Eh bien, tu en as mis du temps. Un peu plus et je devais partir sans avoir fait mon discours.

Je lui souris, même si je sais que je ne le dupe absolument pas et qu'il lit en moi comme dans un livre ouvert. Il sait que je n'ai pas eu que des années faciles.

— Je sais que tu te poses actuellement de nombreuses questions, alors je m'excuse par avance si je ne peux répondre à toutes. Le temps m'est compté. Déjà, ce que tu brûles de savoir : est-ce que je suis ton jumeau ? Non, je suis toi, un toi venant d'un autre temps. Rappelle-toi toujours cette vérité : nous sommes Uniques !

Je lui fais un clin d'œil. Malheureusement, contrairement à ce que j'avais imaginé, être Unique est bien moins amusant qu'il n'y paraît. Je n'ai jamais été aussi seul.

— Pourquoi je suis ici ? Je suis venu nous sauver. Si tu meurs, je meurs et cela serait un beau gâchis. Pourquoi je ne suis pas venu plus tôt ? Cela n'est pas si simple que ça. Jenny t'expliquera mieux que moi la partie technique, elle n'en est pas encore là, cela viendra… en son temps. Où se trouve Gil ? La question serait plutôt : quand ? Réfléchis à tout ce qui nous est arrivé d'un point de vue non linéaire et tu comprendras que ta quête n'a pas forcément le but que tu crois.

Je sais que c'est mon moment.

— Il est temps. Je sais que tu ne me crois pas encore. Cela viendra, beaucoup de choses restent à faire.

— Mais ?

Tout va bien se passer pour moi. Même si je n'aimerais pas être à sa place et devoir revivre toutes ces années. Je m'ébouriffe les cheveux.

— Sois prudent.

Je voudrais tellement lui en dire plus… Je me lève, le regarde une dernière fois, puis me concentre pour repartir à mon époque, sachant que Jenny et John ne vont pas tarder pour s'occuper de moi.

Je réapparais sans encombre dans le bureau où John m'attend.

— Voilà une bonne chose de faite.

Nous sommes tous les deux soulagés de voir que rien n'a changé et que les choses se sont déroulées comme autrefois.

— Ce n'était pas évident de se tenir au script. J'avais tellement envie de l'avertir.

— Tu aurais dit quoi ?

— J'en sais rien. Peut-être les dés ? Si j'avais pu les récupérer plus tôt, je ne me serais pas retrouvé coincé pendant des années hors du dôme en 2055, par exemple.

— Tiens, d'ailleurs, comment en es-tu reparti ?

— Hum… bonne question. Ça te dit une petite promenade ?

— Toujours !

Après un passage auprès de Jenny pour recueillir ses conseils sur les moyens de détecter l'étrange matériau de mes dés, nous partons sans être beaucoup plus avancés, avec divers appareils qui ont donné jusqu'à présent des résultats mitigés. Nous roulons sans nous arrêter jusqu'à la maisonnette et John s'arme de l'attirail de mesure. J'ai pour ma part du mal à m'y mettre : cela me fait étrange de revenir en ces lieux chargés de souvenirs. J'ai créé la plupart de ces meubles, ou tout au moins je les ai réparés en arrivant ici, pendant toutes ces années où je me suis trouvé bloqué dans une période à laquelle je n'appartenais pas.

J'ai failli mourir juste ici. Après être tombé d'un arbre que j'avais bêtement voulu escalader pour me faire peur et, comme je le croyais à l'époque, déclencher un déphasage temporel. Je suis resté juste là, entre les racines. Puis j'ai guéri, grâce à mon incroyable métabolisme.

— Rien de rien par ici.

Je sors de ma rêverie et rejoins John qui quadrille la zone avec soin.

— Ah bah maintenant, j'ai quelque chose, grand malin.

Mes dés. Forcément.

— Je suis peut-être tout simplement retourné me chercher.
— Il n'y a rien d'anormal par ici.
— La proximité doit suffire. Je viens, je me planque et j'attends tout simplement le matin où je tente de revenir. Encore.
— La question : pourquoi avoir attendu aussi longtemps ? Tu disais tout à l'heure vouloir effacer ce moment si tu en avais l'opportunité.
— Oui, c'est vrai… Maintenant, est-ce que je serais prêt à m'arracher des pans entiers de ma vie ? Même si cette période a été difficile, j'ai également appris beaucoup de choses sur moi, sur ce qui comptait vraiment.
— Bon, allez, on rentre ? Ma femme va me tuer.
— Désolé.
— Ne t'en fais pas, je vais me faire pardonner.
— Je ne veux aucun détail !

John me regarde en rigolant et se baisse pour ramasser une fleur.

— Espèce de pervers, je pensais à des fleurs !
— Comme si nous n'avions que ça à faire…

Je l'observe avec amusement ramasser ses fleurs et me les brandir. Nous rentrons, John arborant fièrement son bouquet. Sans aucune piste sur l'origine des dés.

Mon ami retourne auprès de sa femme avec ses fleurs qui commencent à tourner de l'œil.

Moi, je me sens plus seul que jamais. Je m'assois à mon bureau et caresse mes seuls objets personnels.

Tu me manques tellement.

Le pire, c'est que tu es désormais à ma portée. Avec ma capacité retrouvée, je peux d'un claquement de doigts retourner à notre époque, te revoir, te serrer contre moi, être de nouveau ta moitié.

Sauf que je ne peux prendre le risque de me croiser. Ou que quelqu'un nous voie en double. Ni modifier le cours des choses avec toi.

Mais oui !

Je viens de me rappeler de quelque chose ! Je vais viser un moment précis dont je viens de me souvenir et que je m'explique désormais mieux !

Embarqué dans une virée par les Jeff, ces styles de soirée que tu détestais car tu savais que nous n'allions pas nous voir, j'avais abusé un peu trop de la mixture étrange qu'ils préparaient avec des fruits fermentés sous leur lit. J'avais raté notre rendez-vous nocturne, trop défoncé pour pouvoir me rendre compte de l'heure. Pour une fois, tu ne m'avais pourtant fait aucun reproche lorsque j'étais venu pitoyablement m'excuser le lendemain, les yeux encore lourds et l'esprit embrumé.

— Il n'y a rien à excuser, m'avais-tu dit entre deux portes. Puis, le soir, tu avais été si attentionnée… et nous nous étions aimés pour la première fois. J'avais rangé cette histoire dans la catégorie des « bizarreries », puis j'avais oublié.

Jusqu'à ce que cela me revienne à l'instant. Je n'avais pas manqué ce rendez-vous… Ce n'était juste pas le même moi.

Mes vieux vêtements sont toujours en boule dans ma chambre, inutilisés depuis des années. Ils sont sales et sentent la rouille. Parfait, cela colle au décor. Je me change, coupe ma barbe, puis remonte mes cheveux en un petit chignon sur le haut du crâne. Cela me fait étrange de refaire cette petite queue de cheval que j'avais toujours à l'époque. J'ai désormais davantage l'habitude de les garder mi longs, lâchés sur les épaules.

Devant le miroir, je suis satisfait du résultat. C'en est même effrayant. Même si je sais que je ne vieillis pas, me voir ainsi exactement tel que j'étais à cette époque. Il y a plus de 40 ans pour moi…

Je me concentre sur ce jour précis. Sur un couloir, juste à côté de notre lieu de rendez-vous du bloc X. Sans aucune difficulté, j'apparais dans l'artère déserte. Je frissonne, ayant perdu l'habitude de l'atmosphère froide et humide des souterrains, surtout dans cette zone abandonnée où les assainisseurs tournent au ralenti.

Il est vraiment dommage que nous ayons manqué de matériaux pour recréer des dômes. Cela aurait été plus agréable pour tout le monde. Enfin, ces Refuges ne sont que temporaires, encore une ou deux générations et ils ne seront plus qu'un passé, je l'espère, rapidement oublié.

Tu n'es pas encore arrivée, je suis seul dans l'ancien dortoir datant d'une époque où le Refuge accueillait plus de Jumeaux, dans notre quête pour nous étendre à travers le Monde. A la lumière de ma lampe-torche, je m'assois sur le matelas qui exhale une odeur de moisi et observe les alentours. Nos maigres possessions sont recouvertes d'une mince couche de poussière et il semblerait que des rats m'observent.

Décevant. Je me rappelais un endroit bien plus romantique et accueillant.

Des pas menus rompent ma déception. Mon cœur s'emballe dans les dernières secondes précédant ton arrivée.

Enfin !

Bientôt. Tu es si proche…

Je savoure cette dernière seconde précédant notre réunion, toi qui hantes mes nuits et mes jours depuis si longtemps.

Tu es là !

Je revois enfin ton visage. Le doux arrondi de ton visage. Tes cheveux blonds bouclés. Comment est-ce que j'ai pu oublier ? Ta présence éclaire cet endroit lugubre. J'oublie tout et te souris béatement.

> — Tu es là finalement ? Je pensais que tu ne viendrais pas. Tu as réussi à dire non aux Jeff pour une fois ?

Je reste sans voix, incapable de prononcer quelque chose de sensé. Tu t'assois à côté de moi. Je te prends dans mes bras et te serre fort, si fort, comme pour me persuader que tout cela est réel. Je suis là, bien là, et toi aussi.

> — Ça va, Chris ? Par l'Archimage, tu es bizarre. T'as bu, c'est ça ?

— Non, non, tout va bien. Je suis heureux d'être là, avec toi.

Tu souris et te loves dans mes bras.

— Le Responsable me saoule. Il refuse que je travaille à l'extérieur, il me veut à la manufacture…

Manufacture ? Bien sûr ! Après tes derniers tests d'aptitudes, tu y avais été réaffectée comme couturière. Un non-sens pour toi, qui étais l'une de nos meilleures chasseresses.

— Je suis sûr que cela va s'arranger.

Je sais que cela va s'arranger. Je n'ai plus qu'à penser à modifier ta fiche d'affectation d'ici une cinquantaine d'années. Tout sera parfait, je vais améliorer ta vie. D'ailleurs, en y repensant, je l'ai déjà fait. Pour tous les deux. Moi qui pensais simplement que la chance me souriait souvent. Un autre mythe qui s'écroule. J'esquisse un sourire en coin en repensant à tout ce que j'ai dû trafiquer pour nous aider.

— Ça t'amuse que je sois enfermée avec ces commères, à coudre toute la journée !

Ayant mal interprété la raison de mon sourire, tu te jettes sur moi et essaies de me chatouiller. Sans mal, je te maîtrise et retourne la situation. Nous roulons sur le béton froid, tu frissonnes, mais tu n'abandonnes pas, tentant malgré tout de regagner du terrain. Après plusieurs minutes de lutte, je me laisse faire et tu me remontes sur le ventre, victorieuse.

— Tu es en forme ce soir !

— Je m'entretiens, qu'est-ce que tu crois !

— Je vois ça.

Tu me caresses. L'ambiance est électrique. Je sens que pour la première fois, tu as envie d'aller plus loin. Je meurs d'envie également de t'arracher tous tes vêtements et de ne plus faire qu'un avec toi. De nouveau réunis.

Pourtant, je ne peux m'empêcher de penser à moi, mon autre moi, actuellement en train de rouler sur le plancher dans le dortoir des Jeff. Même si cet idiot pourrait mieux utiliser son temps et profiter de la chance qu'il a, est-ce que j'ai le droit de lui voler, de me voler ce moment ?

Est-ce que tu le trompes ? Tu crois ce soir être en sa compagnie, avec le jeune homme que tu as croisé le matin même. Et non moi, venu d'une autre période, bien différent.

Je me sens soudain mal à l'aise, tout désir envolé. Je me décale. Tu me regardes, étonnée.

— Pas ce soir. Je… je ne vais pas tarder à devoir y aller, il est déjà tard. Demain, demain, nous prendrons le temps. Je te le promets.

Tu me regardes avec un air étrange que je n'arrive pas à décrypter. Je crains un instant que tu ne comprennes pas. Ou que tu m'en veuilles. Puis tu enchaînes, tout en te rasseyant plus confortablement :

— D'accord, demain.

Je t'enlace et nous restons un moment ainsi, bercés par le ronron des gros ventilateurs. Ton odeur m'enivre. Je me sens si complet. La vie n'a pas d'intérêt lorsque tu n'es pas là.

Avant de céder à mon désir, je me relève et balbutie des excuses rapides. Tu m'embrasses, une dernière étreinte. Je te refais la promesse.

Demain.

Je m'éloigne prestement, presque en courant. Puis je me téléporte dès que je suis certain d'être hors de ta vue.

De retour dans mon bureau, je me sens soulagé.

C'était une erreur.

Une erreur que je n'ai plus jamais commise.

Chapitre 28

J'ai décidé qu'à partir de ce jour, ma vie s'écoulerait linéairement. Malgré les coups durs, les longues soirées de solitude, les années qui trainent et s'éternisent, je n'ai plus utilisé mon pouvoir. J'ai vécu chaque journée l'une après l'autre, sans prendre de raccourci, sans enfreindre l'ordre des choses.

La tentation a été grande. Il aurait été si facile pour moi de passer ces 100 dernières années en un claquement de doigts pour te retrouver plus rapidement.

Trop risqué. Ne suis-je pas désormais le tout puissant Archimage ? Responsable de milliers de Refuges ? Sauveur de l'humanité ?

Sans rentrer dans des détails ennuyeux que je ne suis pas sûr de bien comprendre moi-même, mes dés ont permis à Jenny de comprendre ce qui causait les déphasages temporels. Elle a pu synthétiser un nouveau sérum, plus sûr, que nous avons offert aux autres dômes.

Le dernier enfant non immunisé de la race humaine est né en 2141. Sauf s'il existe un bunker quelque part que nous n'avons jamais identifié. Ce qui est hautement improbable.

Cette nouvelle population a eu plus de liberté, n'ayant pas à vivre sous un contrôle aussi strict que celui que nous connaissons. Aucun risque ici qu'un esprit trop brillant réussisse à inventer le voyage temporel !

Comme Jenny l'avait prédit, les Jumeaux ont gagné en immunité au fur et à mesure des générations. Aujourd'hui, en 2228, les populations issues du premier traitement sont stables, le monde leur appartient, même s'ils ne le savent pas encore.

Nous attendons, avant d'annoncer la nouvelle, que Jenny soit absolument certaine. Elle craint une régression.

Une ou deux générations encore.

Juste pour être sûrs.

Nous sommes si proches du but, il ne faudrait pas gâcher notre meilleure chance en se précipitant.

Les Uniques sont rares, aucun n'est vraiment stable et leur état empire bien souvent à la fin de l'adolescence. C'est pour cette raison que nous les récupérons à seize ans pour les mettre en sécurité, loin des attaques du Fléau, sous le dôme.

Ils sont bien loin de ma perfection. En fait, personne n'est aussi stable que moi.

Après plusieurs échecs sur des sujets trop âgés, Jenny a décidé d'arrêter de traiter des adultes en 2200. Il n'y a donc plus eu de nouveaux Mages ces 30 dernières années. Ils sont aujourd'hui 92, immunisés, tout comme les Jumeaux, mais bénéficiant d'une longévité hors du commun. Nous ne serons jamais davantage, car les enfants des Mages sont des Jumeaux normaux, des Jumeaux qui ne peuvent vivre plus longtemps sans risque de perdre toute immunité.

Que ce soit par appât du pouvoir ou dévouement, les Mages s'assurent de la bonne marche des Refuges. John et moi les gardons à l'œil, juste pour être certains qu'aucun n'abuse de la crédulité des Jumeaux, qui vivent dans la crainte et l'ignorance. Surtout les plus vulnérables des premiers Refuges.

Par précaution, Jenny a détruit tous les stocks du premier sérum si dangereux. Il n'en existe plus qu'une seule fiole, une version très spéciale, gardée dans le plus grand secret dans un coffre de mon bureau. Ce produit amoureusement préparé par Jenny que je vais lui apporter, pour lui permettre de rétro-confectionner sa propre invention.

Dépeuplés au départ de leurs Jumeaux, les dômes sont peu à peu abandonnés, les non-immunisés vieillissants sont évacués jusqu'à New City, modernisée à l'initiative internationale, grâce à tous les matériaux inutiles des dômes abandonnés. Nous sommes malgré tout très peu dans ce dôme, qui n'a jamais aussi bien porté son nom de ville neuve. Les Mages, traversant les âges comme moi, des Uniques, quelques éléments brillants sortis de la masse, afin de mieux les surveiller, les derniers non-immunisés dont le plus jeune est âgé de 87 ans.

Ton visage s'est de nouveau estompé de ma mémoire, mais je te suis resté fidèle, envers et contre tout, alors qu'autour de moi, mes amis vivent leurs vies. Jenny s'est entichée de deux Jumeaux et ils vivent une relation étrange qui semble leur convenir. John est resté avec Nui jusqu'à ce qu'elle meure de vieillesse en 2201, son corps s'étant révélé réfractaire au traitement de Jenny. Suite à la mort de sa femme, John est devenu plus amer, plus renfermé, un vague sentiment de culpabilité/responsabilité entachant leur amitié.

J'ai vu mes parents grandir, tomber amoureux et me concevoir. En 2210, j'ai assisté à ta naissance. Puis à la mienne en 2212. Avec dévotion, je me suis assuré que nous ne manquions de rien, que la chance nous souriait, sans pour autant attirer l'attention des autres sur nous.

Chapitre 29

À l'hiver 2221, une visite impromptue est venue casser la routine dont rien ne m'avait détourné depuis longtemps. Je sors de ma douche ce matin-là, j'enfile une de mes tenues d'Archimage, sans faire attention à celle que je choisis. C'est l'avantage de s'habiller toujours de la même façon, une chose en moins à décider chaque jour !

Je me dirige vers mon bureau dans la pièce attenante. Et là, mon fauteuil se retourne tout seul ! Enfin, tout seul, pas réellement, car il y a quelqu'un dedans. Ne reconnaissant pas l'individu, je me jette sur le tiroir où je cache une arme.

Une voix calme me stoppe net.

— Inutile, je ne nous veux aucun mal.

Et je réalise alors que c'est moi. Âgé. C'est un choc, moi qui croyais ne jamais vieillir, de me voir ainsi les cheveux blancs, des rides sur le visage, les mains parcheminées.

La question sort de ma bouche avant que je ne réalise qu'elle pourrait être blessante.

— Quel âge as-tu ?

— Bonjour, cela me fait plaisir également de te voir.

En tout cas, je n'ai pas perdu le sens de la répartie.

— Euh oui, pardon. Mais tu es vieux, que s'est-il passé ?

— Inutile, je ne te révèlerai rien sur notre futur.

Bien sûr, comme toujours…

— En tout cas, il a dû s'en passer des années…

— Cela, je ne peux le nier.

Il reste un instant rêveur, comme si ses pensées lui échappaient, puis il revient à moi et sort en tremblant une paire de dés. En tout point semblable à la mienne.

— Nous allons avoir besoin de ça. Pour nos pères. Je me suis déjà occupé de la maisonnette avant de venir ici.

La dernière pièce du puzzle s'emboîte. Moi qui croyais devoir me sacrifier à un moment, voilà que j'apporte la solution du futur. Je suis soulagé. D'une certaine façon.

— Tu te rends compte de ce que cela signifie.
— J'ai eu bien plus d'années que toi pour y réfléchir, me répond-il laconiquement.

J'acquiesce à cette évidence et accepte le don.

— Que vas-tu devenir sans ?
— Je survivrai. A un moment, il faut savoir s'arrêter. Adieu, Archimage. Nous ne nous quittons pas vraiment.

Je lève la main et lui dis au revoir, alors qu'il disparaît. Un voyage sans retour vers une époque dont il ne pourra plus jamais partir.

Je soupire. Pourquoi faut-il qu'à chaque fois je sois aussi cryptique dans mes réponses. Est-ce que je ne peux pas, juste une fois, répondre réellement ? Et clairement.

Je m'assois à mon bureau. Je me rappelle soudain ce que je devais gérer ce matin, l'échange décennal entre les Refuges pour assurer un meilleur pool génétique. Je vais directement au 42, le transporteur doit partir ce matin du 41 et du 112. Voilà ma chance de donner les dés à mes pères sans attirer l'attention.

Encore une fois, mon timing est parfait. Mais je ne crois plus à la chance.

John trouve cette idée dangereuse, il tente de m'en dissuader, sans grande conviction malgré tout. Car comme toujours, je ne change pas d'avis. Nous faisons malgré tout tous les deux quelques concessions, il accepte de me couvrir à la condition que je conserve mes pleines autorisations d'Archimage, afin de pouvoir me sortir de là si les choses viennent à mal se passer.

Je me glisse donc le lendemain avec ceux du Refuge 41, lorsque nous amenons ceux du 131 et du 112. Les uns croient que je viens du 131, les autres du 41 ou encore du 112 ; au final, personne ne me pose de question. Nous sommes tous désormais du 42 !

Même si mon visage n'est pas connu dans les Refuges, je ne prends aucun risque : les cheveux teints, des lentilles, une fausse identité. J'assure ma couverture en embarquant plusieurs Jumeaux esseulés, sans frères ou sœurs pour diverses raisons, pour que mon cas d'Unique n'attire pas l'attention.

L'accueil est froid, même si nous attisons forcément les curiosités. Ces échanges sont toujours impopulaires : obliger des jeunes gens à quitter leurs familles pour se rendre dans un Refuge étranger est terrible. Un mal nécessaire pour offrir une plus grande chance à l'espèce humaine.

Ayant toujours mes accès totaux d'Archimage grâce à John, ce qui finalement n'est pas une si mauvaise idée que ça, je m'assigne aux champs à côté de mes pères, dès que je peux accéder à une console. Amicaux et bons vivants, comme dans mon souvenir, ils ne me laissent pas manger mon repas seul dès le premier jour. Le soir même, je me joins à eux et à leurs amis pour une partie de cartes.

Et je me vois, petit gars de neuf ans, un véritable casse-cou dont mes pères se vantent dès qu'ils le peuvent. Un Unique, cela étonne dans ce nouveau monde où tout le monde va par paire. Souvent, les gars se sentent gênés par rapport à moi. Cela fait longtemps que cela ne m'atteint plus. Interrogé à ce sujet, je leur raconte une banale histoire de chute dans la forêt. Inutile de trop m'étendre sur ce passé fictif.

J'essaie de m'éviter autant que possible, afin de ne pas céder à la tentation d'influer. Je n'ai pas trop de mal, car je suis sans cesse en vadrouille.

Après quelques semaines de vie insouciante à ne pas avoir à me préoccuper du sort de l'humanité, je retrouve un rythme de vie plus sain, le sommeil ne me fuit plus, trop fatigué par les longues journées aux champs et les soirées entre amis. Pourtant, même si je m'endors mieux, les cauchemars continuent de me hanter.

Réveillé encore une fois en pleine nuit, essoufflé, je m'enroule dans ma couverture et sors du dortoir, avant de réveiller quelqu'un d'autre.

Comme je l'ai déjà dit, tu sais que j'aime marcher lorsque tout le monde dort. Tout est si calme. Même si les couloirs du Refuge sont tristes et rouillés, cela me change des couloirs de la Mairie que je ne connais que trop bien après ces décennies d'insomnie.

Que se passe-t-il là-bas ? Je repense à mes amis, au Dôme, aux deux nouveaux Refuges qui ont dû être construits récemment pour remplacer les 5 et 18 devenus totalement insalubres. Je devais me rendre à l'inauguration. Est-elle déjà passée ?

Le poids des responsabilités me replonge dans tout ce que j'ai laissé en cours. Trois semaines de vacances, c'est plus que je ne me suis jamais accordé depuis ma prise de fonction !

Peut-être que tout va bien.

Je me rends jusqu'à la bibliothèque, discrètement. Personne. L'accès aux consoles est limité, afin d'éviter toute fuite d'informations. Surtout dans ces premiers Refuges dont les habitants ont été traités avec la formule la plus instable ; il nous faut impérativement éviter qu'un esprit trop brillant fouine dans les gènes de ses congénères pour tenter de retro-confectionner le sérum.

Même si la première génération est désormais morte et qu'il est hautement improbable d'après Jenny que quiconque ait désormais les compétences pour y arriver.

Quoiqu'il en soit, si je veux encore rester ici, personne ne doit me voir enfreindre les règles. J'ai l'avantage de ne devoir me méfier que des gens d'ici ; les Mages qui observent les caméras du dôme ne déclencheront pas l'alarme lorsque notre logiciel de surveillance identifiera mon comportement suspect, ils savent que c'est moi.

La bibliothèque est vide à cette heure. Je passe mon bras devant l'entrée, la porte s'ouvre dans un chuintement peu discret.

Personne.

Je m'installe sur la dernière station, la plus éloignée de la porte, puis je me synchronise avec le Dôme.

Je suis rassuré. Tout va bien.

Les nouveaux Refuges seront prêts dans trois jours. Je passe un message à John pour qu'il vienne me récupérer dans deux jours de l'autre côté des bois. Quelques heures de marche au grand air me feront le plus grand bien.

Je donne quelques ordres rapides sur des affaires courantes sans grande importance, puis ferme ma session, soulagé qu'aucune catastrophe ne se soit déclenchée.

Deux jours. Dans ma poche, j'ai toujours les deux paires de dés. Il faut que je trouve une bonne occasion pour les offrir à mes Pères, afin qu'ils me les offrent par la suite.

Tout doit se passer exactement comme cela a été.

Maintenant que mon vieux moi a réglé le problème de ces dés, tout est en place.

Il y aura l'incendie que je dois venir constater avec quelques Mages. Ma première vision de l'Archimage. De toute façon, il est hors de question que je laisse les funérailles de ma famille se dérouler sans moi. Et comme ça, le petit garçon que j'étais pourra me haïr, moi, l'Archimage, si puissant, si inutile, lui qui n'a rien fait pour sauver mes parents, qui vient juste constater les dégâts puis repart…

Après, tout sera parfait. J'ai tourné et retourné mon passé dans tous les sens, je ne vois pas d'autres actions à mener. Il ne me restera plus qu'à attendre mon anniversaire. En 2228.

Sept longues années.

Une vive lumière m'éblouit, je me suis endormi un moment car il y a de nouveau de l'activité dans les couloirs. Deux gars que je ne connais pas vraiment me regardent, étonnés. Je m'emmêle dans ma couverture en me relevant trop rapidement et me fais mal à la main en me rattrapant.

— Par l'Archimage ! Qu'est-ce que…

— … tu fais là ?

Ils semblent plus inquiets qu'énervés. Je prends ma couverture sous le bras et m'enfuis avant qu'ils ne tentent de m'en empêcher. J'ai droit à plusieurs regards de travers lorsque je cours dans les couloirs, en pyjama. Je me précipite directement jusqu'à ma couchette pour m'habiller, oubliant la douche matinale pour une fois. Ma seule chance d'avoir un petit-déjeuner avant de partir au travail.

Arrivé à la cafétéria déjà presque vide, je crains d'avoir raté les heures de service. Avec appréhension, je passe mon bras, le portail bipe vert et s'ouvre. Plusieurs personnes me regardent en coin, un peu étonnées, et je remarque en effet sur l'horloge que je n'aurais pas dû passer.

Mince, j'aurais dû être plus prudent, pas très discret.

Histoire de bien insister sur l'irrégularité, juste derrière moi, deux gars tout aussi en retard se précipitent sur le portail, voyant que je viens de réussir à entrer. Pas de chance pour eux, ils ne sont pas Archimage, l'accès leur est refusé.

Ils sont dépités, ils vont devoir attendre jusqu'au soir pour manger, et tenir sur leurs réserves. Je sais ce que cela fait, et cela me contrarie. D'avoir été si imprudent. Et de ne rien pouvoir faire pour eux sans risquer de définitivement me démasquer. Alors que j'hésite à tenter quelque chose, la lumière baisse un bref instant d'intensité, puis mon œil est attiré par une caméra qui pointe dans ma direction.

La cavalerie est là ! Quelqu'un n'est décidément pas assez occupé au Dôme. Je fais un petit signe discret de la tête en direction des deux gars derrière moi, espérant qu'ils comprendront.

— Réessayez, ça a marché pour moi. Y'a pas de raison.
— Tu crois…
— … vraiment ? L'heure est passée.
— Allez, vous ne risquez pas grand-chose !

Sur mes encouragements, ils avancent leurs avant-bras et le portail passe au vert.

— Vous voyez ! Allez, bon appétit les gars.
— Tu te joins…
— … à nous ?
— Pourquoi pas.

Je les laisse passer et adresse un petit signe en direction de la caméra. Mes deux nouveaux amis ne me lâchent pas du repas et parlent, de leurs femmes, de leurs garçons, de leur travail. Ayant eu une nuit difficile, je suis plus qu'heureux de les laisser mener la discussion pendant que je mange.

— Mike ?

Deux Responsables se sont approchées de notre table, le silence s'est fait dans la pièce, tout le monde nous observe.

— Mike ? Matricule 42-93-477 ?

Je prends un instant à réaliser qu'elles parlent de moi.

— Oui ?

— Veuillez nous suivre.

Intrigué par leur intrusion que je n'approuve absolument pas, je jette un regard sans équivoque vers la caméra-espion en sortant. Celui qui est de l'autre côté a intérêt à m'arranger le coup, et rapidement.

Nous traversons les allées, tout le monde s'écarte sur notre chemin. Moi qui avais réussi à faire profil bas depuis mon arrivée, ces idiotes ruinent tout.

Je suis étonné que les Eva me causent du souci. J'ai dans mon souvenir la mémoire de deux femmes charmantes et attentionnées. L'une des seules Responsables que j'ai jamais respectée à vrai dire.

Elles m'emmènent jusqu'au poste de contrôle. Ce n'est pas bon signe… Lorsque nous entrons et que je vois les mêmes gars qui m'ont surpris le matin même dans la bibliothèque, j'en suis désormais sûr. Je suis dans le pétrin.

— Mike, ces hommes disent vous avoir vu ce matin dans la bibliothèque.

Les deux hommes acquiescent.

— Oui…, dit l'un.

— …c'est bien lui, confirme l'autre.

Je me retiens. Si, dans deux minutes, personne ne vient à ma rescousse d'une façon ou d'une autre, tant pis pour la discrétion. Ces quatre personnes finiront leur vie dans le dôme. Les Responsables continuent leurs accusations.

— Comme par hasard…

— … les caméras de surveillance n'ont pas fonctionné.

— Nous avons par contre plusieurs témoins…

— … qui affirment vous avoir vu vous promener ce matin en pyjama.

— Et vous étiez en retard au petit-déjeuner…

— … mais vous avez malgré tout pu entrer !

Quelle situation ridicule. Je suis là, assis sur une chaise, à me faire engueuler par des gens qui n'ont aucune idée de qui je suis.

— Qu'as-tu fait dans la bibliothèque ?

— Tu as piraté le terminal de la cafétéria ?

— Par l'Archimage !

— Parle !

Par l'Archimage… C'en est trop. Je ne peux réfréner plus longtemps mes rires, et j'explose, comme je n'avais pas ri depuis bien longtemps.

Cela a le don d'agacer mes accusatrices.

— Cela te fait rire, vaurien ?

— Nous allons t'en faire passer l'envie !

— Un mois d'isolement pour te faire repenser…

— … à l'idée d'abuser des ressources du dôme.

L'une d'elle me colle un identificateur sur l'avant-bras.

— Annuler toutes les autorisations.

L'appareil bipe et répond :

— Autorisation refusée.

Les deux Responsables se regardent, étonnées. C'est sans doute la première fois que cela leur arrive. Les gars de la bibliothèque sentent la tension dans la pièce et souhaitent à ce moment être ailleurs, ils se décalent discrètement vers la porte, mais un regard courroucé des Responsables les stoppe net.

Tant pis pour vous les gars, il fallait y penser avant de me dénoncer.

Sa Jumelle répète, articulant avec soin chaque mot :

— Annuler. Les. Autorisations.

— Autorisation refusée.

— Qu'est-ce que tu as fait ?

Je hausse les épaules.

— Ce système est inviolable.

Je les laisse encore un peu mariner alors qu'elles essaient par la méthode manuelle, s'authentifiant grâce à leur propre traceur sur une console, puis entrant mon matricule du moment, 42-93-477. L'ordinateur affiche bien la fiche totalement inventée d'un certain Mike, transféré du Refuge 41, sans option d'édition de mes autorisations. Un alter-ego qui, bien que non relié à mon matricule principal, possède les autorisations pleines et entières d'Archimage.

Même si cela revient au même, l'identifiant 0-0-0 est quand même bien plus classe...

Je me relève. Cette comédie a assez duré. Ma couverture est grillée. Le Dôme ne peut m'aider sans empirer les choses.

— Inutile d'essayer, vous ne pouvez pas annuler mes autorisations.

— Et pourquoi donc ?....

— ... tu as réussi à t'introduire dans le système ?

— Cela va loin...

— ... beaucoup trop loin...

— ... nous allons contacter les Mages.

Voilà enfin une bonne nouvelle.

— Très bien, faites donc ça.

Les Responsables sont étonnées que je ne sois pas plus inquiet de la menace. Mettant certainement ça sur le compte d'une bravade idiote, elles s'assoient à leur poste et se synchronisent avec le Dôme, passant par tout un processus long et laborieux d'identification. Après quelques secondes d'attente seulement, John apparait à l'écran. Il est hilare, il essuie des larmes qui coulent au coin des yeux.

— On fait quoi ?

Les Responsables regardent John, me regardent. Elles ont perdu toute leur assurance et frissonnent lorsque je me penche par-dessus leur épaule pour donner mes instructions.

— J'ai encore quelque chose à faire. Viens me récupérer dans une heure, devant le portail. J'en ai assez, je rentre.

— Ok, à tout à l'heure, vaurien !

Il coupe la communication.

— Bon, vous avez découvert des choses que vous n'auriez pas dû. Je suis désolé.

Je prends des mains de l'une des Responsables l'identificateur puis colle l'appareil sur les traceurs de chacun, annulant leurs permissions. Bien sûr, je ne rencontre aucun souci d'autorisation. L'une des Responsables se met à pleurer, les deux hommes se sont assis, affaissés, dos au mur. Celle qui ne pleure pas, me demande :

— Qui êtes-vous ?

— Pas Mike.

J'ouvre un bureau vide attenant à la salle de contrôle.

— Entrez-là dedans et restez ici le temps que je revienne. Pas un bruit. Si quelqu'un vous trouve, vous aurez des ennuis, croyez-moi.

Ma journée ne se passe pas du tout comme je l'avais prévu. J'ai désormais hâte de m'éclipser. Rapidement, je rejoins mes pères qui sont en train de se préparer pour la journée de travail.

— Ah Mike, on allait…

— … y aller. Ça va ?

— Paraît que des Responsables…

— … sont venues te chercher au petit déj ?

J'acquiesce.

— Oui, il paraît que c'est une erreur. Je n'aurais pas dû venir ici en fait. Il faut que je retourne dans mon premier Refuge.

— Oh non…

— … y'a rien à faire ?

— Non, tu sais, quand l'Archimage a décidé quelque chose… Dites, avant de partir, j'avais fait ça pour votre petit gars. Vous pourriez lui donner ?

245

Je leur tends mes deux dés.

— J'ai entendu que votre fiston aime les jeux de hasard. Je me suis dit que ça ferait un chouette cadeau.

— C'est super sympa…

— … mais tu pourrais les lui donner toi-même.

— Non, ils vont venir me chercher. Je dois y aller.

— On se reverra ?

— Je ne crois pas…

Avant qu'ils ne continuent à me harceler de questions ou que je ne montre un excès d'émotion, je leur serre la main. Mes mères sont en train de ranger leur collation de midi dans leur sac. L'une d'elle croise mon regard et me fait un sourire. Je le lui rends, voulant croire un bref instant qu'elle sait qui je suis. Je récupère mes affaires, dis au revoir à mes nouveaux amis, puis remonte rapidement jusqu'au poste de contrôle où rien n'a bougé. Mes quatre prisonniers sont toujours là. Effrayés, ils me regardent comme si j'étais un monstre venu les égorger. Non, pour une fois, je vais prendre une décision généreuse. Je ne peux les priver de leur foyer.

— Ecoutez, j'ai changé d'avis. Je ne peux pas vous sanctionner, alors que vous n'avez fait que ce que l'on vous ordonne de faire. Oubliez-moi. Si jamais quelqu'un vous demande ce que je suis devenu, répondez que vous m'avez renvoyé dans mon Refuge.

Je vois alors s'illuminer leurs visages d'une profonde gratitude. Si seulement les gens me regardaient plus souvent comme ça ces temps-ci ! Je tiens parole et rétablis leurs permissions, notant cependant leurs matricules au passage. Gentil mais pas idiot. Je compte bien les mettre dès mon retour sur la liste des gens à surveiller. Même si j'ai bon espoir qu'ils se tiennent à carreau.

— Vous pouvez y aller.

Les deux hommes ne se font pas prier et décampent aussi vite qu'ils peuvent. Les deux Responsables sont, elles, plus hésitantes.

— Vous désirez savoir qui je suis ?

— Oui… enfin…

— … s'il nous est permis.

— Je présume que vous avez déjà une petite idée. Il n'y a pas beaucoup de gens avec une autorisation supérieure à la vôtre.

— Un Milicien.

— Mieux.

— Un Mage ?

Je souris.

— Mieux encore.

Elles blêmissent, prenant conscience de ce qu'elles ont fait, ce qui est pour elles un sacrilège.

— Je…

— Nous…

Je les coupe dans leurs vaines tentatives de s'excuser.

— Vous n'avez fait que votre travail. Il y avait en effet des signes alarmants me concernant. Maintenant oubliez moi, oubliez mon visage. Et continuez votre travail. Le Refuge 42 a besoin de vous.

Elles se prosternent devant moi.

— Rappelez-vous ce que je vous ai dit, personne ne doit savoir. Allez, relevez-vous.

— Merci…

— … Archimage.

Elles se relèvent, tremblantes, et me regardent partir. Je sors tranquillement par la porte principale, mon sac sur l'épaule et m'éloigne du Refuge. L'hélicoptère ne tarde pas à arriver et se pose à quelques centaines de mètres.

Le temps que je le rejoigne, John m'attend, allongé dans l'herbe à côté.

— Mince, j'espérais encore profiter du beau soleil et du ciel bleu, le temps que tu te débarrasses de tes nouveaux fans.

Je me laisse tomber à côté de lui.

— Les Responsables savent. Il faudra les garder à l'œil. 66-117. Y'a aussi les gars qui m'ont vu à la bibliothèque, 76-607, même si eux ils sont certainement trop trouillards pour risquer quoi que ce soit.

— Ça marche, on jettera un œil sur leurs activités.
— Allez, on rentre maintenant.

Chapitre 30

L'été est vite arrivé. Cette tragique année 112, suivant le calendrier des Refuges. Le pire, c'est qu'après toutes ces années, je suis incapable de me rappeler avec exactitude le jour de l'incendie. Tout ce dont je suis certain, c'est que le feu s'est déclaré durant notre sommeil, d'où le nombre de victimes.

Je dois te dire que la tentation a de nouveau été forte d'utiliser mes pouvoirs. Avec eux, j'aurais pu facilement retrouver dans les archives le jour et l'heure.

Voulant rester droit dans ma promesse de ne plus interférer dans la ligne temporelle, je n'en ai rien fait. Malgré tout, chaque nuit, je ne peux m'empêcher de me brancher sur les caméras de surveillance du 42, afin de surveiller notre dortoir. J'attends, ne sachant encore si je vais avoir la force de ne pas prévenir les secours, la force d'assister en spectateur à la catastrophe.

Rien ne se passe.

J'accueille chaque matin comme une bénédiction, regardant avec compassion se réveiller tous ces gens auxquels je tiens.

Après plusieurs nuits blanches, les nerfs à vif alors qu'une nouvelle nuit de stress se prépare, Jenny et John s'invitent à ma veille pour me remonter le moral. Nous parlons de tout et de rien, de nos souvenirs du Dôme, je lâche quelques anecdotes sur le Refuge, John nous repasse des images de ma catastrophique infiltration ratée d'il y a quelques mois.

Nous buvons. Un peu trop.

Jenny se rappelle d'une expérience avec de l'hélium dont son père lui a parlé. Comme de grands enfants, nous modifions nos voix, gaspillant le précieux produit.

Puis nous tentons d'autres choses, elle nous montre des réactions amusantes. Explosives.

L'alcool. La fatigue. Le stress. Mélangés à des produits chimiques.

Comme nous aurions dû nous y attendre, l'accident idiot survient, le feu prend dans le laboratoire. L'alarme se déclenche, le bâtiment passe en verrouillage et tout le personnel présent ce soir-là sous le Dôme se porte à notre secours avec un extincteur à la main.

Alors que d'autres flammes scellent notre passé. Les caméras enregistrent sans faillir ce drame. Sauf que personne n'est là pour les voir.

Le passé se répète. Immuable. Ce qui devait être est. Mes parents meurent, ainsi que ta sœur et douze autres personnes. Egoïstement, je suis presque soulagé de ne pas avoir été de nouveau dans la situation de devoir laisser faire.

Dès le constat de l'inéluctable, j'embarque dans l'hélicoptère avec un détachement de Miliciens et de Mages pour assister aux funérailles de mes parents. Même si je vais le faire sous ma capuche d'Archimage, il est hors de question que je rate ce moment.

Nous atterrissons face à l'entrée ; les Responsables nous attendent, prévenus quelques instants avant seulement de notre arrivée. Un peu en arrière-plan, je remarque les deux Responsables qui m'ont démasqué. Puis deux hommes prennent en premier la parole.

— Grand Archimage, nous sommes honorés…

— … par votre venue en notre modeste Refuge.

— Ce tragique accident est survenu durant la nuit…

— … et l'alarme ne s'est malheureusement pas déclenchée.

J'arrête leurs excuses d'un geste de la main. Tous m'observent, muets.

— Je n'ai que faire de vos explications. Vous, emmenez-moi sur place !

Je montre du doigt les deux femmes Responsables. Eva si je me rappelle bien. Les deux hommes se figent devant mes remontrances et s'écartent pour permettre aux deux désignées de s'approcher. Elles m'indiquent d'un geste ample l'entrée, et nous nous dirigeons vers les entrailles de la colline qui abrite ce qui a longtemps été ma maison.

L'incendie est maîtrisé mais les dégâts impressionnants. J'ordonne à mes Miliciens de récupérer ce qui peut l'être, tandis que je me rends tout droit là où j'ai abandonné mes mères au brasier. Leurs corps n'ont pas bougé, souillés par le feu.

Je reste stoïque au milieu de ces ruines, alors que je pleure en secret, caché sous mon masque. John, qui est en train de vérifier la structure du dortoir, me contacte sur un canal privé.

— Tu tiens le coup ?

— Non. J'aurais pu sauver ma mère et la remplacer par un autre corps. Mais j'étais trop idiot à l'époque pour penser à ça. Et je ne peux pas y retourner sans changer les choses.

— Le passé, Chris, le passé.

— Je sais. C'est bien pour ça que nous sommes là aujourd'hui à ramasser mes parents dans ce merdier. Car le passé doit rester ce qu'il est.

Deux Miliciens arrivent avec des civières pour emmener mes mères. Je ne peux assister à ça, je m'éloigne, rejoignant John.

— Le dortoir est foutu. , constate-t-il.

— Je te l'avais dit, il faut le condamner.

— Oui, il ne faut pas traîner ici.

Il a l'air un peu stressé et regarde vers le plafond où la chaleur a formé de grandes fissures. Je le réconforte d'une tape sur l'épaule.

— Tout va bien se passer.

— Le futur peut encore changer… , rappelle-t-il.

— C'est le passé de mon point de vue.

— Trop compliqué pour moi toutes ces histoires.

Même si je ne le vois pas à travers le masque, je sais qu'il arbore son air naïf dans une vaine tentative de me décrisper. Maintenant que mes mères sont évacuées, je vérifie que le dortoir est bien vide, indiquant à mes hommes les objets personnels qui peuvent être récupérés. Je finis ma vérification par ce qui était notre chambre. Il n'y a plus rien à sauver.

Dégoûté, je m'enfuis à grands pas de ces souvenirs brisés, laissant le soin aux ingénieurs de souder à jamais la porte de cette partie du Refuge désormais dangereuse et où je ne veux plus jamais revenir

Un office est organisé dans la grande salle. Pratiquement tout le monde s'est déplacé, autant pour rendre hommage aux disparus que pour nous voir. Un véritable événement mondain. Ce n'est pas tous les jours qu'autant de personnalités se déplacent.

Tant que personne ne déclenche d'incendie criminel pour me voir…

Ne pouvant intervenir, je porte un hommage silencieux à mes parents. Puis j'accompagne, en tête de cortège, la procession jusqu'au cimetière, petit carré de terre entouré de piquets de bois à l'orée de la forêt.

Tout est bien vite terminé.

Des tables sont sorties à l'ombre du Refuge, les cuisiniers ont puisé dans les réserves pour organiser une sorte de buffet. Je les remercie de leur attention et leur promets quelques réserves supplémentaires pour compenser le manque. Bien que ce soit un enterrement, les gens sont du coup plutôt joyeux, ils profitent de la nourriture gratuite et discutent en petits groupes, tout en me jetant des regards furtifs.

J'aimerais ne pas être autant au centre des attentions pour pouvoir prendre le temps de parler au petit garçon et à la petite fille en pleurs qui refusent de quitter les tombes. Les rassurer. Leur dire que tout ira bien. Mike et sa simplicité me manquent. Lui, il aurait pu trouver les mots et les faire sourire.

Mais là encore, je dois rester dans mon rôle. Enfin, ce que je sais contrairement à Mike, c'est que nous allons nous retrouver dans notre malheur. De toute façon, je serai toujours là pour m'assurer qu'effectivement tout ira bien.

Je rejoins le groupe des Responsables qui se sont installés à part.

— Un mot en privé, si vous le voulez bien ?

Les autres Responsables jettent des regards suspicieux aux Eva que je sollicite pour la seconde fois aujourd'hui. Visiblement satisfaites d'être au centre de l'attention, elles me suivent sans rechigner cette fois, la tête haute. Leur attitude change cependant du tout au tout lorsque la porte de la loge des gardiens se referme et que nous nous retrouvons en tête à tête.

Cette même pièce où je vais. Où j'ai endossé pour la première fois ma tenue de Mage.

Je garde ma capuche et son masque pour éviter qu'elles ne connaissent mon vrai visage, sans les artifices de ma transformation en Mike. Nul besoin qu'elles fassent le rapprochement avec Chris.

— Nous n'avons…

— … rien dit du tout !

— Je sais. Je tenais à vous remercier. Et à m'assurer que vous ferez ce qu'il faut pour les orphelins de cette tragédie.

— Bien sûr, nous nous en occuperons…

— … comme s'ils étaient nos propres enfants !

— Bien.

— Vous désirez emmener dès maintenant…

— … l'enfant unique, comme il n'a plus ses parents ?

Voilà qui serait une grossière erreur.

— Non, respectons le choix de ses parents. Nous reviendrons à son seizième anniversaire comme convenu.

Je leur adresse un signe de la tête et les laisse repartir à la fête. Dehors, mes Mages sont en train d'achever de distribuer quelques cadeaux aux habitants. Il est temps de partir. Je ressors et repars directement vers l'hélicoptère argenté.

C'est le signe du départ. John crie quelques ordres et nous décollons peu après.

Le voyage du retour est un calvaire. Je pleure sans pouvoir retenir mes larmes. Sans non plus pouvoir rien montrer à mes Mages, tellement persuadés que je suis un roc que rien ne peut atteindre. John me serre discrètement la main et m'apporte le soutien nécessaire pour tenir jusqu'à ce que je me réfugie dans le secret de mon bureau. Là, je peux enfin faire tomber mon masque et laisser exploser mon chagrin et ma peine sans témoins, pleurant mes parents comme ce petit garçon que je n'ai pu réconforter.

Mon ami vient me rejoindre peu après et reste avec moi bien, que je ne réussisse pas à formuler une quelconque parole sensée. Avant de m'écrouler de fatigue plusieurs heures plus tard.

Chapitre 31

Je me suis remis. Comme à chaque fois. Je continue d'avancer sur les traces de mon passé. La dernière ligne droite. 6 années à tenir. J'ai continué à garder un œil attentif sur notre adolescence, m'assurant que tout va bien pour nous, tout en prenant bien garde à ne pas trop nous avantager. Discrètement, je me suis arrangé pour que nos affectations soient acceptées, que nos incartades aux règles ne soient pas punies, que quelques crédits supplémentaires nous soient offerts…

Puis l'échéance est arrivée et, avec elle, la planification des derniers événements dont je suis certain.

Un mois avant, Jenny, au courant de toute l'histoire depuis bien longtemps, m'a apporté une petite fiole.

— Quelques gouttes dans une boisson et avec ça, tes Mages paraitront morts pour une demi-journée.
— Ils iront bien ?
— Tout à fait. Leur organisme se sera régénéré après quelques jours de convalescence. En revanche, évite de donner ça à un humain normal, cela le tuerait sans aucun doute.
— Ce n'est pas mon but.
— Tu es prêt ?
— Il faut l'être… J'ai peur.
— Tu as attendu ce moment presque toute ta vie d'adulte !
— Et je l'ai craint également. Je ne sais même pas si nous pourrons sauver Gil. Et si elle me repoussait et ne m'aimait plus ? Je ne suis plus le jeune homme qu'elle a connu.
— Je présume que nous le découvrirons bientôt maintenant.

Le matin du jour fatidique, je convoque Ben et Hal, deux de mes plus fidèles Mages, à mon service depuis bien des décennies.

— J'ai besoin de vous.

— Bien sûr, Chris, répond Ben, tout sourire.

— Nous avons un Unique à récupérer juste à côté, au 42. Vous pouvez vous en occuper ?

— Pas de souci. On a déjà fait ça plusieurs fois.

— Sauf que là, c'est un peu spécial. Il me ressemble. Alors je compte sur votre discrétion, nous ne voudrions pas que cette petite expérimentation soit connue de tous.

Ben sourit, tandis que Hal paraît, lui, plus gêné. Ce dernier reprend :

— Tu sais que je suis incapable de mentir !

— Ben n'aura qu'à faire la parlotte.

— Ça me va !, confirme l'intéressé.

— On va vous déposer en fin de journée, vous pourrez le récupérer à minuit puis dormir sur place. On passera vous reprendre dans la journée.

Sur le bureau, je tiens entre mes mains la clé de notre passé. Cette petite boîte marquée du sceau de l'infini contient l'unique seringue restante du produit de première génération, celui que Jenny doit impérativement récupérer dans le passé. L'idée de mettre dans les mains de mes Mages la clé de notre futur me terrifie. Même si je n'ai pas d'autre choix.

— L'Unique n'est pas totalement immunisé, vous devrez lui injecter ça avant de sortir. Ne vous trompez pas, la fiole au produit rouge.

Un placebo coloré. Je n'ai jamais eu besoin de rien d'autre pour survivre. L'Unique le plus parfait que les expérimentations de Jenny aient jamais produit.

— Et l'autre fiole, demande Hal ?

— Vous ne devriez pas en avoir besoin. Récupérez Chris, injectez-lui le produit rouge, puis attendez-nous. Vous aurez tout ce qu'il vous faut, des rations, de l'eau, un dôme portatif.

— Ok, pas de souci, acquiesce Ben.

En début de soirée, John emmène Ben et Hall jusqu'au Refuge, alors qu'il est déjà scellé pour la nuit. J'enrage de devoir rester là, alors que des événements cruciaux sont en train de se dérouler. Même si aujourd'hui je ne pense pas que quiconque veuille encore me nuire, je préfère éviter d'attirer inutilement l'attention sur mon moi du passé.

Personne n'a besoin de savoir que je suis né dans le 42 et que je voyage dans le temps. Il est déjà assez embarrassant de devoir mettre Ben et Hal en partie dans la confidence. Même s'ils pensent certainement que ce gamin est plutôt un clone.

Je suis, par écrans interposés, leur arrivée au Refuge. Je suis soulagé de voir que tout se passe comme dans mes souvenirs. John me rejoint peu avant qu'ils se présentent dans la salle commune où j'arrive en retard, puis nous repartons tous les trois. Ben joue parfaitement son rôle et Hal reste en retrait.

Nous les perdons lorsqu'ils sortent du périmètre du Refuge, les récupérant une fois dans le dôme portatif. Le lendemain matin, j'assiste à ma réaction paniquée, puis à ma lente hésitation avant de finalement oser sortir, dans ma tenue de Mage.

— Il va falloir y aller, me rappelle John.

J'accepte la main de mon ami qui m'aide à me relever de ma chaise. Je lui tape sur l'épaule en guise de remerciement.

— Tu as raison. Supprime d'abord toutes ces images, par sécurité. Ce sont les dernières traces qui peuvent permettre à quelqu'un de comprendre.
— C'est déjà fait, ces images n'ont jamais été enregistrées.
— Qu'est-ce que je ferais sans toi !
— Tu serais certainement mort, il y a bien longtemps. Du style : quand tu as idiotement frappé à la vitre du dôme de Mc Connan.
— Sans doute, sans doute.

Nous descendons au sous-sol pour prendre une voiture et rejoindre le terrain de décollage, situé juste à l'extérieur du dôme, au niveau du sas principal. Notre appareil le plus rapide est prêt à décoller, avec mon meilleur pilote. Jenny est également du voyage. Elle a emporté tout l'équipement médical qu'elle pouvait, prête à te prendre en charge dès que tu seras à bord.

— Ça va bien se passer, me rassure-t-elle.

Je jette un regard noir aux Miliciens montés à l'arrière de l'appareil. Même s'ils ne peuvent me voir et n'ont pas besoin d'en savoir plus qu'il n'en faut, l'un d'eux va être responsable de tout ce bordel. Il va te blesser !

J'en fais le serment, si tu meurs, lui aussi.

Nous fonçons vers le dénouement de toute cette histoire, le dernier évènement dont j'aie été témoin. Nous atterrissons à l'heure, dispersant la foule. Utilisant l'interphone de l'appareil, je lance l'avertissement :

— Au nom de l'Archimage, amenez-nous IMMÉDIATEMENT Chris et Gil !

Je me vois derrière les rochers, en compagnie des Jeff. Que nous sommes mal cachés ! Franchement, heureusement que je ne cherche pas à me jouer du destin, car il serait si facile à cet instant de me tuer sur place.

Tout effacer. Toutes ces décisions. Ces souffrances.

Mon attention est bien vite rappelée par ton arrivée, rejetée par la foule à nos pieds.

Non, cela voudrait également dire que tu n'as jamais existé.

J'ordonne à mes Miliciens de faire leur triste devoir.

— Allez la chercher.

Puis, reprenant l'interphone de l'appareil :

— Où est-il ?

Ma voix est froide et métallique, résonnant dans le silence. Quelqu'un me répond, je n'écoute pas, trop concentré sur ce qui va se passer. Je sais où je suis, de toute façon. J'entends derrière moi Jenny faire les derniers préparatifs.

Les coups retentissent.

Tu tombes.

Je sors en courant pour te rejoindre et te soulève sans aucun mal.

— Je suis là mon amour.

Bien que je garde ma capuche, tu as reconnu ma voix. Sans faire attention à ma menaçante tenue d'Archimage, tu te serres contre moi.

— On décolle.

Tu saignes abondement. Je me sens défaillir. Avant que je ne perde l'équilibre dans l'appareil en mouvement, je te dépose avec le plus de précautions possible sur le drap préparé par Jenny, puis je lui laisse le champ libre.

A l'arrière, un milicien se plaint bruyamment. J'avais oublié que l'un d'eux était également blessé dans l'affrontement.

Tant pis pour lui. Toi d'abord. S'il survit, il sera soigné au Dôme.

John pousse les moteurs à fond, prêt depuis des années pour cette mission de sauvetage. Mes mains sont pleines de sang. Ton sang.

— Elle va s'en tirer, assure Jenny.

Elle est en train de découper tes vêtements, alors que le drap est déjà teinté de rouge. Est-ce qu'elle tente de me rassurer. Ou de se rassurer ?

Nous rentrons aussi vite que possible au Dôme. Atterrissage. Voiture. Hôpital. Salle d'opération. Tout est prêt, minutieusement minuté, pour être certain de ne pas perdre une seule seconde.

Les grandes portes à double battant se ferment sur toi. Tu es maintenant entre les mains des médecins. J'ai confiance. Ma meilleure amie a eu plus d'un siècle pour étudier la médecine et se préparer à ce moment. Jamais le monde n'a connu de médecin ayant plus d'expérience qu'elle !

J'attends.

Chapitre 32

Alors que je fais les cent-pas dans le couloir de l'hôpital désert, John me rejoint. Il est accompagné par deux personnes que je suis heureux de revoir. Mes anciens amis du Refuge, les Jeff. Quelle bonne surprise. Je marche jusqu'à eux et les serre dans mes bras.

— Tu disais vrai…

— … j'y crois pas !

John nous regarde avec un air satisfait.

— Tu as disparu comme ça, devant nos yeux. On pensait…

— … ne jamais te revoir. Et puis ce Mage a atterri dans son grand vaisseau de métal…

— … on a cru qu'il venait pour te chercher. On lui a dit qu'on savait pas où t'étais !

— Et là, il nous dit qu'on doit monter, que l'Archimage veut nous voir !

— Forcément, on se dit qu'on est dans la merde…

— … bon, oui, on t'a un peu aidé à t'enfuir. Mais on n'a jamais fait de mal !

— Et là, il nous dit que t'es avec lui !

— Alors on monte.

— Et nous voilà !

John stoppe le monologue/dialogue de mes deux amis bavards pour s'enquérir de l'état de Gil.

— Toujours en opération ?

— Oui, rien de neuf. Je préfère ne pas rester là à lorgner au-dessus de leur épaule. Je crois leur avoir mis déjà assez la pression comme ça.

— Je vais voir.

Mon ami me tape sur l'épaule et s'éloigne pour obtenir quelques informations. Resté seul avec mes amis, je leur dois une explication, car je crois que John s'est contenté du strict minimum d'après les questions qu'ils me posent.

— Comment t'as fait…

— … pour arriver ici aussi vite ?

Je prends mon courage à deux mains. Je dois leur avouer qui je suis.

— Venez…

Je les emmène jusqu'à ce qui était autrefois une salle d'attente et m'assois. J'ai besoin de calme pour leur expliquer ce secret que je n'ai jamais encore révélé à personne d'autre que Jenny et John. Et Rick, même si le malheureux ancien collègue de John a payé de sa vie cette connaissance. Mes Mages eux-mêmes ignorent d'où je viens réellement.

— Vous ne répéterez ça à personne. Personne, c'est bien compris ?

Ils se regardent, circonspects.

— Pas besoin de t'énerver, mec…

— … on n'a jamais trahi ta confiance, si ?

Je tente de prendre un air moins sévère en continuant.

— Bien… Je suis l'Archimage.

Ils explosent de rire.

— Tu déconnes…

— … Hein ?

Je reste très sérieux et me relève. Droit dans ma tenue d'Archimage, je remonte ma capuche, le voile se met en place. A l'abri de mon masque, je continue, espérant qu'ainsi ils reconnaissent la voix que tous connaissent dans les Refuges.

— Non. Je suis vraiment l'Archimage. Vous croyez que je porterais cette couleur si ce n'était pas le cas ?

Voyant le trouble de mes amis, je rabaisse ma capuche. Je continue, en essayant de prendre cette fois un ton moins autoritaire. Comme j'étais autrefois. Malgré mes efforts, je suis pourtant bien loin de retrouver le ton badin de nos conversations d'antan lorsque je reprends :

— Croyez-moi... Je peux vous donner des dizaines de preuves si vous avez besoin de ça, si ma parole ne vous suffit pas. Que voulez-vous comme preuves ?

— Tu es vraiment...

— ... l'Archimage ?

— Oui.

— Comment tu as fait...

— ... en si peu de temps ?

— Il ne s'est passé que quelques heures pour vous, plus d'un siècle pour moi. Ecoutez, j'ai écrit un journal. Vous voulez le lire ? C'est pour Gil, pour lui expliquer.

— C'est dingue !

— Complètement dingue !

Même si je me livre certainement un peu trop dans cet écrit qui t'est destiné, j'ai cruellement besoin en cet instant d'un soutien, de quelqu'un qui saura m'aider à ce que tu m'acceptes tel que je suis maintenant.

Il se passe deux heures silencieuses, ce qui, en soi, est déjà inquiétant. Puis, arrivé à la dernière page, qui correspond à notre arrivée à l'hôpital, ils me rendent ma tablette avec un air étrange. Un regard... différent.

— Tout s'est vraiment passé comme ça ?...

— ... Tu n'as rien inventé ?

— Rien.

— C'est...

— ... dingue !

Je m'attendais à une réaction un peu plus argumentée à la révélation de ce grand secret.

— Et c'est tout ?

Ils sautent de leur chaise et m'entourent de leurs bras puissants.

— Tu veux qu'on dise quoi ? C'est dingue, c'est tout...

— ... notre meilleur pote est le mec le plus puissant du Monde !

— On peut avoir des crédits ?

— Et des repas gratuits ?

Quels idiots avec leurs demandes futiles ! Enfin, en y réfléchissant, c'est certainement ce que j'aurais demandé aussi en premier à cette époque.

— Bien sûr.

— On veut être Responsables !

— C'est cool d'être Responsables.

— Hum, là par contre, il y a quand même une limite à ce que je peux faire. On en parlera quand vous serez responsables de vos propres personnes déjà.

Ils éclatent de rire et me congratulent à nouveau.

— Et Gil ? Vous pensez que…

Ils se regardent, prenant pour une fois leur temps avant de répondre.

— J'en sais rien…

— … franchement rien.

— Tu devrais peut-être penser à te changer…

— … si tu veux pas qu'elle te plante le premier truc pointu dans l'œil.

Je me sens bête de ne pas avoir pensé à cette évidence, étant tellement habitué maintenant à ma silhouette sombre.

— Elle n'aime pas vraiment l'Archimage…

— … comme tu peux le savoir.

— Elle te croit responsable de la mort de sa sœur…

— … et de ses parents.

Comme nous tous. Je ne peux que constater.

— Ce que je suis.

Chapitre 33

Crois bien que je ne cherche pas à t'influencer en te montrant que les Jeff m'ont accepté. Mon récit se termine simplement par leur arrivée, qui explique pourquoi je suis entré dans cette pièce à ton réveil, simplement habillé des mêmes vêtements que je portais le jour où nous nous sommes quittés.

Je veux m'assurer que tu vas bien, puis te demander de lire mon histoire.

Aussi sombre que soit mon passé, même si je me suis souvent perdu et que j'ai failli sombrer, tu es celle qui m'a fait tenir dans les pires moments.

J'espère qu'au fond de ton cœur, tu sauras me pardonner : je n'ai pu sauver nos familles, j'ai fait de nombreuses erreurs…

Je ne suis plus ce jeune homme plein d'espoir et de bravoure que tu as quitté. Même si je n'ai pas changé physiquement, je suis âgé, désabusé, écrasé sous le poids des responsabilités. Tu me trouveras certainement aigri, méchant, insensible.

Je reste malgré tout le même sous mon masque d'Archimage, celui qui est tombé fou amoureux de toi. Et que tu as aimé.

J'espère que nous nous retrouverons et, qu'ensemble, nous pourrons enfin trouver le bonheur, malgré le temps qui nous a séparés. Je te veux à mes côtés pour la fin de cette aventure, lors de cette phase finale où nous allons rendre leur liberté aux hommes.

En espérant qu'eux aussi saisissent cette nouvelle chance qui leur est donnée.

Gil, je t'attends.

Dessins préparatoires pour la couverture

Par Sigrid Renaud : https://novemberowl.blog

Pour conclure

Si vous avez apprécié, pourriez-vous prendre
le temps d'écrire un commentaire ?
bit.ly/Refuge42

En tant qu'auteure indépendante, c'est l'un
des meilleurs moyens de trouver de nouveaux lecteurs.

Merci par avance !

Retrouvez mes autres livres
et restez en contact via onidra.fr.

www.ingramcontent.com/pod-product-compliance
Lightning Source LLC
Chambersburg PA
CBHW031613240626
47153CB00002B/740